我所知道關於愛的一切

EVERYTHING I KNOW ABOUT LOVE

朵莉·艾德頓 Dolly Alderton

黃彥霖●譯

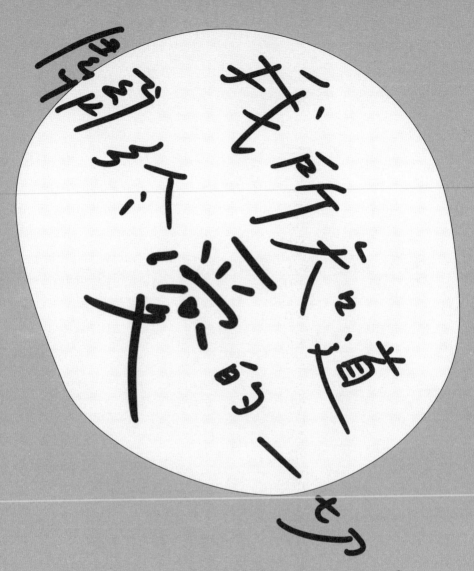

目次

少女時期的我所了解的愛

浪漫的愛情是世界上最重要、最令人興奮激動的東西。

如果妳真的成為大人，卻沒有這樣的愛，那可以說整個人都白活了。就像我小時候遇到的許多美術老師，頭髮毛躁、全身民族風首飾，我只能稱呼她們某某小姐，而不是某某太太。

和很多人有過性關係也很重要，不過人數最好控制在十人以內。

如果我是住在倫敦的單身女子，必定行為優雅，身材纖瘦，身著黑裙，手捧馬丁尼，只和男人們在新書發表會或展覽開幕式上邂逅。

當有兩個男生為妳打架，就代表妳遇到真愛了。最好的情況是有人見血，但沒人需要進醫院。如果我夠走運，總有一天也能走到這個境界。

務必在十七歲生日之後破處，這點十分重要，但時間點必須要在十八歲生日當天之前。不誇張，就算只是前一天也可以；如果妳帶著處女之身迎接十八歲，代表這輩子都沒機會做愛。

妳可以和人耳鬢廝磨親來吻去，多少人都沒關係，那都只是練習，不代表什麼。

有車的高個子猶太人男生最帥。

最極品的則是年紀大一點的男生，因為他們見過世面，比較世故，而且標準比較不會那麼苛刻。

戀愛中的朋友是無趣的朋友。除非妳自己也在談戀愛，那妳們就還聊得來。只要妳完全不主動問及朋友的男朋友，代表妳覺得那件事很無聊，妳的朋友們就不會再把這件事拿出來講。她們都懂的。

我贊成先去享受自己的人生，晚點再結婚。二十七歲左右差不多。

法莉和我從來不會喜歡上同個男生，因為她喜歡厚顏無恥的地虎，像奈杰．哈曼（Nigel Harman），而我則喜歡帶有神祕感的猛男，像霸子樂團的查理．辛普森（Charlie Simpson）。也因為這樣，我們的友誼能夠天長地久。

我這輩子最浪漫的時刻，是某年情人節我和蘿倫在聖奧班斯某個詭異酒吧裡的那場表演。那天我唱了〈Lover, You Should've Come Over〉[1]，而喬．索耶站在人群最前排閉著眼聽，上臺前我們才聊到傑夫．巴克利（Jeff Buckley）。基本上，他是我所遇過唯一一個完全了解我，也了解我如何成為現在這個我的男生。

我這輩子最尷尬的時刻，是當我試圖去親山姆．里曼，他卻抽身閃開，而我摔倒在地。

我這輩子最心碎的時刻，是威爾．揚[2]出櫃的時候。當時我表面裝作毫不在意，但私底下卻大哭著把皮面筆記本拿去燒掉。那本筆記本是我的堅信禮禮物，裡面寫滿了我和他兩人生活的點點滴滴。

男生喜歡妳對他們說沒禮貌的話，如果妳人太好，他們會覺得妳幼稚而且土。

等我終於交到男朋友，很多事就都不重要了。

1 美國歌手，〈Lover, You Should've Come Over〉的演唱者。

2 威爾．揚（Will Young）是英國創作歌手，二〇〇二年參加選秀節目《流行偶像》（Pop Idol）獲得冠軍，一個月後公開出櫃。

男孩們

對某些人來說，代表青春時期的聲音是和兄弟姊妹在花園裡玩耍時的快樂尖叫，對另外一些人來說，則是騎著心愛的腳踏車在丘陵谷地中悠閒前進時，車鍊發出的咖答咖答聲。有的人會想起走路上學途中聽到的鳥叫，或是操場上的笑聲和腳踢中足球的聲音。對我來說，青春的聲音是AOL的網路撥接音[3]。

我到現在都還記得那一連串聲響，記得其中的每個音符。最初是細小短促的電話撥號聲，然後是一個尖細高音，接著有許多彷彿半途截斷的扭曲音效，象徵著連線程序已經進行到一半，隨後出現兩次刺耳單調的低音和一串白噪音。然後是一片安靜，表示最難熬的階段都已經過去。「歡迎來到AOL。」一個撫慰人心的聲音說道，O的音調特別向上提起，然後接著那個聲音會說：「您有電子郵件。」我以前會一邊聽著AOL的撥接音，一邊繞著房間跳舞，讓那段難熬的時間能過得快一點。我把芭蕾課學到的動作編成舞步：撥號音時雙腿plié下蹲，低音出現時則是貓步pas de chat。每天晚上從學校回來時我都這麼跳，那是我整個生活的原聲帶，我的少女時代都在網路上度過。

稍微解釋一下：因為我在郊區長大。就這樣，這就是所有的原因了。這一切源於父母在我八歲時拍板立下的殘酷決定，我們全家人搬離原本位於伊斯陵頓（Islington）的地下室公寓，遷入史丹摩（Stanmore）某幢大房子。那地方在地鐵銀禧線（Jubilee）的最後一站，是北倫敦最遙遠的邊緣地帶，城市外圍的荒涼邊疆，只能在一旁遙望狂歡派對，無法加入。

如果妳在史丹摩長大，那麼妳既不屬於都市也不屬於鄉村。我距離倫敦太遠，當不了都會潮妹，潮妹們都去Ministry of Sound夜店，講話都不發尾音，衣服穿的都是樂施會裡的率性古著（只不過那幾間樂施會全都開在派克漢萊[4]那區，而且說是二手衣，品質卻好得驚人）。但與此同時，我跟契爾屯[5]的距離也同樣遙遠，同樣當不成兩頰發紅、充滿野性的鄉村丫頭，那些鄉村女孩們都穿著陳舊的套頭毛衣，十三歲就學會開老爸的雪鐵龍，會和親戚的小孩一起在森林裡漫步、吃迷幻藥。北倫敦郊區是身分認同的真空地帶，這一區的人就和家家戶戶都有的絨毛地毯一樣，淺褐色的，沒什麼個

3 AOL為九〇年代非常著名的美國網路服務提供公司，該公司在英國也有提供服務，並且有專屬的英國版女性語音。如果是美國版，成功撥接後則是由一男聲說出「歡迎」。

4 Peckham Rye，位於倫敦東南，傳統印象上屬於治安比較差的一區，但因為消費較低，吸引許多獨立商店、藝文人士，成為新興的熱門地點。

5 Chilterns，位於倫敦和牛津之間，以優美的丘陵自然景觀聞名。

性。那地方沒有藝術、沒有文化、沒有老建築、沒有公園、沒有獨立商店或餐廳，但有很多高爾夫球俱樂部和義大利餐廳Prezzo的分店，還有很多私立學校、私人車道、圓環、量販購物中心，以及有著玻璃屋頂的購物中心。那裡的每個女人看起來都是同個模樣，用同一張房子設計圖，車子也開同一款，妳唯一能夠表達自我的方式就是購買同質性的資產：溫室、拓寬廚房、內建衛星導航的車、馬約卡島的全包式套裝度假行程。在北倫敦，除非妳想打高爾夫球、幫頭髮挑染，或是逛福斯汽車的展示廳，否則沒事可做。

如果妳是一名青少女更是如此，沒有老媽開著福斯Golf GTI載妳就等於失去行動能力，活在那地方真的無聊至極。不幸中的大幸，我還有我最好的朋友法莉，從我住的巷子騎腳踏車到她家只要三．五英里。

法莉跟我生命中認識的其他人完全不同，以前就是這樣，現在仍是。我們十一歲時在學校認識，從以前到現在，她都是和我完全相反的人。她黑肉底，我白皮。她有點太矮，我有點太高。她會幫每件事做好計畫和時間安排，我則是所有事情都拖到最後一刻。她喜歡秩序，我趨向混亂。她喜歡規則，我討厭規則。她絕不以自我為中心，我則認為連自己每天早上吃什麼口味的吐司都重要到值得在社群媒體上公開宣告（而且連發三個不同平臺）。她非常注重當下，總是專心處理眼前面對的事物，我則永遠一半活在現實，一半活在自己腦中的白日夢裡。但我們就是很合得來。一九九九年的某堂數學課，法莉選擇了我旁邊的位子，那是我這輩子最幸運的一天。

和法莉在一起混時，我們每天的行程都一樣：我們會坐在電視前，一邊吃堆成小山高的貝果和薯條，一邊看尼克兒童頻道的美國青少年情境喜劇（不過說起來，也只有我們父母不在家的時候才能這樣——郊區中產階級的另一個特點是都對自己家的沙發寶貝得要死，絕對不准在客廳吃東西）。等到《姊姊妹妹》（Sister, Sister）、《天生一對》（Two of a Kind）和《魔法少女莎賓娜》（Sabrina the Teenage Witch）都看完之後，我們會轉到音樂頻道，一臉痴呆地瞪著電視螢幕，在MTV、MTV Base和VH1之間轉來轉去，十秒鐘就轉一次，看有沒有亞瑟小子的MV。等到連這都無聊了，我們會轉回尼克兒童重播頻道[6]，然後把一個小時前看過的情境喜劇集數全部再看一遍，然後重複。

莫里西（Morrissey）曾形容他的青少年生活像在「等一輛永遠不會來的公車」，那種感覺，唯有在淺褐色候車室裡長大的我們才能確實體會。那時的我無聊、哀傷又寂

6 重播頻道（timeshift channel）是一種電視頻道分類，該頻道的節目時間表會比主頻道晚，名稱通常為主頻道名稱後面加上延遲的時間，「+1」代表晚一個小時，「-2」代表早兩個小時，以此類推。例如，尼克兒童重播頻道的原文名稱為「Nickelodeon +1」，代表這個頻道會在尼克兒童頻道節目播出的一個小時後重播該節目。英澳紐、南北美以及幾個歐洲國家都會使用這類播放方式。

寞，煩躁地希望童年時光趕快過去。後來，AOL撥接網路彷彿穿著閃亮盔甲的英勇騎士一般，降臨至我家那臺龐大的桌上型電腦裡，再後來，MSN也來了。

當我下載MSN，開始輸入其他人的電子信箱地址後——在學校認識的朋友、朋友的朋友、我從來沒見過的附近學校的朋友——那感覺就彷彿聽到牢房牆後有人回應我的拍打，彷彿我在火星上發現綠色的草地，彷彿在扭開收音機之後終於聽到破碎的雜訊拼湊連接成滑順的人聲。那是逃脫沉悶郊區的管道，帶我進入豐富的人生。

對當時處於青春期的我來說，MSN不只是我和朋友保持聯繫的方式，也是一個實際存在的地方。我記得的MSN是一間房間，每天晚上、每個週末，我都坐在裡頭好幾個小時，直到眼睛因為盯著螢幕太久而充血。就算爸媽大發慈悲帶我和弟弟離開郊區到法國度假，我也還是每天到那個房間報到。每當抵達新的民宿，我做的第一件事就是找出他們有沒有能夠上網的電腦（通常是位於昏暗地下室裡的骨董桌機）、登入MSN，然後厚臉皮地霸占著電腦聊上好幾個小時，直到某個情緒化的法國青少年坐在我後面的扶手椅上等著我走。普羅旺斯的陽光在外頭灑落，我家的其他人都躺在游泳池邊看書，但我爸媽知道，談到MSN，跟我吵也沒有用。那是我的交友中心，是屬於我的私人空間。那是唯一稱得上屬於我的東西。要我說的話，是僅屬於我的一片天地。

我的第一個電子信箱是munchkin_1_4@hotmail.com，十二歲時在學校的電腦教室裡設的。選擇數字十四的原因是我覺得自己只會用這東西兩年，兩年之後就會覺得寄電子郵件這件事太幼稚。一如信箱名稱所暗示，我給自己一段時間去享受這場新的熱潮和其中各種古怪的新奇東西，期限就訂在十四歲生日那天。我的ＭＳＮ人生要直到進入十四歲時才開始，在那之前，我曾經用過willyoungisyum@hotmail.com當信箱，以表達自己對二〇〇二年《流行偶像》（Pop Idol）冠軍的熱愛；也用過thespian_me@hotmail.com，畢竟當時我在學校公演的劇目《旋轉木馬》（Carousel）裡扮演史諾先生，演技廣受各大鄉鎮好評。

踏入ＭＳＮ的世界之後，我重新啟用munchkin_1_4這個帳號，讓自己沉浸在這個信箱自申請帳號以來累積的大量學校朋友資料庫中。不過，ＭＳＮ最重要的功能，是為我帶來男孩們的存在。在那之前，除了我弟、小堂弟、我爸，還有和我爸打板球的一兩個球友之外，我完全不認識任何男生。真的，當時的我從沒在男生身上花過一分一秒，但我的ＭＳＮ裡卻有滿山滿谷的男生電子郵件信箱和卡通頭像，彷彿突然一群突然冒出來的幽靈。他們都是來自學校女孩們的善心貢獻——她們會在週末和男生們出去玩，回來之後慷慨地將男生的信箱地址傳給學校裡的其他人。這些男孩們會在ＭＳＮ上巡迴，進入學校裡每個女孩的聯絡人名單，每個人都有機會和他們聊上一輪。

這些男孩的出處大致分成三類。第一類：某個女生的媽媽的教子，或是女生從小一起長大但沒有很熟的家族世交的小孩。這類男生通常比我們年長一兩歲，又高又瘦，而且聲音低沉。如果是某人的鄰居，那也算在這種。第二類則是某某親戚的小孩。最後，第三種，也是最具異國情調的一種，是女孩們在家族旅遊時認識的男生。這類品種是每個人都夢寐以求的神獸，真的。他可能住在任何地方，遙遠如布倫來或美登赫，但此刻卻和妳在MSN上聊天，彷彿你們正在同個房間裡，這有多麼瘋狂，多麼有冒險情懷。

這些可憐的流浪孤兒小動物很快就裝滿了我的名片盒，他們在聯絡人清單裡有自己獨立的標籤，大字寫著「男孩們」。和他們聊天的時間過得飛快——GCSE學力考試要選哪些課、最喜歡哪些樂團、抽過多少菸喝過多少酒曾經和異性上到幾壘（編故事總是耗人心力）。當然了，我們全都不曉得對方的長相；那是個還沒有照相手機或社交媒體相簿的年代，妳唯一能看到的只有一張小到不行的MSN大頭貼和對方的自我介紹。有時候我會願意勞師動眾地搬出我媽的掃瞄機，把我在家族聚餐或度假時拍的美照掃進電腦，然後用小畫家的裁切功能，仔細剪掉相片裡的阿姨或阿公，但大多數時候，我真的沒這麼勤勞。

隨著這些虛擬男孩們闖入我們的世界，學校女生們之間連帶搬演起一系列前所未有的衝突和戲劇情節。「誰正在和誰聊天」的傳聞永遠一日三變。女孩們會向自己從沒見過的男孩宣誓效忠，方法是把男生的名字放在自己的用戶名稱裡，然後名字前後還要加上星星愛心和底線。有的女孩會覺得自己是那個男生唯一的線上聊天伴侶，但那些突然冒出來的用戶名稱總是能給出不同的答案。有時候，妳會收到從來沒看過的別校女孩的訊息，劈頭就問妳們兩個是不是正在和同一個男生聊天。極其偶爾（這種事總是會成為學生們茶餘飯後的警世寓言），妳會在丟給某個男生訊息時搞錯視窗，錯把訊息傳給妳朋友，意外暴露出自己的MSN風流韻事，莎士比亞等級的悲劇隨之而來。

MSN的世界有某種不成文的複雜規矩：如果妳和妳喜歡的男生都在線上，他卻沒有丟妳訊息，那麼吸引他注意最安全的做法是登出之後再登入，這樣他就會收到妳再次上線的通知，然後重新想起妳的存在，並希望這能讓他主動找妳搭話。另一種技巧是隱藏自己的上線狀態，如果妳想避開所有人的訊息，只跟特定某個人聊天，這麼做可以讓妳偷偷摸摸達成目的。這是一支頗具愛德華時代風格的複雜求偶舞，而我暈著腦袋樂得參與盛會。

這些漫長的通信往來很少發展成兩個人實際見面，即便真的發生了，絕大多數也都失望得摧心裂肺。比如說那個名字叫麥克斯，姓氏則是雙姓的男孩，惡名昭彰的MSN情聖，一天到晚都說要送女生Baby-G手錶。法莉跟他在線上聊了幾個月，終於答應某個星期六下午跟他約在布錫鎮（Bushey）上某個書報攤外面見面。她人剛到，看了他一眼就嚇得躲在垃圾桶後面找掩護。她看著對方在公用電話亭裡不斷打她的手機，但就是無法鼓起勇氣實際跟他面對面，最後跑回家。他們後來還是每天晚上都聊好幾個小時的MSN。

我曾經和兩個人見過面。我和第一個人約在某座購物中心，約會只維持了十五分鐘，災情慘重。第二個男生讀我家附近的寄宿學校，我和他聊了將近一年才終於在史丹摩的披薩快遞分店碰面。我們在接下來兩年之間零零落落地交往著，主要原因是他一直被關在學校裡面。我偶爾會去學校看他，擦著口紅，手提包裡裝滿要給他的香菸，像是第二次世界大戰時被派去勞軍的鮑伯・霍伯（Bob Hope）。他的宿舍裡沒有網路，不可能用MSN，我們以每週寫信、打長長的電話來彌補這一點。我爸每個月收到那張三位數的室內電話帳單時都頗為絕望。

十五歲時，我開始談戀愛，比以往MSN視窗中的任何經歷都要耗盡我心力。那年我和蘿倫成了朋友，她是一位髮型狂野的雀斑女孩，榛色瞳孔周圍總是圈著黑色眼妝。我們小時候曾經見過，一起參加過一場辦在好萊塢保齡球館的奇怪生日派對，不過要到某次和潔思一起吃飯時才真正熟稔起來。潔思是我們共同的朋友，那次晚餐約在史丹摩眾多義大利連鎖餐廳的其中之一。

我們之間建立默契之迅速，就彷彿我在ITV2頻道上看過的任何一部愛情電影。我們聊天聊到嘴乾，不斷幫彼此補完還沒說完的句子，笑到整張桌子都東倒西歪；潔思回家之後，我們待到餐廳打烊，然後在冷死人的天氣裡坐在街上的長椅上只為了繼續和彼此聊天。

她彈吉他，想找會唱歌的人一起組樂團；而我曾經在霍克斯頓（Hoxton）某場聽眾稀少的即興表演之夜登臺獻唱，剛好缺吉他手。隔天，我們就開始在她媽媽家的儲藏間裡排練，把死者甘迺迪（Dead Kennedys）的歌翻唱成巴薩諾瓦版本。一開始我們取名叫「狂暴的潘克斯特」[7]，後來改得更難懂一點，變成「不會飛的蘇菲」。我們的第一場表演在平納（Pinner）一間土耳其餐廳，整間餐廳擠滿顧客，但只有一個不是我們的親戚家人或學校朋友。我們樂團的足跡遍布所有熱門景點：里克曼沃斯某間劇院的大廳、磨坊山某家露天酒吧的廢棄附屬小屋、赤爾登罕郊外的板球場看臺[8]。我們在沒警察的街上就地開演，並唱遍任何猶太教男孩成年禮，只要他們沒趕我們走。

除此之外，我們兩個都對MSN的聊天內容有著同樣極具開創性的運用。打從一開始認識，我們就發現對方也有這種習慣。從開始用MSN後，我們都會把和男生的聊天內容複製到Word文件裡，然後印出來，用活頁夾整理成冊，在睡覺前當成色情小說看。我們自認為是千禧MSN世代初期的布魯姆斯伯里集團（Bloomsbury Group），只不過成員只有兩個人。

7 潘克斯特指的可能是二十世紀初的英國政治家艾米蘭・潘克斯特（Emmeline Pankhurst），她是女性獲得投票權的重要關鍵，作風激進。

8 這三個地點分別為Rickmansworth、Mill Hill、Cheltenham。

不過，就在認識蘿倫的時候，我也離開了郊區，前往史丹摩北邊七十五英里去讀一所同時招收男女生的寄宿學校。MSN再也無法滿足我對異性的好奇心，我迫切想知道他們在真實生活中到底是什麼樣子。我要的不只是情書上不斷消散的Ralph Lauren藍色馬球香水味，或者MSN新訊息的通知聲。我去念寄宿學校，好讓自己有機會適應男生的存在。

（偷偷跟妳說：謝天謝地我去了。法莉留在本來的女校念大學先修班[9]，連個男生都沒碰過，她進大學時就彷彿一頭還沒結紮的公牛衝進骨董店，把所有東西撞得稀巴爛。迎新週的第一天晚上，學校裡辦了一場「紅綠燈之夜」，希望單身的人身上穿一點綠色的東西，而有對象的人穿紅色。我們大部分人會覺得，穿件綠色T恤就算過關了，不過法莉到我們宿舍交誼酒吧來的時候，穿著綠色褲襪、綠色鞋子、綠色洋裝，頭上綁著巨型綠色蝴蝶結還噴了綠色髮膠，臉上根本寫著「我剛從女校被放出來」。我非常慶幸自己在寄宿學校經歷過兩年的男女互動練習，若非如此，恐怕我在迎新週時也會犯下綠色髮膠這種錯誤。）

但事實上，就讀寄宿學校的這段期間讓我發現，自己跟大多數男生沒有任何共通點。除了想親他們之外，我對他們一點興趣也沒有。再說，我想親的那幾個都不想親我，所以我當初其實可以留在史丹摩就好，還能繼續在豐厚肥沃的想像力中享受那不停播的夢幻愛情連續劇。

錯就錯在我對愛情的期望太高了，我把這怪罪在兩件事上：第一是我從小看著我爸媽長大，他們是那種對彼此愛到讓人難為情的父母；第二則是我這一路成長過程中所看的電影。我從小鍾情於音樂劇老片，對金凱利（Gene Kelly）和洛赫遜（Rock Hudson）的作品有著絕對的痴迷，總希望以後遇到的男生能有同樣的優雅和魅力。不過，男女混校很快就殺死了這個念頭。拿我第一堂政治學的課來說，班上十二個人中只有兩個女生，我是其中之一，那是我人生中第一次跟那麼多男孩子坐在同個房間裡。有一次，當老師在講解什麼是比例代表制時，長得最帥的那個偷偷傳了張紙條給我（我之前就聽過他是個惡名昭彰的大情聖，他前一年畢業的哥哥外號就叫「宙斯」）。那張紙條對折，正面畫了一顆愛心，我覺得是封情書，於是害羞靦腆地打開。一攤開，我只看到一張某種生物的圖片，一旁好心地印著註釋，說明這是《魔戒》裡的獸人，然後下方有著一行手寫字：「妳長得好像這個」。

法莉會在週末來看我，色瞇瞇地看著上百個背著運動包包和曲棍球棒的男生在街上閒晃，任君挑選。她覺得我簡直抽中樂透，居然能夠每天早上和他們一起坐在禮拜堂的長椅上，伸手可及。但我卻發現真實世界的男孩子有點令人失望，不像我在那間學

9 Sixth Form，也常譯為「預科」，是英國中學教育的最高制度，招收十六至十九歲，在GCE考試後想要繼續升學的學生，類似專攻考大學的先修班。

校裡認識的女生那樣有趣。他們既不吸引人，也不善良，而且不知道為什麼，我和他們任何一個相處時總是很難放鬆。

到中學畢業時，我已經不再是MSN的虔誠信徒。艾克塞特大學的第一個學期開學，我便迅速投身大學生活中，而Facebook也在同時間問世。Facebook是一座線上的男孩寶藏庫，而且比之前更好的是，所有關鍵資訊都已經整理好，全部條列在同個頁面上。我會定期瀏覽大學同學們的照片，碰到長相喜歡的就加進好友，這會迅速發展成兩人之間的訊息往返，然後便相約在某家夜店當週的拚酒大賽或泡沫派對上碰面。身處得文郡一座天主教城市的校園式大學[10]裡，要找到彼此並非難事。如果說MSN聊天室是能讓我揮灑想像力的空白畫布，那麼Facebook訊息就是完全功能導向的見面工具。所有學生都用這種方式找出下一個愛情的俘虜，排滿自己在下星期四晚上的行程。

那時的我彷彿以言語作為侵略手段的雅芳小姐，會毫無前兆地突然襲擊也許有機會發展關係的人。在離開大學回到倫敦時，我已完全放棄了這種習慣，轉而培養出新的行為模式。我會透過朋友，或是在派對、聚會上認識新對象，等拿到名字和電話號碼之後，先和對方在簡訊、電子郵件聊上幾個星期，最後才約定第二次實際碰面的時間。或許，這就是我所學會認識人的唯一方式，彼此之間隔著距離，讓我有空間去策畫、篩選出要呈現的最好的自己——隨口說出那些頂級笑話、名言佳句，或是確信能讓對方留下深刻印象的歌曲。那些歌通常是蘿倫寄給我的，而我也會回報幾首，讓她去傳給她的筆友。她曾經這樣形容這種交易關係：我們用批發價向彼此買進好聽的新歌，加上屬於自己的「情感標章」之後，再轉送給各自的曖昧對象。

這種通訊往來攻勢的下場，幾乎都是全軍覆沒。我開始慢慢了解，第一次約會最好還是發生在真實生活，而不要在文字裡，否則妳想像出的對方形象和他們真正的樣子將會愈趨背離。許多次，我都彷彿編劇般在腦中幻想出一個角色，然後編造出兩人間各種化學反應，等到實際碰面時，便落得極其失望。那就好像我本來覺得他應該會拿到我寫好的劇本，但卻發現他的經紀人忘記把稿子快遞給他，所以他一句臺詞都沒背，劇情不如預期發展，讓人非常沮喪。

任何在成長期間只和女生相處的女人都能告訴妳一件事：妳永遠都會認為男孩們是世界上最迷人、最有趣、最噁心、最奇怪的生物，他們和大腳怪一樣危險、神祕，而且妳永遠無法擺脫這種想法。通常來說，這也表示妳會一輩子活在自己的幻想裡。畢竟，怎麼可能不是呢？那麼多年來，我就只是和法莉一起坐在牆上，用厚橡膠鞋底踢

---

10 Campus university，指的是所有教學樓、宿舍等建築都在同個校園內的大學。除了校園式大學之外，英國還有城鎮大學（City University）和學院大學（Collegiate University），前者散落在整個城鎮之中，後者則介於校園式和城鎮大學之間，屬於「大學城」形式，學院有各自校園，而學院之間又夾雜街道、店家。校園式大學大多設計現代，臺灣的大學絕大多數都屬於這類。

著磚塊、凝望天空，努力做著更多的夢，好讓自己的注意力從周遭女孩們身上移開，她們穿著同樣的制服、滿坑滿谷都是。如果妳讀純女校，就等於每天以奧運選手等級的程度在訓練自己的想像力。當妳逃入夢中的頻率愈來愈高，妳會訝異於自己習慣依賴的幻想濃度竟已如此之強烈。

我總以為自己對異性的著迷，會隨著離開學校開始真正的人生而逐漸和緩，但我毫不知情的是，即使進入二十歲後半，我仍然不曉得怎麼跟他們相處，完全就像當年第一次登入MSN時一樣。

男孩們是個人生課題，花了我十五年才破解。

糟糕約會日記：十二分鐘

年分：二〇〇二。我十四歲。穿著：Miss Selfridge的蘇格蘭格紋裙、黑色馬汀鞋和螢光橘的露肚短上衣。

男生的名字叫貝佐艾爾，是跟我同校的娜塔莉的朋友。他們在猶太人營隊認識，在那之後就一直在MSN上聊天，給彼此「情感和人生建議」。娜塔莉正處於從頭培養朋友圈的階段，我是她的目標之一。因為她之前到處造謠說同年級有個女生會自殘，結果後來發現只是比較嚴重的溼疹，所以搞得本來的朋友都沒了。

她知道我想要交男朋友，所以提議介紹我和貝佐在MSN上認識。我對這場從未明說的交易深感滿意，娜塔莉送我一個新的男生，我則偶爾和她一起吃午餐作為回報。

貝佐和我每天放學後都在聊MSN，差不多一個月之後就約見面了。他覺得同年齡的人都很幼稚，我也是，他身高比同年齡的人都高，我也是。我們常常一起碎嘴抱怨這些共同經驗。

我們約好在布倫特十字購物中心的哥斯達咖啡店碰面。我不想一個人赴約，就找了法莉一起去。

貝佐到了，看起來跟他傳給我的照片完全不一樣：他剃掉本來的一頭捲髮，而且體重比參加營隊的時候重上不少。我們隔桌對坐，向彼此揮手打招呼，貝佐什麼都沒點。

從頭到尾都是法莉在講話，貝佐和我只是瞪著地板，尷尬而沉默。貝佐帶著購物袋，說他剛買了《玩具總動員二》的錄影帶，我說那有點幼稚，他說我穿這裙子看起來好像蘇格蘭大叔。

我說我們還要趕一四二路公車回史丹摩，要先走了。整場約會只持續了十二分鐘。

當我回到家，登入MSN，貝佐馬上傳了一則長長的訊息過來。訊息的字體是他慣用的斜體紫色Comic Sans，我知道他一定是先在Word寫好，然後才貼到聊天室視窗裡。他說，他覺得我是好人，不過他對我沒有感覺。我告訴他，明明就是他比較喜歡我，但因為不希望被我先開口打槍，就寫了一篇那麼長的演講稿坐在家裡等我上線，這麼做根本有毛病，而且我還特地從家裡坐二十五分鐘的公車過去，而他卻住在布倫特十字附近。

後來貝佐封鎖我一個月，不過最終還是原諒我。我們沒再約過第二次，但在我十七歲之前，我們都是彼此的感情軍師。

擺脫合約義務的束縛之後，我和娜塔莉就沒再一起吃過午餐了。

糟糕派對紀事：二〇〇六年跨年夜，倫敦大學學院宿舍

那是大學第一學期後我第一次回家過節。蘿倫也回到家裡過聖誕，提議我們去參加倫敦大學學院宿舍的跨年夜派對。找她去派對的人是海莉，她們是中學同學，畢業典禮之後就一直沒見。

我們抵達尤斯頓街和瓦倫街之間的小巷，派對地點是一棟破舊建築中的巨大公共公寓。公寓的門根本沒關，而且大半個晚上都重複播著勞凱利的〈啟動引擎〉（Ignition），導致派對上混雜了吸大麻吸到茫掉的倫敦大學學生、蘿倫的中學同學們和隨機闖入的路人。蘿倫和我各有一瓶紅酒（因為場合特殊，所以買了傑卡斯的希哈），用塑膠杯喝（因為場合特殊，所以沒直接從瓶子灌）。

我掃視全場，尋找著四肢健全、還會呼吸的男生。這時的我十八歲，剛開始有性生活第六個月，正處於性欲異常高漲的時期；在這段極為短暫的時間裡，性愛就是我最大的冒險和探索。對這時期的我來說，上床就跟馬鈴薯還有菸草一樣稀鬆平常，我根本是性愛世界的華特．瓦歷爵士[11]，完全不懂大家怎麼有辦法下得了床。所有關於那檔事的書

---

11 Sir Walter Raleigh，英國伊莉莎白時代著名的冒險家。

和電影和歌曲都不足以描述性愛有多美好，我們應該每到晚上就拚命找機會做愛或是尋找做愛對象，怎麼會有人還能想其他事情（不過，這種感覺最終在我十九歲生日前不知不覺地消失了）。

我在派對上注意到一張熟悉、親切的臉，而臉的主人身高很高、肩膀寬大。我很快想起來，當初拿到GCSE證書後，我為了工作經驗而加入某部情境喜劇的劇組，而他是劇組場務。當時我們兩個打情罵俏了一陣子，會相約在攝影棚後方偷抽菸，一起抱怨耍大牌的劇組演員。此刻，我們張著雙手朝彼此走去，本來只是擁抱，差點就要巴著對方不放。大量賀爾蒙在我血管中奔流，我只是被操縱的機器，握手升級成親熱擁吻，擁抱變成隔著衣服摩擦，所有象徵親密程度的社交指標全都自動向上爬升幾檔。

整整兩個小時，我們分著喝完了那瓶希哈，一直磨蹭對方的身體，最後跑進廁所裡打算銀貨兩訖。我們是兩個喝醉的青少年，摸索著彼此的牛仔褲和裙子，試圖修復已經燒到熔斷的保險絲，此時突然有人敲門。

「馬桶壞了！去別間！」我大喊，而場務先生正咬著我的脖子。

「親愛的，」蘿倫壓低了聲音，似乎有點不高興。「是我，讓我進去。」我扣好裙子，走到門邊拉開一小道縫。

「怎麼了？」我把頭從門縫間伸出去問，她趁勢鑽了進來。

「那個，我和芬恩差不多要做了——」她注意到我那位站在廁所角落的朋友，他正害羞地拉上牛仔褲的拉鍊。「噢，你好。」她態度一派輕鬆。

「我和芬恩差不多要做了，但我怕他會摸到我的內褲。」

「所以？」

「我今天穿的是束腹。」她拉起裙子，露出一條肉色的緊身束腰。「可以讓肚子和後面的肉不要亂跑。」

「脫掉就好了，假裝妳沒穿。」我邊說邊把她往門口推。

「那我要放在哪裡？其他房間都有人了。我每間都看過，每間都有一大群人。」

「放那邊。」我指著馬桶髒得要死的水箱。「絕對不會被看到。」我幫蘿倫把束腹脫下來，藏到馬桶後面，然後把她推出廁所。

不幸地，因為我們剛才喝了大量酒精，還分著抽了一根大麻菸，場務先生硬不起來。我們試了好幾種方法，想做點補救，其中一次還狂熱到不小心把牆上的蓮蓬頭扯下來，但總的來說都是徒勞。我們立下停損，友善地各奔東西——他還要去另一場派對，我們擁抱道別。此時才剛過午夜。

蘿倫和我在最多人抽大麻的房間裡會合，分享彼此的炮事。在這新年的第一個小時，芬恩也離開了，有人告訴他另一場派對更好玩，他於是遁入如墨的夜色。我和蘿倫舉杯敬酒，致彼此醇熟的友情，致恆常讓人失望的男生們，隨後轉頭便遇到之前在惠斯通（Whetstone）即興表演巡迴時認識的 emo 樂團，迅速跟他們打成一片。留著羅伯・史密斯（Robert Smith）髮型的主唱歸她，臉頰跟高麗菜娃娃一樣圓滾滾的貝斯手歸我。我們癱坐在衣櫃前面，四個人如工廠生產線一般傳遞著大麻捲菸和Silk Cut牌香菸，然後輪流把自己的iPod放上喇叭底座播音樂，歌單裡約翰・梅爾（John Mayer）和迪斯可瘋三（Panic! at the Disco）各半。突然之間，音樂停了下來。

「有人弄壞了蓮蓬頭。」海莉霸氣地宣布。「我們要把弄壞的人找出來，讓那個人負責賠償，否則舍監那邊會非常難搞。」

「對，一定要把人找出來。」我高聲附和，還參雜一句髒話。「我覺得是那個長頭髮有點矮的男的。」

「哪個男的？」

「他剛剛還在這邊。」我說。「一定是他，他剛才和一個女的笑著從廁所出來。我猜他跑出去抽菸了。」

我領著一群住宿學生上街獵捕那個虛構出來的男人，但卻看到裘爾正在找派對入口，我馬上移情別戀，對誤導眾人失去興趣。裘爾是北倫敦有名的青春鮮肉，他是猶太人版的華倫・比提（Warren Beatty），有著髮膠抓出的刺蝟頭和青春痘疤；他是郊區版的丹尼・祖可[12]。我給了他一支菸，兩個人旋即黏在一起彷彿只是在閒聊倫敦交通局的政策走向。我們移師回公寓，我享受著大家的目光；在大庭廣眾下和裘爾接吻親熱，榮譽程度比跟已成往事的場務先生還要高上幾分。遺憾的是我們沒辦法再霸占廁所了，現在那裡面像在上演《沉默的證人》，擠滿了海莉和一群已經抽大麻抽到半茫的掃興法醫團隊，試圖推論出弄壞蓮蓬頭的兇手和犯罪手法。就當我四處張望尋找新的隱密地點時，克莉絲汀（金髮美女一枚，如果裘爾是丹尼，她就是珊蒂）走來問我能不能和裘爾講幾句話。我大方地讓出位子，因為俗話說得好，如果妳真的很想爬進誰的褲襠，就要放他自由。

我重新找到蘿倫抽菸，牌子換成了Mayfair。

「以前讀書的時候他們就曾經交往過。」她告訴我。「分分合合，高潮迭起。」

「噢。」我說。

我的視線落向房間另一端，克莉絲汀和裘爾正牽著手離開公寓，他邊走邊向我揮手，表示抱歉。

「掰。」他用嘴形說著。

蘿倫現在注意力都在那個emo主唱身上，兩個人在聊和弦進行；顯然，她已經打定主意要跟這人上床了。時間將近清晨四點，我兩個小時後要起床上班，到龐德街的高檔鞋店當店員，放棄那百分之一的抽成將是我無法承受的損失。我開始在昏暗的房間裡尋找有沒有一小塊地毯能讓我睡覺，幸運的是，我找到了一張沒人的單人床。我把鬧鐘設在六點。

12 Danny Zuko，音樂劇《火爆浪子》（Grease）的主角。

兩個小時後，我帶著這輩子最糟糕的宿醉醒來，感覺像腦子裡的東西都被翻出來。我的眼睛因為睫毛膏而黏在一起，口氣聞起來像昨天晚上有隻老鼠在灌下整瓶蘇維翁葡萄酒後爬進我嘴巴死在裡面化成屍水。我低頭看著自己，棕色Topshop迷你裙，裸露的大腿、海盜皮靴，然後想起我沒帶工作制服。

「海莉，」我壓低了聲音，用腳的拇指去推她的身體。她睡在旁邊地板一堆套頭上衣的上面。「海莉，借我一件連身裙，素面黑的就好，我晚點拿來還妳。」

「妳占了我的床。」她語氣冷淡。「昨天晚上趕妳趕不走。」

「對不起啦。」我回答。

「然後蘿倫告訴我，弄壞蓮蓬頭的人是妳。」她臉埋在衣服堆裡，聲音含糊地抱怨。我沒說話，悄悄離開。幾個小時前我在海莉的枕頭下找到她用來寫可憐短詩的筆記本，現在很後悔當初為什麼要選擇做個好人，根本應該從頭到尾看三遍。

「妳也太像流浪漢了吧。」走進店裡，我那巫婆主管美芮就對著我大喊。「聞起來也像。」她邊說邊像趕蒼蠅似地，對我輕蔑地撇了撇手。「去倉庫，妳今天不准靠近客人。」

經過一整天忙死人的工作，晚上到家之後，我登入Facebook檢視前一晚災難現場的照片，而在我動態牆的最頂端，是蘿倫那件巨大內褲的近距離特寫。照片是海莉拍的，被歸入名為「失物招領」的相簿，還標記了參加派對的每個人。文字敘述只寫著：「這是誰的褲子？」

酒國瘋婆的利明頓溫泉遊記

我第一次喝醉時，只有十歲。我和另外四個雀屏中選的同年級女生一同受邀參加娜塔莎．布瑞特的猶太成年禮。娜塔莎住在磨坊山，在她家後院那座盈滿陽光的天幕帳篷底下，葡萄酒液流淌，煙燻鮭魚飛舞旋轉，女人們將頭髮吹出波浪起伏的髮流，口紅是一致的緞面米膚色。出於某些我永遠想不通的原因，服務生不斷為我們這幾個女孩送上香檳，一杯接著一杯，明明我們看起來就像剛進入青春期沒多久，全都穿著無肩帶可愛洋裝，頭上還夾了蝴蝶造型的髮夾。

一開始，我感覺有股暖流湧向全身，血液衝刺起來，皮膚彷彿都在震動。接著我全身關節的開關都鬆了，整個人變得像剛發酵好的麵糰，輕柔而有彈力。然後進入話很多的階段：好笑的小故事、誇張地模仿老師和父母、黃色笑話、最喜歡的髒話。直到今天，這三個階段仍是我剛喝醉時的必經過程。

父女之舞選的歌曲是范．莫里森（Van Morrison）的〈Brown Eyed Girl〉，但跳到一半就被打斷並草草結束。因為我們這群之中有個女生醉的程度比其他人再多了那麼一點點，她肚皮朝下把自己塞進娜塔莎和她爸之間的地上，像條離水的魚似地發瘋扭動，很快地，我也有樣學樣地跟著照做，直到某個頗不高興的叔叔上前將我們兩個斥退。這個夜晚才剛開始而已。

借助一股新湧現的自信心，我判斷此時是獲得初吻的最佳時機，然後是第二吻（他的好朋友），然後是第三吻（第一個人的哥哥還是弟弟）。每個人都共襄盛舉參與其中，交替著試用接吻對象，彷彿是在跟同桌的人交換甜點。最終，這場郊區兒童的情欲狂歡被迫解散，我們全都被帶到客廳灌黑咖啡。他們鎖上客廳的門，打電話叫父母來接人。由於這項不良行為的糟糕程度空前絕後，星期一在學校時我們又被女校長訓了一次，罵名為「有損學校形象」（在校的那幾年常被這種理由指責，但在我看來總覺得這種控訴頗為無力，畢竟我從來沒選擇要代表這間學校，比較像是我父母選擇讓這間學校代表我）。

經過那天晚上，我就成了不一樣的人，那天發生的事給了我許多足以寫滿整個青春期歲月的日記內容。我在太年輕的時候就嘗到酒的滋味。我會在任何家庭聚會場合，哀求大人們給我一小杯稀釋過的葡萄酒；我會吸吮聖誕節酒心巧克力裡那香甜膩喉的糖漿，希望能獲得一點醉意。十四歲時，我終於找出爸媽的酒櫃鑰匙藏在哪裡，我會在他們不在家時，灌下幾口便宜的法國白蘭地，邊做功課邊享受那股溫暖、暈茫的微醺。有時候法莉也會被我拉進這場不能公開的郊區狂歡派對。我們會大喝我爸媽的英人牌琴酒（再把瓶子喝掉的部分用水填滿），然後盤腿坐在長毛地毯上看《超級大富翁》[13]，兩個人醉醺醺地爭執著正確答案。

我討厭當青少年的程度勝過討厭任何事物，再也沒有比青春期更不適合我的人生階段。我急切想成為大人，渴望被認真對待。我討厭自己在任何事上都必須依賴任何人，寧可先把地板拖乾淨也不想讓大人用零用錢引誘我，或者晚上自己在雨中走三英里回家也不讓爸媽來載。我十五歲就在查康登（Camden）一房一廳的公寓租金多少，早一步規畫自己當保姆賺來的錢要存下多少。在同樣年紀，我會用我媽的食譜和餐桌舉辦「晚宴」，強迫朋友們來我家吃迷迭香烤雞和覆盆子帕芙洛娃蛋糕，歌單配以法蘭克・辛納屈（Frank Sinatra），即便她們真正想要的是吃漢堡和打保齡球。我想要屬於自己的朋友、自己的生活步調、自己的家、自己的錢和自己的人生。我認為身為青少年是極為沮喪、屈辱、暴露且令人依賴成癮的窘困境地，所有人的青春期都太長。

在我看來，酒精，是我所能做的微小的獨立行為。喝酒讓我覺得像個大人。我的朋友們喝了酒後便會和人親熱、大吼大叫、交換祕密、抽菸跳舞，這些附加效果的確有趣，但我最喜歡的是酒和成人生活相關的部分。我會幻想平凡成人生活中各種可能發生的細小片段，並在現實中搬演。我會旁若無人地晃進酒行，一邊看瓶子後的酒標，

13 英國電視節目《Who Wants to Be a Millionaire?》，答對主持人的所有問題可以獲得一百萬英鎊。

一邊用諾基亞 3310 跟不存在的人對話，例如「我禮拜六要找朋友來喝酒鬆一下。」或「今天上班真的很不順。」或是「我剛才把車子停在哪裡。」我會在週五下午四點的放學人潮中，手裡拿著書頁已經翻爛的《女太監》[14]（諷刺的是只是拿來裝飾），故意站在走廊正中央，用老師們能夠聽到的音量對著法莉大喊：「妳會過來吃晚餐對吧？我真的超想喝掉一整瓶紅酒！」我享受一旁走過的老師們臉上那滿是困惑的表情。我會在心裡想：**哼，去妳的，我做的事情妳也在做。我會喝酒，我是大人，妳她媽的最好別不把我當一回事**。

不過，一直要到我十六歲進入寄宿學校，我才真的養成酗酒的習慣。我讀的那所男女混校，是英國最後一所校園內設有大學先修生酒吧的寄宿學校。每到週四和週六，在代幣獎賞制度的獎勵下，幾百名十六到十八歲的年輕人會湧入狹小的地下室，用代幣換得兩瓶啤酒，在黑暗中彼此磨蹭，或是跟著「陛尼曼和其他雷鬼大神」的音樂跳到汗流浹背。

很幸運地，我住的那幢宿舍就在酒吧正對面，因此十一點一到，我只需要幾步路就能夠跌回宿舍大廳，和其他喝醉的舍友大吃女生宿舍管理員特別買來的披薩。宿舍的小花園也理所當然地成為我們這些放蕩人士的遊樂場，熄燈時間半小時後，我們的女舍監會繫緊冒險頭盔[15]，在草叢裡獵捕衣衫不整的偷情學生。她會把在花園裡找到的女孩送回樓上房間（不給披薩吃），把男生趕回男生宿舍，然後再回到自己的書房裡跟男宿舍監通電話，而我們在門外偷聽，那是最有趣的一刻。

「你們家詹姆斯跑來我們家杜鵑花叢裡找艾蜜莉，褲子都脫了。」她會用很重的約克口音這麼說。「我叫他回去了，應該十分鐘會到。」

所有老師都知道我們在進到酒吧前就已經喝了酒。我們會在行李箱裡放舊的洗髮精空瓶，裡面裝的全是伏特加；床墊底下的萬寶路淡菸存量簡直源源不絕。我們會用便宜的香水和薄荷涼糖掩蓋菸味蹤跡，如果是抽了大麻，兩眼充血，那就弄溼頭髮裝成剛洗完澡，說是眼睛被洗髮精沾到。老師們都遵循著一條潛規則：我們相信妳知道自己的極限在哪，所以不要打壞自己的規矩。妳可以喝、可以抽，但不要惹麻煩，偷吃記得擦嘴。整體來說，這套制度還算可行。雖然總是會出現某個玩過頭的人，開始砸椅子或試圖硬上執勤中的年輕數學老師，不過其他人都還算自控得宜。整體來說，老師們都會給學生極大的尊重，視我們為年輕的成人，而不只是小孩。我在寄宿學校度過青春期的最後兩年，那是我唯一喜歡的青少年時光。

14 潔玫・葛瑞爾（Germaine Greer）的《The Female Eunuch》，女權運動重要著作之一。

15 pith helmet，又稱木髓帽，是十九世紀歐洲殖民者和冒險家常戴的帽子。

大家都知道，對於不太能控制酒精的人來說，大學絕對不是能帶來良好影響的地方，而在選擇UCAS志願那天，我選的竟然是艾克塞特大學，我的媽啊，簡直糟到不能再糟。艾克塞特大學安穩地坐落在綠坡連綿的得文郡間，長久以來都以專收富二代文盲酒鬼聞名。如果妳曾經遇到哪個男人到了中年還在打袋棍球、對每一種喝酒遊戲的規則瞭若指掌，而且喝醉的時候會大唱拉丁文歌，唱得比英文歌還好，那麼他很有可能就是畢業於艾克塞特大學（八〇年代時又被叫作「綠靴大學」[16]）。我申請的唯一原因，是因為法莉也申請；而法莉申請的唯一原因，是因為艾克塞特的古典文學很強，而且她喜歡海邊。我真正想讀的學校在布里斯托，但最後去讀艾克塞特是因為我沒被布里斯托那所學校錄取，而我爸媽說我一定得上大學，無論哪一間。

直至今日，我始終確信，在艾克塞特待了三年讓我比入學前更笨。我在那段時間裡幾乎沒有投注任何努力，從本來求知若渴的書蟲變成你不指定我就一頁都不看的傢伙（而且就算指定了我也沒看完）。從二〇〇六年九月到二〇〇九年七月，我唯一做的事情就是喝酒和上床。所有人都是這樣，喝酒和上床，中間只會短暫停下來吃土耳其烤肉捲餅、看一集《天才書呆子》（Eggheads），或是去買一套高級得要死的裙子，只因為酒趴的服裝主題是「醉後的夏日美酒」[17]。那個地方跟我本來預期的不同，不僅不是前衛思想的中心，也缺乏熱情的激進主義，根本是我所見過最政治冷漠的地方。在就讀的那段期間，我從頭到尾只看過兩次抗議活動：第一次是有群學生在抗議活動大樓酒吧菜單上的捲捲薯條被取消了，第二次是有個女的發起請願，希望能在學校裡蓋一條馬道，讓她可以騎著可愛的小馬去上課然後再騎馬離開。

我在艾克塞特認識的女孩們，是她們讓那段糟糕的日子有所意義；如果不是因為她們，我會對自己浪費在艾克塞特的幾年感到無盡的悔恨。剛進大學第一個星期，法莉和我就認識了未來將和我們成為親密知己的女孩們。這群人裡有戲劇系的蕾西，有點口無遮攔，一頭金髮美不勝收；有來自管教嚴格純女校的AJ，棕髮閃閃動人，喝醉後會大唱讚美詩；金髮萬人迷莎賓娜總是精力旺盛、熱情洋溢。還有，南倫敦出身的蘇菲，紅髮、有趣、有點男孩子氣，每次來我們公寓就是來幫忙修東西。以及希克斯。

希克斯是我們這群的老大。她生於薩弗克（Suffolk），是頂著白金色鮑伯頭的女野人，充滿野性的雙眼被藍綠色的閃亮眼影簇擁，兩條長腿像過動的青少年，事業線永遠開門見客，我一眼就能從人群中認出她來。我從沒遇過這樣的人，莽撞放肆、充滿

16 原文為「The Green Welly Uni」。綠靴指的是會從事騎馬、獵狐、射擊等戶外活動的有錢人，他們以前常穿綠色的赫特威靈頓橡膠靴。

17 原文為「Lashed Of The Summer Wine」，引用英國七〇年代喜劇節目《Last Of The Summer Wine》。「lash」有打定主意要喝醉的意思。

危險，機敏且大膽。跟希克斯在一起，彷彿做任何事都無需顧慮後果。她是活在自己的國度之中，屬於自己的女王，只遵從自己訂下的規則。跟她出去時，半夜一點回家才叫正常，隔天的傍晚會提早從下午開始，妳們在酒吧認識的某個老男人則隨時會成為暫住妳家裡的房客。希克斯全然、絕對、全心全意地活在當下，有著不可思議的渾然魅力，搖滾風範令人嫉妒。她的不羈，以及對享受美好時光的無盡追求，為接下來的三年時光定了基調。

艾克塞特大學的校風極度屁孩，又充滿男性賀爾蒙，引得我常想，當年還是學生的我們做出某些舉動的根本原因，是否就是受這種校風影響；又或者是因為，我們這群女生想和那種能量媲美，而試圖改變自己的行為。那是美國電影裡那種兄弟會文化的延伸（我們都看著那種電影長大），同時參雜了公立學校那種粗野的階級制度。我們會相約一起在垃圾子車後面蹲著尿尿，並以此為樂（法莉和我有一次在某座墓園邊上這麼做，屁股讓路過的車看光光——那次運氣不太好，其中一輛剛好是警車，逮住我們罵了一頓）；我們會偷路上的交通錐，堆在客廳裡。我們會去各大夜店舞廳接彼此回家或者把彼此送往下一間；我們討論性，彷彿那是某種團體運動。我們誇大性事，自吹自擂，以幾近無情的誠實對待彼此，且毫無競爭關係（我們唯一對彼此的對象下手的時刻，是帶著醉意向他們長篇大論，闡述我們這群人的友情有多珍貴，通常會令男方無聊到不可能對我們有意思）。

我和AJ、法莉和蕾西同住，在那間有著紅色大門的放蕩房子裡，我們設了「簽到簿」，專門讓「過夜訪客」在隔天早晨離開時留言。我們的後院躺著一臺已經死透的一九八〇年代電視機，任憑日晒雨淋。我們的玄關常有蛞蝓，我會把牠們一隻一隻抓到屋外，固定放在草地的一個角落（後來蕾西才向我坦承，她們放了殺蛞蝓藥但沒跟我說）。那是一段極為放蕩、極為縱情聲色的時期。在那個世界裡，我們其中兩人會在徹夜跳舞之後，直接殺去艾克塞特大教堂的週六禮拜，穿著金色萊卡的夜店裝唱讚美詩；在那個世界裡，法莉曾經為了九點的課早起，下樓之後卻發現我和希克斯還在跟前晚遇到的中年計程車司機喝貝禮詩酒。我們是妳所能想像最糟糕的那種學生，魯莽、幼稚、只沉浸在自己的世界，而且極端地不在乎。我們就是所謂英國壞掉的那部分[18]——事實上，我們以前會在走往酒吧的路上大聲嚷嚷這句話。而現在，我會走至馬路另一側或提早一站下車，避免靠近和當初的我們一樣類型的人，那種吵鬧、愚蠢、自鳴得意的出鋒頭患者。

在艾克塞特那幾年，曾有幾位親朋好友來拜訪我，唯有從他們眼中，才能真正知道

18 大約在二〇〇七到二〇一〇年之間，英國保守黨常以「壞掉的英國」（Broken Britain）去批判社會上蔓延的頹廢風氣。

我那群大學朋友的酗酒文化糟糕到什麼地步。比如說我弟弟，班，他十七歲時曾到我那裡住過兩個晚上。我帶他上夜店，他卻被滿地失去意識的半裸死屍嚇到要收驚，還對其中一家店裡的階級制度感到不爽（那間店的座位有所謂的「王位」區，只有橄欖球隊的隊員能夠入座）。後來他告訴我爸媽，在艾克塞特的那三天，是他拒絕上大學而改申請戲劇學校的主要原因。

蘿倫也來找過我。當時她在牛津讀英國文學，我和她曾執行過幾次屬於我們自己的「交換學生計畫」。她會搭超級巴士[19]來艾克塞特找我玩幾天，一起做點殺死腦細胞的事，然後帶著我一起回牛津。我會在莫德林鹿園中閒晃，假裝自己有在認真讀書、每兩個星期交一篇報告，而且還住在屋頂尖如教堂又沒有任何電視的房子裡。

蘿倫第一次來艾克塞特的時候，感覺像是我在教她怎樣當大學生。在酒館裡，我向吧檯點了一瓶便宜的粉紅酒。

「噢，」她說。「只有我們兩個要喝嗎？」

「不是欸，這是我的分。」我說。蘿倫看向我那群朋友，每個人都從吧檯上拿走不同種類的酒瓶和塑膠酒杯。「我們都會各點一瓶。」隔天，蘿倫躺在沙發上，一邊吃著又甜、又貴、又軟趴趴的披薩，看完了她人生中第一集《超級名模生死鬥》。那天下午，她認識了我們學校袋棍球隊的某個隊員，他老兄最有名的事蹟是常常在人文地理學[20]專題報告要交的那天凌晨兩點，才在酒吧裡寫作業。蘿倫說，牛津的大學生活是場智力軍備競賽，令她精疲力盡，所以每次她來找我再回牛津，都彷彿剛度完假，全身放鬆、容光煥發；但當我從牛津回到艾克塞特時，卻只覺得心情低落，想要一走了之。

我的大學生活充滿各種惡劣行徑，但我從未因為這些行為受到懲罰，彷彿活在一顆泡泡裡，非常幸運地從未被人戳破。當我向人說起這段時間的經歷時，常會提到某件和蘇菲有關的小故事，以便再三提醒自己，現在的我們比當年進步多少。現在的蘇菲是名受人尊敬的成功記者，報導過許多重要的LGBTQ和女性議題，但當年某個晚上，她曾打扮成泰國漁夫去碼頭區的酒吧參加泰國滿月派對，離開時整個人醉到躺在水邊，同行的男性友人還在旁邊尿尿。她想著剛才灌下那桶八杯裝的伏特加，覺得自己隨時會吐出來，而旁邊還躺著另一個朋友的女生朋友，對方已經呈現半昏迷狀態，四肢大開如海星般躺在地上。蘇菲發現有個機會自己送上門來，既能保護這個年輕女生安全到家，運氣好的話也許能直接送上床。但當她送那個女生回到宿舍，發現自己的運氣顯然沒那麼好，便又招了計程車回到酒吧，點了另一桶伏特加。後來她遇到一

19 Megabus，英國一間長程客運公司。
20 英國的學生認為人文地理學是無聊又無用的學科。

個男生，對方說想去附近的深夜咖哩店買外帶，蘇菲和他一起去了，她拍著櫃檯桌面大喊「我要帕桑嗟咖哩，我要帕桑嗟咖哩。」他們點了食物，去到他家，吃光整座咖哩小山。蘇菲吐在男生臥室某個壓克力材質的碗裡，吐完就把碗放回旁邊。她在他床上昏睡過去，隔天早上穿著漁夫裝醒來，瞄了一眼旁邊盛滿嘔吐物的碗，視若無睹，隨後拿走男生的滑板車，高高興興地一路溜回家。

「我們只是在幫彼此收集故事。」現在，每當我問她當年的我們怎麼能長不大似地那麼不顧一切、那麼毫無自覺，她都會這樣告訴我。「那就是我們互相交換的東西。經歷那些事不是為了和別人炫耀，而是某天能拿出來和彼此說嘴。」

大家都喜歡喝酒，但顯然我是真的非常非常喜歡，我灌酒的速度只能以驚險形容。我之所以喝酒，很大一部分是因為喜歡酒的味道和醉醺醺的感覺，不過即使進入大學，喝酒的目的對我來說還是跟十四歲時差不多：為了讓酒精進入腦袋。那就像把水倒入濃縮果汁裡，能稀釋一切，讓味道變得柔和。有一種人，清醒的時候充滿焦慮，深信她愛的每個人隨時都會死，並為所有人對她的觀感煩惱不已；但只要喝了酒，她就會為了搏君一笑而滑稽地用腳趾頭抽菸，然後一個側手翻，橫過整個舞池。我就是那種女孩。

我在二十一歲生日的前一個月從艾克塞特畢業，同一年九月就回到倫敦讀新聞學碩士。信不信由妳，那是我玩得最瘋的一年。當時的我突然被分手，被狠狠地甩開，於是把所有注意力都灌注在減肥上，試圖讓自己忘記心痛，同時從抽菸喝酒裡求取散心。

我還記得那是什麼感覺，那就跟十一年前在娜塔莎・布瑞特的成年禮上一樣教人興奮。記得那年我坐在倫敦的地鐵上，一如眾多的星期六之一，大都會線彷彿在鐵軌上慢跑的馬，帶我從郊區進入倫敦中心。一路上，我看著窗外閃閃發光的城市。**整個倫敦都是我的**，我心想，**沒有什麼事我做不到**。

我的玩樂生活在這年攀升至緊繃的境界，但攀升的方式非常不搖滾：坐在預約計程車[21]裡長途跋涉。先說好，這都是希克斯起的頭；大學第三年，她成了艾克塞特大學裡無人不知的名字。事情是這樣的，一天晚上她離開中心大街的酒吧上了計程車，要求司機載她去布萊頓[22]。她花掉身上所有的錢到了那邊，和兩個已經結婚的朋友住在飯店的套房裡，她睡在地板上。一個星期後，她回到艾克塞特，向我們講述這段傳奇旅程。

我的旅程則開始於我在新聞學碩士班新認識的同學海倫。她是個有著一頭捲髮的聰明女孩，某天晚上我和她一起去朋友莫亞家喝酒，順便準備接下來的重要考試。海倫和我一瓶接著一瓶，在午夜時醉醺醺地離開莫亞家。

21只能透過電話叫車，不能上街攬客的計程車。

22 Brighton，英國度假勝地，在倫敦正南方海邊，離艾克塞特車程大約四個小時。

我還想玩，覺得這天晚上不應該這樣就結束，於是我們搭上公車，打算從西漢普斯特（West Hampstead）去牛津街，但就在踏上公車的那刻起，我的醉意突然急遽飆升。因為路上有車禍，那趟車程變得不可思議地久，久到讓在車上的我居然以為自己不是在往牛津街的公車上，而是搭著客運要去牛津市中心[23]。這個論點非常有說服力，因此跟我差不多醉的海倫也同意了。那時蘿倫已經從牛津畢業，所以我沒打給她，而是傳簡訊給她的幾個朋友；那是之前我去牛津時認識的幾個人，我知道他們還待在學校。那幾封簡訊完全不知所云，大致上的意思是：「我朋友海倫和我不小心搭到往牛津的客運，現在快到了，哪裡有得玩？要一起嗎？」

我們在Topshop的旗艦店附近下車，我不理解為什麼店面怎麼比上次去牛津時還大。我站在店外，不停打給我在牛津認識的每一個人（還是沒意識到自己其實人在倫敦），但毫無回應。海倫和我都同意這天晚上註定失敗收場，但那時已經太晚了，我來不及趕最後一班地鐵回父母在郊區的家，於是我們搭上另一班往芬斯伯里公園（Finsbury Park）的公車，回到海倫和她男友同居的公寓，她說沙發可以睡。

但是，因為拒絕放棄自己酒後的幻覺，所以當我們走進海倫的公寓時，我判定那其實是牛津大學的宿舍，而且海倫的其中一個朋友是這裡的學生，之類的。海倫倒床睡去，我則逐一瀏覽手機裡的聯絡簿，看有沒有誰想和我出去玩。我打給威爾，一個體型精瘦、作風不羈的加拿大人，高個子，留一頭長捲髮，瞳色淺得像蛋白石。我一直很喜歡他。

「妳好妳好，親愛的。」他用泡過伏特加的聲音含糊地說。

「我想嗨一下。」我說。

「過來呀。」

「你在哪？」我問。「你還在伯明罕讀大學嗎？」

「沃威克大學啦，我住在利明頓溫泉[24]。」他說。「我把地址傳給妳。」

我晃出海倫的公寓，開始找計程車行。在街上遊蕩十分鐘後（此時酒精緩慢離開我的身體，我終於快要意識到自己身在倫敦而不在牛津了），我找到一間小小的、有著木頭櫃檯的預約計程車公司。我走進去，大聲宣布要找一輛車載我去利明頓溫泉，錢不是問題，但必須低於一百英鎊，因為我的戶頭裡就剩那麼多，而且我的信用額度已經透支到極限。車行裡有三個面露困惑的男人，其中一個走到櫃檯的玻璃隔板後面，從抽屜拿出一張封塵已久的英國地圖。他將兩張桌子併起，戲劇化地在上頭攤開地圖並撫平，大

23 牛津街在倫敦市中心，牛津市則是牛津大學所在的城鎮，兩者相距約九十公里。下文的 Topshop 旗艦店位於牛津街。

24 Leamington Spa，英國本島中南部的溫泉鎮，距離倫敦市中心大約一百五十公里。

大激起他另外兩個同事的興趣。他們圍著地圖，其中一人用紅筆沿著車程路徑畫上虛線，彷彿船長計畫著要對海盜展開攻擊。即使我當時那麼醉，都覺得這演得稍嫌誇張。

「兩百五十英鎊。」他最終鬆口。

「太誇張了吧。」我彷彿是覺得自己顧客權益受到汙辱時的中產階級，語氣裡滿滿的故作震驚，彷彿他才是我們兩個之中提出莫名其妙要求的人。

「小姐，妳想在凌晨三點到三個郡以外的地方，兩百五已經很合理了。」

我砍價砍到兩百，威爾說他會付其中一百。

凌晨四點左右，走在M1高速公路上，我的酒開始醒了，（我希望妳們所有人在往後的人生中永遠不必說出或寫出下面這句話：）但要回頭已經太晚——我常在那些午夜過後才啟程的冒險途中這樣想著，然後說服自己和即將獲得的狂放青春相比，這些都會值得的。瑪格麗特．愛特伍（Margaret Atwood）曾寫過一段話，彷彿掛在天花板的燈罩似地籠罩我當時的人生：

當妳身處其中時，那就還不能稱爲故事，只是一團迷霧；那是一陣黑暗的轟鳴，一段昏聵，一片滿是碎玻璃與裂木的殘骸景象；像被暴風襲擊的屋子，或者撞上冰山或捲入急流的船，船上沒人有辦法阻止事情發生。直到過去之後，當妳向自己或其他人訴說時，那件事才會開始變得像一則故事。

一切都將有所回報。在天色將亮的高速公路上，我把頭伸出車窗，這麼想著。這其中累積的趣事回憶將取之不竭。

我在清晨五點抵達目的地，威爾帶著五張二十元大鈔在門口迎接。我覺得單是抵達就算取得巨大的成功，車程本身和目的地就是故事的全部，其後發生的事都不重要。我們沒睡，繼續喝酒、聊天，衣衫不整地躺在床上抽大麻、聽史密斯樂團的專輯，只偶爾停下來漫不經心地親熱一下。我們在早上十一點睡去。

我在下午三點醒來，頭痛欲裂，而且心懷恐懼地意識到，前一晚想到的玩笑遁詞可能不如想像中那麼幽默。我查了銀行戶頭：零。我看了手機：朋友們傳了幾十封擔心的簡訊。我完全忘記自己傳了一張相片給法莉，相片裡的我坐在計程車後座，愉快地笑著，在凌晨四點的高速公路上奔馳。我在簡訊裡寫著：「西密德蘭[25]說走就走！」

我開始擬訂計畫。小時候交的某任男友當時在沃威克大學念醫學系，雖然分手了，但我們還是維持著含糊曖昧的朋友關係。我可以在他那裡住幾天，等到我當促銷女郎的打工錢終於發下來後，就能坐火車回家，趕上星期二的新聞碩士考試。我傳簡訊給他，卻發現他正在別的地方度假。

25 West Midlands，利明頓溫泉所在的郡。

我的手機響起，是蘇菲。

「妳現在真的在利明頓溫泉嗎？」她劈頭問道。

「對。」

「為什麼？」

「因為我想續攤。有個朋友威爾住在利明頓溫泉，他剛好有一攤。」仍在半睡半醒中的威爾閉著眼睛露出笑容，然後伸出大拇指，一副「就是我」的態度。

「好吧，這真的太莫名其妙了。」她說。「妳要怎麼回家？」

「我不知道。本來想去住某個認識很久的男生朋友家，但他不在，我現在也沒錢坐火車。」然後是一段漫長的沉默，我可以聽見蘇菲對我的擔憂逐漸轉為惱怒。

「好，我幫妳訂回家的客運。」她說。「妳手機有電嗎？」

「有。」

「訂好了我把細節傳給妳。」

「謝謝謝謝謝謝，」我說。「我會把錢還妳的。」

蘇菲找出客運公司最長的路線，幫我訂了位子——她本來的想法是，我需要一點清醒的時間去思考，好好反省自己的行為帶來的後果。不過，事與她的願違，她訂的那班客運上有一群正在開單身派對的女孩子，她們從倫敦出發，繞一圈後要再回到倫敦，整趟路上我都和她們用烈酒杯喝龍舌蘭，還拿到一頂墨西哥帽。隔天，我打電話給蘇菲，為了她救了我一命道謝，我問她是不是在生氣。

「朵莉，」她說。「我不是生氣，是擔心。」

「為什麼？」我問。

「因為妳很醉，醉到明明人在牛津街的Topshop店外面，卻以為自己在牛津市中心。妳知道那樣的狀態有多有機可趁嗎？醉成那樣還在倫敦街上逛？」

「那還真抱歉，」我回嘴。「我只是想玩得盡興一點而已。」

「所以我們就要傾家蕩產地幫妳叫車，讓妳從英國另一邊坐回來嗎？是要讓幾個朋友破產妳才知道要停？」

（事實上，只需要一個。是法莉。事情發生在幾個月後，車程路線是從南倫敦西邊到艾克塞特。當時她人在倫敦，從夜店要回家的計程車上，某個她暗戀的男生當時還沒畢業，傳簡訊向她通報，她當下要求司機掉頭，直接開到得文。直到今天，當有人說她怎麼甘願讓那麼多錢放水流，她只是聳聳肩，說整趟車程只花了「九十英鎊和一包香菸」。但隨著我們繼續追問，那個價格便逐漸攀升。）

不過，現在回頭看，這都是很有趣的經歷，這樣就夠了。那是二十出頭歲的我存在的意義。那時的我是一座六呎高的人形探測器，專門搜索任何能在未來拿來說嘴的故事碎片，我沿著這片土地探索，鼻子貼在草地上，希望能找到什麼蛛絲馬跡，讓我有理由向下開挖。

說說另一個故事。某天晚上，希克斯和我帶著二十英鎊去了倫敦某間豪華飯店，因為她信誓旦旦地保證那地方充滿了「想認識有趣年輕人的百萬富翁和酒」。我們真的找到兩個杜拜來的中年男子，其中一個在厄治瓦路（Edgware Road）開咖哩餐廳，另一個則在圖騰漢廳路（Tottenham Court Road）的手機店樓上擁有一間所謂的「英文語言課程『大學』」。我和希克斯搬出精心排練過的瞎掰故事，浮誇地說著彼此認識的淵源：我們在遊艇上認識，我是表演樂團的主唱，她則是和玩到不見人影的老公一起上船，某天晚上，我們單獨坐在最上層的甲板，抽菸、看海，兩個人便聊了起來。

那兩個中年男子問我們想不想一起去他們朋友羅尼的家，說羅尼「玩得很開」——那句話的意思是委婉地表示羅尼「有很多酒跟藥」。他們的車等在飯店外，所有人擠進去，司機聽令開往厄治瓦路上的一幢大樓。大樓跟我們聽聞的模樣相差很多，完全沒有五四俱樂部那種奢華與魅力。我和希克斯牽著手走進大門，然後在搭電梯時把所在地點的地址傳給法莉，以防萬一那天晚上出什麼事。我老是覺得自己會出事，說起來是個不太健康的習慣，但她已經習慣了。

來開門的是個穿著條紋睡衣的七十幾歲賽普勒斯男人。

「天啊！」他瞥了我們一眼後大叫起來，絕望地舉手投降。「都幾點了！我已經老到不能再這樣玩了！」

我們的兩位新朋友向他保證不會待太久，說我們只是想來喝幾杯。羅尼殷勤地邀我們進去，問我們要喝什麼。他比著庫藏豐沛的一九七〇年代酒櫃，說自己最擅長調酒。我點了不甜的馬丁尼。

我覺得羅尼這個人非常有趣，尤其是他那幾十張孫兒的裱框照片，散落在家中可見的每個角落。我端著馬丁尼四處參觀，聽依然穿著睡衣的他逐一介紹孫子孫女們的名字、年紀和個性，與此同時，希克斯則一如以往地誠摯熱切地和其中一個杜拜富豪討論哲學。她長篇大論著自己對法國存在主義者的意見，手勢誇張飛舞，兩隻眼睛瞪得彷彿從人行道縫隙間長出的勿忘草。

我和羅尼坐在沙發上，聽他訴說過往人生的神話傳說：他那些倒閉收掉的公司、以前開的酒吧原址變成了連鎖超市、害他心碎的模特兒。講著講著，他坐起身，捲起一張五磅紙鈔，吸掉咖啡桌上一行古柯鹼，然後再倒回原位看著我。

「妳知道嗎？說來奇怪，妳讓我想起七〇年代見過幾次的某個女人，金色長頭髮，眼睛跟妳很像。當時她和我朋友在約會。」

「真的嗎？」我問，點燃一根菸。「她叫什麼名字？」

「芭比。我記得她叫芭比。」我吞了一口口水，想起我媽曾經跟我說過一個故事，關於她二十幾歲時某個好笑又噁心的外號。

「芭芭拉。」我說。「芭芭拉·利維。」

「沒錯！」他大叫。「妳認識她？」

「那是我媽。」我說。我想到此時正躺在郊區家中床上的她，想像要是她知道自己女兒正在和她七〇年代認識（現年七十五歲）的賽普勒斯男人一起嗑藥，不知道會做何感想。我走到另一個房間，打斷希克斯的單人文藝講座，把她拉離那兩個同時對她感到迷戀與漠不在乎的聽眾。我說我們得馬上離開，她說我們可以去其中一個富豪在厄治瓦路的咖哩餐廳「好好地續攤」，我說現在這場就已經是續攤了。我懷疑自己是不是在某個時間點，不小心掉進了某個陰暗混濁的續攤黑洞，於是一直被困在裡面，也許得找到梯子才爬得出去。

不過，我不會說那樣的經歷全都是壞事，因為真的不是。我和朋友們始終相信，我們所做的是賦權與解放的偉大行為。我媽常對我說，這是對女性主義的誤用，模仿男人最幼稚的行為根本稱不上平等（她曾經評論柔依．波爾[26]「只是在開倒車，不會得到任何進步」）。但我仍然認為那幾年的浪蕩歲月某種程度上是一種對抗外在、慶祝自我的強大作為；我拒絕以其他人期待的方式去對待自己身體。對我們身處其中的人來說，那就是一段非常歡樂的時光——許多回憶的內容都是我和其中一個女孩離開某個無聊或討厭的場合，自得其樂。我和想法相投的朋友漫無邊際地聊天、遊蕩，以此填補自己對各種生命經驗的渴求，我們彷彿幫派，那段生活所塑造出的革命情感至今仍未散去。

我擁有的這些回憶，有的愉悅、有的哀傷，生活莫過如此。我曾在最親近的那群朋友面前咧著嘴邊笑邊跳舞，也曾因為追逐最後一班公車而在街上跌倒，最後乾脆什麼也不管地躺在溼漉漉的人行道上。我曾走著走著就撞上路燈柱，下巴烏青好幾天。但在某些回憶裡，我會在可愛宿醉女孩們糾纏的肢體之間醒來，心裡充滿安穩和喜悅。現在，我偶爾會遇到幾個來自記憶不甚清晰的那幾年裡見過的人，當他們說曾和我在誰家聚會的角落裡喝了整晚的酒，我便會瞬間被惶恐占據，因為我完全不記得那件事。大約一年前，我遇到一位非裔計程車司機，他問我的名字是不是叫「朵妮」，說他很確定曾在二〇〇九年的某日載過狀態「不太好」的我，據他所說，當時我一個人光腳走在倫敦的某條街上。

不過大部分時候，那些回憶都是極為澎湃、無憂無慮的愉快經驗。很多很多的冒險故事，在各個城市、各個郡，遇到各式各樣的事情和人，而我身邊是一群穿著螢光色緊身褲、畫著過粗黑色眼線的探險夥伴。

我想，至少我終於向所有人證明了，我是個大人。至少他們現在會認真把我當一回事。

26 Zoë Ball，英國著名的電臺主持人，算是九〇年代浪女文化（ladette culture）的代表人物之一。她和好友莎拉・考克斯（Sara Cox）等人主張自我意識，會在公眾前喝酒、罵髒話，刻意拋棄傳統對女性外型的期盼，呈現彷彿女性版「粗俗浪子」（laddish）的形象。朵莉的母親對波爾的批評，其實也是女權運動常年的論戰之一。

食譜：宿醉起司通心麵（四人份）

◎爲求完整體驗，請穿著睡衣搭配《女傭變鳳凰》或連續殺人犯紀錄片食用。

材料

- 三百五十克義大利麵——小通心麵或尖管麵都很適合
- 三十五克奶油
- 三十五克中筋麵粉
- 五百毫升全脂牛奶
- 兩百克切達起司刨絲
- 一百克紅列斯特起司刨絲
- 一百克帕瑪森起司刨絲
- 一大匙英式辣芥末醬
- 一把蔥切碎
- 少許伍斯特辣醬
- 一小球莫札瑞拉起司撕碎
- 鹽和黑胡椒適量
- 少許橄欖油

作法

1 大平底鍋加水燒開，義大利麵煮八分鐘至麵心稍硬（進烤箱會繼續煮熟）。將麵瀝乾備用，澆入橄欖油拌勻以防沾黏。

2 另起一支大平底鍋融化奶油，拌入麵粉繼續加熱幾分鐘，持續翻拌直到兩者混合成麵糊。分次倒入牛奶攪勻，以小火煮十到十五分鐘，全程攪拌，煮到醬汁滑順有光澤，且逐漸濃稠。

3 離火，在醬裡加入大約四分之三的切達、紅列斯特和帕瑪森，同時加入芥末醬、些許鹽和胡椒、蔥碎和少許伍斯特辣醬，持續攪拌直到所有材料混合融化。

4 預熱烤箱上火至最高溫。將義大利麵和醬汁倒在耐烤的盤中拌勻，拌入莫札瑞拉，然後撒上剩下的切達、紅列斯特和帕瑪森，烤至表面金黃酥脆起泡（或是以攝氏兩百度烤十五分鐘）。

糟糕約會日記：伊令[27]中心大街旅館

那是我上大學後的第一個聖誕節長假，我回家過節，在龐德街的L.K. Bennett當全職的銷售人員。黛比（學生，打扮迷人入時，永遠是店裡業績最高的店員）在更衣間裡幫我畫上費雯麗般的紅唇，準備迎接約會。

男方的名字叫奎森，我一個月前去約克大學拜訪中學朋友時認識他。當時我正在學生會吧檯邊等待兩杯健怡可樂加伏特加，突然有人抓住我的手。奎森的身形瘦高、膚色蒼白、個性風趣，雲霧似的眼線圍住那對神似貓王的眼睛——他翻開我的掌心。「三個小孩。妳會活到九十歲。」他看著我。「妳以前來過這裡。」他戲劇化地輕聲說道。

他是我認識第一個刻意不使用Facebook的同齡人。我覺得他像沙特。

我們約在一株巨大的聖誕樹下碰面，他帶我去馬丁尼吧，因為他記得我說那是我最喜歡的酒（這時的我還在「訓練自己喜歡馬丁尼」的階段，非常擔心他會看到我喝下第一口酒時皺起的眉頭，但總之我忍住了）。然後我們去了倫敦最老的酒吧之一，我點了草莓啤酒。他讓我看一串鑰匙，說他的老闆訂了旅館房間讓他過夜，沒解釋原因。轉了三班公車後，他剛解釋完為什麼「倫敦對他來說比父母更像父母」，我們終於抵達伊令中心大街上一間由郊區民房改建成的旅館，破舊陰暗。

我想多了解他一點，不想就這樣和他上床，於是我們整晚都躺在床上，看著髒白色的天花板，聊彼此過去十八年的生活。他的父親是個非常老、非常優雅、非常富有的人，是「最後的殖民地開拓者」，他在旅行時發現了一種罕見魚類，為此寫了本書，從此不愁吃穿。我對這樣的奇聞感到非常興奮。我們在凌晨五點睡去。

隔天一早，奎森要去工作，他和我吻別，在床邊櫃上留了份桃子派。那是我們最後一次見面。

接下來的五年間，我都不停想著到底有沒有可能奎森只是個演員，只是在尋找願意輕信的觀眾和一個能讓他逃離自己的夜晚。有沒有可能一切都是他編出來的：解讀掌紋、旅館、魚、眼線。

然後在好幾年後，我會愛上一個生物學的博士班學生，他將成為我此生摯愛。在某個週日晚上，當我穿著他的睡衣躺在他床上，他會拿出一本睡前讀物，讀關於某個男人發現某種魚的故事。我會搶過他手中的書，看著書封內頁上那個有著同樣面容男人的相片，並讀到同樣的姓氏：奎森。我的男友會問我在笑什麼。「因為那都是真的，」我會這樣回答，「卻又荒唐至極。」

27 Ealing，倫敦西區的自治市，算是已經脫離倫敦主要市中心。

糟糕派對紀事：科布罕[28]，跨年夜，二〇〇七

「一定哪裡有問題。」我對法莉說。那是跨年夜晚上五點，我們癱在我媽家的沙發上看當天的第十三集《六人行》。「我們已經十九歲了，應該要有能力自己去找樂子，而不是光等著人家送邀請函來。」我對手機裡的所有聯絡人都送出文情並茂、掏心掏肺的動人訊息。我們的朋友丹提議去哈克尼（Hackney）某間倉庫裡的銳舞派對，但是法莉怕一大群聚在一起嗑藥的人，而且她往東最遠還沒越過利物浦街。

就當我們要失去希望時，有人上鉤了——菲力克斯。他是以前中學時認識的朋友，小我一年級，我一直很暗戀他，超暗戀。他提到某個「超大型銳舞派對，在科布罕」，還說我絕對不會想要錯過這場。他要我帶幾個女生朋友一起去。法莉同意了，因為我們也沒別的選擇，而且她知道我喜歡菲力克斯。她願意為團隊犧牲小我，為了我小妹妹的性福去參加這場派對，當我的幕僚，幫我打邊鼓。這是個互助、公平且運作良好的輪班制度，我們執行已久，反正兩個人永遠都是單身——我奉獻自己的夜晚時光幫她追她喜歡的男生，把這樣的善行存起來，之後任何時候都可以兌現要求她為我做一樣的事。這是民主式打炮法，有失有得。

我們抵達薩里（Surrey）某間獨立式的大房子，房子外觀看起來就像有錢的球員會買

給他老婆的地方。一進屋，我們發現那根本不是什麼銳舞派對，而是某種軟爛的冷凍披薩聚會，參與者是十對如膠似漆的情侶和一個身材魁梧的小夥子；後者穿著橄欖球衣，正在和這家人的拉不拉多玩。

「嗨！」我試探性地問。「菲力克斯在嗎？」

「他去買伏特加了。」窮極無聊的橄欖球員頭也不抬地回我話，始終看著狗。

「妳在中學的時候是不是比我們高一年級？」一個有著螺旋狀捲髮的馬臉女孩問我。

「對。」我說，小心翼翼地拿了一片方形的義大利辣腸披薩。

「妳其他朋友今天晚上都自己有約了嗎？」

菲力克斯提著框啷作響的購物袋出現。

「嘿！」他大喊，張開手擁抱。

「嗨！」我說，順勢也抱上去打招呼。「這是法莉。這裡所有人都是情侶嗎？」我咬著牙低聲問他。

28 Cobham，倫敦西南方的外圍地帶。

「對。」菲力克斯說。「本來不是這樣的，很多說要來的人都沒來。」

「嗯。」

「不管怎樣，開心一點吧！」他兩手張開勾住我們肩膀。「今天晚上我們是三劍客。」

接下來幾個小時在舒服、親密的醉意之間度過，舒服到足以讓我覺得大老遠跑來科布罕真是不虛此行。菲力克斯、法莉和我跑到溫室裡邊喝酒邊玩遊戲，聊天、大笑；在某個時刻，他兩手環抱著我，我和法莉瞬間相視，微微拉起半邊嘴角，彼此交換一個眼神。那個眼神足以讓她起身假裝去樓上接電話，好讓我們兩個有時間獨處。我對她的愛滿至天邊。

「我可以偷偷跟妳說一件事嗎？」他問。

「好啊。」我微笑回答。他拉起我的手，牽著我走到花園裡。

「說起來有點不好意思。」他說。我坐在塑膠椅上，看他兩隻腳踱來踱去。

「為什麼？直接說啊。」

「我真的很喜歡妳朋友，法莉。」他說。「她單身嗎？」在十億分之一秒內，我瞬間權衡了自己的善良程度。

「不是。」我這樣回答，決定我這輩子還有很多時間可以追尋心靈成長。「她不是單身。」

「靠。」他說。「所以她現在有對象？」

「對，還滿認真的。」我語氣哀慟，點點頭。「一個叫戴夫的男生。」

「那為什麼聊天的時候她卻表現出自己沒對象一樣？」

「嗯，理論上來說，他們現在已經沒在一起了，」我即興演出。「但實際上還算是一對，還是打得很火熱，她現在就是在和他講電話。你也知道跨年的時候都是這樣，會讓人想到後悔的事、沒說出口的話，之類的。總之，她現在絕對沒心情投入下一段感情，對誰都一樣。」

法莉手裡拿著葡萄酒，蹦蹦跳跳地回到桌邊。洩了氣的菲力克斯尿遁去廁所。

「妳有親他嗎？」她興奮地問。「我有打擾到你們嗎？」

「沒有，他喜歡的是妳，還問妳是不是單身，我說不是，因為我是個壞人。我不想要妳跟他上床，所以騙他說妳和一個叫戴夫的人交往但是分分合合，讓妳心情很差，而且妳還沒準備好和其他人在一起。」

「收到。」她回答。

「這樣可以嗎？」

「當然可以啊。」她說。「反正他不是我的菜。」我們聽到菲力克斯的腳步聲。

「我跟他說妳剛才在和戴夫講電話。」我壓低聲音丟出沒頭沒腦的指示。

「了解。」菲力克斯一坐下，法莉就拉高音量。「總而言之呢，剛才是戴夫打來的。」她機械式地說著，就像是《橡實骨董店》[29]裡那些相差無幾的角色。「打不停耶！」

「他說了什麼？」

「噢，就那些啊，想要我回去啦，覺得我們可以繼續走下去啦。但我說，『拜託，戴夫，這些我們之前都經歷過了。』雖然已經分手了，我還是有點感覺啦，但這樣更讓我確定自己真的還沒準備好和其他人在一起。」她把剛才的話重複了一次。

菲力克斯用力咬著嘴唇，把杯子裡的酒一乾而盡。「快十二點了。」他說完便離開桌邊，進到屋裡。

在響亮的倒數聲中，身處在某個我從來不認識的男生的家裡，在這沉重、沉悶、奶油色的郊區客廳中，我對自己發誓，我絕對、絕對不會再對潛在的愛戀對象策畫什麼推倒行動。我們所有人看著平面電視，BBC報導畫面裡那些在南岸喝醉了的群眾們正大聲歡呼著，所有人臉頰通紅，我好希望自己就在那裡。大笨鐘在午夜敲響，〈友誼長存〉[30]的音樂響起，然後，突然間，因為某種我覺得自己一輩子也無法理解的理由，客廳裡的所有人都開始跳起慢舞，彷彿這是舞廳裡的最後一首歌。所有人，除了菲力克斯。他在房間的另一端，悶悶不樂地玩著手機上的遊戲。我走向那座桃花心木製的古董酒櫃，轉動黃銅把手，逕自拿了一瓶威士忌。我看向法莉，她兩手拉著那隻黑色拉不拉多的前腳，讓牠用後腳站起，也跟著〈友誼長存〉那令人沮喪的旋律慢慢跳著舞。

因為錯過回倫敦的最後一班火車，我便走到屋外面打電話給當地的計程車公司，問回家車程的報價。但都太貴了。這代表我至少要被困在薩里八個小時，和滿屋子的情侶以及一個不喜歡我的暗戀對象待在一起，而且他們全都是在學校時小我一年級的學弟學妹。我重新回到偏遠到不能再偏遠的郊區大屋裡，看到法莉和那個雜牌橄欖球員靠在冰箱上脖子貼脖子，然後雙雙溜進通風櫃。我走到花園裡一口氣把身上剩下的菸全部抽完。

「法莉呢？」同樣來花園抽菸的菲力克斯問道。我已經懶得再去想一些隨時都要破洞的偽裝。

「她跟那個打橄欖球的在通風櫃裡。」我不帶情緒地回答，然後從酒瓶裡灌下一大口威士忌。

「為什麼？那戴夫呢？」

29 八〇年代的英國情境喜劇《Acorn Antiques》，劇中的場景風格誇張，但表演方式刻意放輕，講述臺詞時會讓人有種扁平、沒有感情的感覺。

30 十八世紀的蘇格蘭民謠〈Auld Lang Syne〉，相傳為蘇格蘭詩人Robert Burns所作，是英國著名的跨年歌曲。臺灣人熟悉的〈驪歌〉的原曲。

「不知道。」我說，點燃香菸，把煙吐進寒冷、仍屬深夜的空中。「她和戴夫的關係一言難盡，上上下下、時有時無。菲力克斯，很快你就會懂了。」

「但她一個小時前才說他們還在一起。」他的話裡怒氣衝天。

「對，但我猜他後來應該又打來，兩個人也許又吵起來，然後她可能覺得自己終於受夠了。」

「好，太好了。」他在我旁邊一張室外椅上坐下抽菸。「人生最糟的一次跨年。」

「對。」我說，兩人沉默地看著薩里這裡最後的煙火。「的確如此。」

十一月十日

所有我認識的人以及少數幾個陌生人，您好：

請原諒我寄出這封群組信，我對此毫無悔意。很抱歉，我對這樣自我宣傳感覺不到任何一絲羞愧。之所以寄這封信，是因為我這兩個星期正在準備一場炫耀活動，而且我覺得您們應該為此付出時間、金錢和注意力。這本來就是您們應該做的。

我將主辦一場結合音樂、口語朗誦[31]和電影的活動，名為「拉娜文藝沙龍」，地點選在雷頓斯通一座廢棄的停車場。在我的預想中，這個晚上的氣氛將和電視節目《諾埃爾家的派對》一樣輕鬆，並且能像牛津大學辯論社那樣，在彼此對話的傳統中拓展每個人的心智。

這次活動將以茵蒂亞．托勒．拜格斯的詩作朗誦表演開場，主題關於她最近改變髮型後獲得的人生啟示、選擇電腦瀏覽器預設設定時遇到的困難，以及她如何結合死藤

31 Spoken word，一種朗誦表演，朗誦內容可以是詩歌或臺詞或任何作品，有時會結合音樂。

水和尊巴舞蹈課程，找回真正的自我。雖然就讀於赤爾登罕女子學院[32]，但她的牙買加口音還是改不掉，因此她將帶著這種口音為我們朗誦所有的詩作。

各位應該都已經從Facebook上一連串廢文中得知，歐力成立了自己的政黨，「青春無知自由黨」。他將為我們朗讀他的政黨宣言，並隨後於現場與新聞記者法克西．詹姆士（T4、MTV新聞）進行座談，進一步說明該黨關心的三項核心議題：首購族、學費以及法薄客夜店[33]重啟計畫。本次「政黨大會」也接受入黨。

隨後便是這晚的重頭戲，我的短片作品：《沒人在乎的歐瑞卡．瓊森》。影片以未來反烏托邦世界為背景，跟隨一位移民探索文化認同、公民身分和國家主權等主題。片長三分鐘，播放完畢後，我將於現場接受法克西訪問，為時兩小時，對影片本身及其製作團隊（主要是我的家人）侃侃而談，彷彿這是受到國際認同的傑作。我也將提及部分幕後祕辛，這些祕辛都和娛樂業界有關，聽了會讓人白眼，而且只有製作團隊才會懂，跟馬丁．史柯西斯（Martin Scorsese）在錄《四海好傢伙》的導演旁白解說差不多。

屆時活動現場將販售手工啤酒，由我室友在我們家陽臺（位於彭奇區剛落成的新建案）精心釀製。這款精啤名為「哈克尼之死」，口感近似氣泡口味的馬麥醬，並帶有尿道感染的香氣，每瓶只要十三英鎊就能擁有，請盡情享受！

活動現場還將傳遞小桶子進行善心募款，歡迎您奉獻自己為「我」所用。一塊錢不嫌少，後面加再多零也不嫌多，這絕對是您這輩子最值得的投資。《歐瑞卡》的續集目前已進入前製，我希望能盡快完成，但又不想和其他人一樣為了錢去做一些無聊要死的工作（我跟凱魯亞克[34]一樣，都不是個能早起的人）。

非常、超級感謝您對本活動的支持，我將為屆時到場的每位參與者付出我全心全意的愛，我不熟的人就算了。對於那些不是很熟的人，我會草草向您打過招呼，然後轉頭跟我朋友說：「歐買尬，他怎麼會來這裡，我小學之後就沒看過他了好不好。也太暗戀我了吧。」

願藝術與您同在

親愛的拉娜

32 Cheltenham Ladies' College，一八五三年成立的貴族級私立女子寄宿學校。
33 Fabric nightclub，倫敦三大知名夜店之一，曾獲選為全球第一夜店。二〇一六年曾一度關閉。
34 Jack Kerouac，美國作家，垮掉一代著名代表人物之一。

有點兒胖，有點兒瘦

「你還愛我嗎？」我問。

「不，」他說。「我覺得不愛了。」

「那你還會想要我嗎？」我問。一片沉默。

「我覺得不會了。」

我掛斷電話。

（從那之後我就一直建議其他人，除非想跟對方分手，否則面對這種問題還是說謊比較好。「變得不愛」這種話攻擊力道強大，不過「我不想要妳」等同直接殲滅。）

我那時才二十一歲，大學剛畢業一個月，第一任認真交往的男朋友就在電話上跟我分手。

我和哈利在一起一年多一點，但其實兩個人完全不適合彼此，錯得非常極致。他性格保守，沉迷運動，每天睡前都要做完一百個伏地挺身，還是艾克塞特大學袋棍球社的活動組長。他有一件T恤，正面寫著「飛俠哥頓」[35]，是真心推崇，毫無任何諷刺的意思。他討厭表達情緒、穿高跟鞋的高個子女人以及講話太大聲，基本上就是當年我之所以為我的每項元素。他覺得我一團混亂，我覺得他過於呆板。

整段交往期間，我們都在吵架，尤其是因為我們根本沒有分開過。大學最後一年，他基本上都住在我跟蕾西、AJ還有法莉合租的公寓裡。那年夏天他實習時，甚至和我一起住在我爸媽家裡。

那個漫長、炎熱、焦躁不安，沒有任何個人空間的八月底，是我們交往期間最糟糕的低點之一。我們搭火車去牛津，參加蕾西的二十一歲生日派對。吃完主餐我便離開餐桌閒晃，晃到一座游泳池旁，泳池看起來非常吸引人，於是我脫光衣服跳下去游泳，幾個朋友來找我時，我還鼓勵她們一起下水。那次晚餐頓時升級成大型泳池派對，而我則是掌控這片水域的半裸司儀。哈利氣得火冒三丈。隔天早上，他對著我大罵：「下次再讓我這麼沒面子妳給我試試看！」而法莉和AJ兩人躲在樹後偷聽，咯咯咯地笑到無法自己。我羞愧地低著頭，漂白的髮色因為泳池裡的過氯酸鈉而全部變成鮮綠色，我的頭更低了。

我們沒有任何共通點，但他想成為我第一個正式的男友，這已經夠讓十九歲的我願意和他約會。

---

35 一九八〇年上映的英國科幻邪典電影《Flash Gordon》的片名。

他打給我的那天晚上，我已經開始讀新聞碩士，某種程度上算是搬進朋友在東倫敦的公寓裡，以省去史丹摩到倫敦來回的長程通勤。掛掉電話後一個小時，半夜一點，法莉從她媽媽家開車到公寓來，說要帶我回家。

那趟車程中，我傷心欲絕。我試圖把和哈利的對話內容告訴法莉，但完全想不起任何細節。我的電話響起——是他打來。我告訴法莉，我沒辦法和他說話。她把車拉到路邊，接起電話，手機緊貼著耳朵。

「哈利，你到底為什麼要這樣？」她大聲怒吼。我聽不到他在電話另一端說了什麼。「就算這樣，為什麼要在電話上講這件事？你就不能過來，面對面談嗎？」她再次怒吼。他那頭講了一串更加無法辨識的句子。法莉聽著。「噢是這樣嗎？你去吃屎吧你。」她大喊，掛斷通話，把手機丟到後座。

「他說什麼？」

「沒說什麼，真的。」她說。

那晚法莉睡在我床上，隔天晚上也是。她最後在我家住了兩個星期，而我再也沒搬回倫敦的公寓。那是我第一次體會到什麼叫心碎，第一次知道原來那種壓倒一切的感覺令人混亂的程度竟會如此極端，彷彿我再也沒有任何理由去相信任何人。我想不出到底發生了什麼事、為什麼會這樣，只知道自己不夠好。

同時間，我失去任何胃口。以前曾聽說分手會有這種後遺症，只是從沒想過會發生在我身上。在當時，或者說在那之前的整段人生中，我都是個非常容易餓的女子，或許是所有容易餓的人之中最餓的那個，每次節食從未超過兩天。我的家人都熱愛食物，法莉和我也熱愛食物。我媽媽從小被義大利裔的祖父母帶大，是個天生的廚師，從我五歲開始她便教我做菜。她會讓我站在她旁邊的椅子上，好搆得著廚房檯面，讓我幫她揉麵團或打蛋。青春期的我自煮自食，大學時就煮給所有同學吃。我六歲時寫下的人生第一篇日記，便是熱情地記錄著那天吃了哪些東西。我靠盤中的菜餚回憶人生的各階段：得文的海灘假期是酥脆的烤馬鈴薯，十歲生日是顏色鮮豔又黏膩的果醬塔，每個週日晚餐屬於烤雞，以肉汁洗去一整週的可怕學校記憶。無論生活有多難熬，無論多麼痛苦，我都能確定自己永遠會有胃口再容納一點什麼。

我從來不覺得自己過重，但體型卻常被含糊地形容為「大女孩」。我來自一支歷史淵遠流長的巨人家族，我的弟弟得天厚愛，青少年時便長到六呎七吋，他買衣服的店家通常有「巨人國」或「高大尚」之類的名字。我十四歲那年，身高五呎十吋，十六歲時六英尺。但我不是那種惹人疼、彷彿可愛小馬的瘦高少女——我體型寬闊、大胸大臀，是《Bliss》雜誌照片上那些女孩或《保姆俱樂部》（The Baby-Sitters Club）裡角色的相反對照。我的心智從未為青春期做好準備，就連體型也離「適合當個少女」非常遙遠。

當妳有這樣的身高，就很難成為少女。我從來不曉得自己該要多重，因為每個女孩的身高都只有我一半，而她們認為的「過重體重」是我十歲以後就無法達成的數字，徒增龐大的羞恥感。除了這些原因，再加上嘴饞和嬰兒肥，造就了我不到十六歲，衣服尺寸就已經飆破十六號。我知道自己比朋友們大隻，有時也被歸為胖子，但仍始終相信只要長大、脫離孩童的標籤，這樣的體型就會顯得合理。令人喪氣的時刻在十五歲時的某次烤肉趴上降臨。我父母有個朋友叫緹莉，體重驚人，那天她喝得非常醉。突然之間，她像在要掌控船舵那樣抓住我的愛之把，向整座庭院宣布：「我們這些大女孩一定要團結起來，」然後直截了當地告訴我「男人都喜歡肉肉的女人」，接著她老公便對我心照不宣地眨了眨眼。順帶一提，他的身體寬得像是歐普的Vauxhall Zafira七人休旅車。

進入寄宿學校後，我便慢慢甩掉一些體重，進入大學時已經成為安逸的十四號——但不管怎樣，我都不曾為胖瘦感到困擾。面對想親的男生，我依然大方親下去。我穿得下Topshop，也熱愛食物和做菜，那是必須付出的妥協，我很清楚。

可是到頭來，我卻還是落到這個處境。我吃不下任何東西，從頭到腳渾身枯黃，整個人最輝煌璀璨的優點——我的胃口——就這樣憑空消失。我可以感覺腸道躁動，喉頭始終鯁著什麼東西。每天晚上，我媽會給我一碗湯，說比較好吞，但我只能勉強喝進幾湯匙，其他的就趁她不在時倒進水槽。

兩個星期過去，我踏上體重計，發現自己瘦了一英石[36]。我光著身體站在鏡子前，這輩子第一次看到自己身上竟然稍稍顯露出腰身、髖骨、鎖骨以及肩胛線條，那些長久以來被說服著相信「這才叫女人味」的特質。看著自己從未擁有過的新曲線，我突然能夠忘記過去一年多來同居、分享生活的那個男生。我似乎窺見了某種道理——因為我沒吃東西，所以身體起了變化。如此實際而有效。我在這片混亂的生活中發現一道由我全權掌握、再簡單不過的方程式。我能控制它，讓它引導我前往新的世界，成為不一樣的人。鏡子裡的我提供了所有問題的答案：別吃東西了。

我全心投入新的任務中：每日秤重、記錄步數、計算攝取熱量，每天早晚在自己房裡仰臥起坐，每週寫下三圍。我靠健怡可樂和紅蘿蔔棒過活，想吃東西時就去睡覺，或泡熱水澡。更多體重離我遠去。我一天一天地瘦，一磅一磅地瘦，彷彿永遠不會進入停滯期。在最初，這項任務帶來的活力代替食物撐住了我，我感覺自己像列奇蹟列車，沒有燃料也能急速奔馳。

又過了一個月，又瘦了一英石。月經沒來，我同時感到恐懼和鼓舞。至少，這代表我的內在和外在都在改變，無論如何我都離那個新的形象愈來愈近。

---

36 英制單位，大約六點三公斤。

這段期間，我不是上課就是宅在家，分手仍令我脆弱，不想和任何人相處。第一個注意到我不太對勁的人是哈利的妹妹艾莉克絲。和哈利交往期間，我和她成了很好的朋友，很幸運地，我們分手那段時間她也一直陪在我身邊。那時她剛搬去紐約，我們每天都會用Skype視訊聊天。有一次，我在聊天途中起身，那是她幾個月來第一次看見我整個人的樣子。

「妳胸部怎麼不見了？」她張大眼睛逼近鏡頭，把我上下掃了一遍。

「還在呀。」

「沒有，不見了。而且妳肚子扁得像熨衣板。阿朵，妳怎麼了？」

「沒事，只是瘦了一點。」

「噢，親愛的，」她皺著眉頭說。「妳是不是都沒吃東西？」

其他人就稍微沒那麼敏銳。我開始出門和大學時的朋友見面，他們會對我說：「聽到哈利的事情了妳要節哀順變」、「哈利交了新的女朋友」、「妳看起來變很漂亮」之類的，重複循環，講不停。我以這些稱讚為食。

我開始出去玩，常常喝酒，試圖分散飢餓造成的痛苦。我媽則擔心得多，她會留幾盤菜在餐廳桌上，讓玩到晚歸的我回家時吃，理所當然地認為那時的我已經恢復了胃口。而我學會回家倒頭就睡。

到了十二月，我總共瘦了三英石。三個月，三英石。為了遠離食物，我需要做好心理建設，並嚴格遵守某些規矩，但這時的我發現自己已經很難做到這點。我身心俱疲、髮量稀疏，而且時常覺得冷到連骨頭都會痛。我會坐在蓮蓬頭下，試圖用熱水暖和身體。我調高水溫，熱到背都被燙傷，留下了疤。我時常欺騙爸媽，因為他們不停擔心我那天吃了多少，憂慮我下次吃東西是什麼時候。我會夢到自己吞下大量、大量的食物，然後哭著醒來，因為覺得愚蠢如我，竟然打破了美好的變身魔咒。

我那群艾克塞特大學的死黨中，只有希克斯選擇延畢一年。某日，蘇菲、法莉和我決定開車南下和她一起度過週末，並清點我們以前常鬼混的地方，舊地重遊。這趟旅行也代表著我有機會和哈利碰面。那是他大學的最後一年，我覺得那或許能替整件事畫上句點，讓我帶來某種解脫。我告訴他，我們得拿回放在彼此那裡的東西，他同意碰面。

星期六入夜沒多久，女孩們就載我到他的住處，把車在屋外停下。

「嘿！我們就在這裡等妳嘿。」希克斯在車窗邊大喊，兩隻腳、一根菸和她的臉一起掛在窗外。我走向哈利家大門，按響門鈴。

「哇嗚，」他在開門時說。「妳看起來——」

「嗨，哈利。」我說著，穿過他身邊，直接上樓。他跟上。我們站在他房間的兩端，盯著彼此。

「妳看起來很漂亮。」

「謝了。」我說。「我可以拿我東西了嗎？」

「可以，當然可以。」他眼神恍惚地說。他給了我一個塑膠袋，裡頭裝著我的衣服和書。我從包包裡拿出他的套頭上衣，全都丟在他床上。

「這些是在我家找到的，都是你的。」

「好，謝了。」他說。「妳會在這裡待多久？」

「就週末。我和法莉還有蘇菲都住在希克斯那邊。」

「噢噢，那不錯。」他說，語氣一反常態地謙卑渺小。「請幫我跟她們打聲招呼，不過她們可能不想聽就是了。」短暫的沉默間隙闖入，我們繼續盯著對方。「對不起，我——」

「不必。」我打斷他。

「但我，」他說。「很抱歉我這樣處理這件事。」

「真的不必，你反而幫了我一個大忙。」我喋喋不休起來。「你看，我現在都不會咬指甲，它們都長回來了。我這輩子第一次去做指甲耶，很難相信吧，做了整套才只要五英鎊。」我邊說邊激動地把手戳至他臉前。屋外的車按響了喇叭。蘇菲和希克斯在喝罐裝啤酒，連番狂按喇叭，法莉則撲上去阻止她們。

「我要走了。」我說。

「好。」他答。我們安靜下樓，他為我開門。「妳還好嗎？」他問。「妳看起來很——」

「瘦？」我問。

「對。」

「我很好，哈利。」我說，意思意思隨便抱他一下。「再見。」

女孩們帶我去吃咖哩，慶祝這整段俗濫劇情終於落幕；我在飯裡東挑西揀，啤酒一杯接一杯。我感覺自己比之前更加激動、羞恥、憤怒且失控。本來想從和他碰面這件事裡獲得的東西，我一項都沒得到。

在憤怒的助長下，我更激烈、迅速地投身減肥之中。體重下降的速度開始趨緩——這代表體內的新陳代謝彷彿錯亂的齒輪，已逐漸放慢下來——於是我吃得更少了。我開始遇到朋友們的阻撓。法莉說，她覺得我被某種執著困住。她想讓我把話談開，但我只是幽默以對，閃過她的提問。總的來說，我發現時不時拿自己吃得少這件事開玩笑是個不錯的方法，能有效地讓其他人別拿這件事煩我。我會在其他人開口之前，就先提起這個話題，讓他們覺得這只是飲食控制，不是什麼需要注意的問題。而且，就像我不斷強調的，我的衣服尺寸還是十號，沒有過瘦，就只是沒像以前那麼大隻而已。

我繼續減肥，因為那是當時的我唯一能掌控的事。我繼續減肥，只是因為想要快樂一點，而每個人都知道，當妳越瘦，妳就越快樂。我繼續，是因為當我以這種自殘方式折磨自己，整個社會就會從四面八方給予各種獎勵。我獲得稱讚、受人追求，更容易被陌生人接受，而且幾乎所有的衣服穿在身上都變好看了。我覺得自己終於贏得以女人身分被認真對待的權利，彷彿在這之前的一切都無關緊要，而以前的我竟然蠢到以為自己值得被愛。我把「愛」與「瘦」畫上等號，而且令人震驚的是，我們的生活無處不在加強這項信念。我的健康狀況暴跌，身價卻水漲船高。

但問題是，女人永遠沒有夠瘦的一天。大家似乎認為，隨時承受飢餓或永遠不吃特定一種食物並非太過高昂的代價，就算每週有四個晚上要待在健身房裡也沒關係。如果想當個感覺上迷人的年輕男人，你只需要有個好看的笑容、普通等級的身材（胖瘦誤差一英石）、少許頭髮，然後穿對上衣就好；但想要成為有魅力的女人，過程沒有極限。妳身上每吋肌膚都要除毛，要每個星期做指甲，每天都穿高跟鞋。就算深居辦公室，妳也得看起來像維密的天使模特兒，光是普通身材、中等髮量和還不錯的上衣是不夠的，就是不夠。我們被告知必須擁有完美女人的外表，但明明那些女人維持完美形象是因為收了錢，那是她們的工作。

我越努力變得完美，注意到的不完美就越多。我瘦了不只三英石，但對身體的自信卻遠不如穿十四號時的我。當我脫下衣服，裸身站在新對象面前時，心裡只想著要為自己端出來的菜色道歉，趕快編列一份改進清單，彷彿中產階級的女主人在接待客人時說著：「噢別看這個地毯，太醜了，我之後會全部換掉。」

某些朋友對我的態度開始轉為憂慮和惱怒參半。我會衣衫不整地去參加派對，好幾天沒吃東西，恍惚地四處遊蕩，什麼話都說不出來。某次，莎賓娜和ＡＪ要一起去旅行，我在送行宴上遲到，頭暈得沒法和任何人聊天，半小時後就編了藉口離開。我可以感覺到自己正親手把生活中的重要事物推開，卡在對自我掌控錯誤的認知裡，越陷越深。

隨後，我這輩子第一次墜入愛河。

第一次遇見李歐，是在象堡區（Elephant and Castle）某場亂七八糟的家庭派對上，當時的我正在閒晃。我從沒見過那麼完美的男人。他瘦高，深色的頭髮又軟又長，下巴線條明顯，眼神清亮，有著向上挺起的翹鼻和七〇年代的八字鬍；他長得像喬許・布洛林（Josh Brolin）和詹姆斯・泰勒（James Taylor）的綜合體，最棒的是，他完全沒有意識到自己有多好看。他是個作風嬉皮的博士生，一個有著一字眉的偏執狂。

那天晚上過後沒多久，我們就開始約會。我知道這次是認真的，因為我非常之不想把事情搞砸，所以整整兩個月都沒和他上床；我想細細享受和他相處的每一刻，而不是一味匆忙地走過所有行程。他住在康登，每當我們約會結束，通常已經凌晨四點，他會陪我走到查爾克農場站（Chalk Farm）地鐵站外的公車站牌，讓我等N5路公車回家。我會先坐車往北到十英里外的厄治瓦，然後再從厄治瓦向西走四十五分鐘回史丹摩，一邊看太陽爬升至半獨立式的紅磚屋上方，一邊蜿蜒穿過停滿福斯汽車的空蕩街道，心中充滿無法想像的幸福。

某天晚上，我們如常走在康登的街上，他停下腳步吻我，雙手穿過我的髮間，摸到隆起的夾式髮片。他把那片厚重的頭髮從我臉上撥開，往腦後收攏。

「妳短頭髮一定很好看。」他說。

「怎麼可能。」我說。「我十幾歲的時候留過一次鮑伯頭，看起來像中世紀的修道士。」

「不是啦，我說的是很短的那種。妳可以試試看。」

「算了吧，」我說。「五官配不上。」

「可以的！」他說。「別那麼膽小，只是頭髮而已。」

他不曉得的是，那個所謂的「只是頭髮」，是我認為自己唯一的優點。只是頭髮而已，只是鎖骨而已，只是仰臥起坐而已。

那個「只是」，是我在那一年裡投入最多心力成就的結果，也是我認為自己唯一的價值。

一個月後，我拿著一張崔姬（Twiggy）的照片走進美髮院，乾了一杯伏特加，剪掉十五英寸的頭髮。我對自己外表的執著就這樣被帶走了一些，從我身上剪去，落在地上。

因為不想讓李歐覺得我是個瘋子，所以當時並沒有讓他知道我的祕密，但交往幾個月後，他靠著蛛絲馬跡自己猜到怎麼回事；我會避開任何牽扯到食物的場合，每天早上分別時又總是告訴他我想要晚一點再去吃早餐。最後，有個朋友告訴他，我似乎生病了。

「這是需要處理的問題嗎？」他問我。

「沒事。」我同時感到窘困和害怕，覺得就要失去這個我所遇過最好的男人。

「我會陪著妳，也會幫妳，但如果妳沒辦法跟我說實話，那我很難愛上妳。」

「好吧，對，這是個問題。」我對他說。「但我會改的，我保證。」

我應該耗盡一切也要將這個男人留在身邊。我感受到他充滿衝勁與擔憂的愛，而我對他的愛則滿是驚慌與激情；不是我墜入愛河，而是整條愛河當頭潑下，彷彿高處墜落的大批磚頭。我沒有別的選擇，只能學著放下那正一步步摧毀我所有生活的執著。

於是我照做了，讀遍所有該讀的書，乖乖去看醫生。慢慢地，一英石的重量溜了回來，而我也開始習慣正常進食，身體開始回復健康。我甚至參加了社區活動中心的互助會，信不信由妳，每次集會時他們做的第一件事，就是把一盤餅乾放在房間的正中央，然後大驚小怪地討論著下星期碰面時，該輪到誰帶點心來。要我說，這麼做就像在戒酒集會場地正中間放一瓶傑克丹尼一樣有用。

我重新愛上做菜，重新愛上享受美食，每個週末，我都和李歐一起做菜，一起吃。我會和我媽一起看芬妮．克雷達克（Fanny Cradock）和奈潔拉（Nigella）以前的節目。每次與人碰面，所有人都說我看起來比較「健康」了，而我則試圖忽略這代表我再次成為胖子。戰爭已經結束，該是療傷的時候。我重新找回自己的生活。

我屬於嬉皮的那一面解放了被「完美」俘虜的自己。我和李歐某次喝了酒，便順手把我的頭髮剪得更短了些。我坐在餐桌前對著啤酒擠檸檬，他用一把廚房剪刀剪掉我兩大撮頭髮。最後，我把左右兩側都剃掉，只留下中間一道蓬鬆的雞冠頭。我靠帆布鞋和李歐的套頭上衣過活，並且可以和他待在一起好幾天，但卻完全不碰化妝包和刮毛刀——這對我來說還真的是第一次。我們會在週末時跑到海邊，靠海洗臉、洗澡、洗碗盤，星期天晚上無聊的時候就在他房裡搭帳篷露營。那是一種純粹、自由、完美的感覺。

但其實我自己心裡知道，這樣的我還是在為了男人的目光而改變自己，只是從一個極端走向另一個極端。李歐討厭濃妝，所以當我離開派對去找他時，便會在公車上把整張臉卸乾淨，把高跟鞋換成高筒的平底。

重新找回那些體重，完全不是當時的我想要的東西。如果沒有遇見李歐，我覺得我應該仍走在那條繼續變瘦的路上，但因為一點運氣使然，他領著我回到了常軌。當年紀漸長，我幸運地認知到擁有能健康運作的身體是一件多麼珍貴的禮物，一想到自己曾經糟糕對待自己的身體，便令我覺得羞愧、難以理解。不過，如果要說我自此便逃離那段時間裡發生的事，那肯定是個謊言；這是人們永遠也不會說的話。妳可以抱持著理性、平衡、細心的態度，去找回健康的身體、訓練自己面對體重，並培養其他優良的日常習慣，但妳絕對無法忘記一顆水煮蛋有多少卡路里，或者走多少步能夠燃燒多少熱量。妳沒辦法忘記自己在那段時間裡，每個月、每個星期的確切體重。妳盡可以試著用力去阻擋這些念頭，但在某些時刻，在生活變得難過的那幾天，妳會覺得自己再也無法像十歲時那樣，一邊舔舐指尖鮮紅果醬，一邊感到興奮愉快、心滿意足，永遠也不會了。

二十一歲時我所了解的愛

男人喜歡狂野、淫蕩的女人。第一次約會就上床，整晚翻雲覆雨，隔天早晨躺在他床上抽大麻，永遠不回電話，說妳討厭他，卻又穿著Ann Summers的情趣護士裝不請自來；怎樣都好，就是不要按牌理出牌。要勾起他們性趣就是要用這種方法。

忽略好朋友的男朋友。只要忽略得夠久，他們終究會自動閃邊。對待他們，要像對待普通感冒或是沒有很嚴重的口腔破皮那樣。

第一次分手最難，後來就不會了。妳會在好幾個月裡漫無目的地四處遊蕩，感覺自己像個迷路、困惑的小孩，質疑自己確信的每件事，深思妳所有必須重新學習的一切。

永遠選在男方家裡過夜，這樣隔天早上妳就能想走就走。

最完美的男人有著橄欖膚色和棕眼或綠眼，鼻子大而挺，鬍鬚濃密，捲髮烏黑。他有刺青，但圖案並不尷尬，還擁有五條Levis老牛仔褲。

不做愛的時候，就讓毛長得像四處蔓延的野草叢吧。如果不是為了把成果拿給誰看，完全沒必要在脫毛膏上投注那麼多時間和金錢，也沒必要對它那麼生氣。

如果夠瘦，妳就會對自己感到滿意，然後就值得被愛。

如果有人不讓妳在喝醉後和別人調情，別跟他出去。如果那就是妳的一部分，他們應該接受妳本來的樣子。

如果可以讓雙方都感覺良好，假裝高潮其實只是舉手之勞。請日行一善。

愛上對的男人時，妳會感到安定、自信、平靜。

被甩是這世界上最糟糕的感覺。

以整個群體來說，男人這個物種不值得信任。

交往過程中最好的部分是最初三個月。

好朋友永遠會把妳擺在男人前面。

睡不著的時候，就想像自己未來會和各種橄欖膚色捲髮男子在一起，然後想像和他們的各種翻雲覆雨。

三明治夾心：我的電燈泡人生

整件事起於某次坐火車的時候。我以前總覺得自己有一天會在火車上遇到什麼好事。對我來說，交通車程一直是長途旅行中最浪漫且魔幻的部分，非常吸引人；包裹在自己思緒舒適的莢中，停留在前後交接的途中，穿越上一章與下一章之間大片沉默、空白的書頁。在這個掏出手機就會失去意識的空間裡，妳不得不面對自己的思緒，整理哪些事需要改變做法，重新訂定事物的優先順序。我曾坐在火車上幻想過許多龐大的夢。快速穿過如出一轍的英國鄉村地景，盯著窗外金燦燦的油菜田，想著自己留在身後又或者即將抵達的事物，最清晰的頓悟或感激總會在此時降臨。

二〇〇八年，我在帕丁頓（Paddington）搭上的那列火車毫無預期地改變了我一生。但那天的情節完全不像《愛在黎明破曉時》、《熱情如火》（Some Like It Hot）或《東方快車謀殺案》，我並未墜入愛河、沒有拿著烏克麗麗表演酒後放蕩版的〈Runnin' Wild〉，也沒有捲入神祕謀殺案；相反地，那是一連串事件的開端，這些事件在接下來五年內如慢慢張開的帆，將故事推動至令人沮喪的遙遠境地，無法碰觸、也無法收回。事實上，真要說起來，在這趟改變我一生的火車旅程中發生的事，其實幾乎與我無關。

那是我記憶中最冷的冬天（可能是因為我當時迷上緊身窄裙），我從倫敦坐週日的末班火車回艾克塞特大學，天空開始降雪。火車才到布里斯托外圍就拋錨了，其他旅客哀怨連連，挫敗地跺腳，只有我覺得整件事再浪漫不過。我在西線（First Great Western）的餐車車廂裡買了一瓶便宜紅酒，然後回到自己的座位，盯著窗外漆黑寂靜的鄉村景象。厚雪覆滿一切景色，彷彿聖誕節蛋糕上的糖霜。

我對面坐著一個年紀和我相仿的男孩，五官前所未有地精緻。我看著窗外，幻想在這班拋錨列車上有個男人正試圖和我對上眼，此時，那個男孩便正在做這件事。最後他的確成功了。他介紹自己叫海克托，問能不能和我喝一杯。

他有那種獨特、無法動搖的自信，顯然是從公立學校栽培出來的。那種自信來自十三歲時收到的古老校服外套，代表著一整套的身分認同——所屬書院的配色、愚蠢的外號，以及喝得再醉也不會忘的校訓之歌。那種傲慢的優越感來自十三歲起就加入辯論學會，最終躋身政府高層；擁有這種自信會讓你認為自己本該在此，有權利對事情發表意見。幸運的是，海克托的五官可愛得像小天使，足以平衡這種傲慢：閃閃發亮的藍眼睛有著矢車菊般的虹膜，鼻尖微微上翹，彷彿一九五〇年代肥皂廣告裡的小男孩。他的蓬鬆捲髮像年輕的休葛蘭（Hugh Grant），嗓音深沉、圓潤、生動。我們在靜止的列車上聊了兩個小時，邊笑邊喝酒，吃我媽讓我帶上路的甜果派。

我知道妳這時會想，要是這場偶遇可以再多一點「什麼」就好了。沒錯，當年我十九歲的腦袋瓜裡也閃過這個念頭。因此，在每週日晚上無線電視頻道播放的無數浪漫喜劇感召之下，我決定不跟他交換電話號碼；這樣只要我們未來再次偶遇，就可以說是命運的安排。他就這樣離開，步入布里斯托車站的寒夜之中，留下的回憶至少夠我寫三篇部落格貼文（我的部落格叫「單身女孩的冒險」，內容漫無目的，且匿名發表）。

兩年後的同一個月，就在哈利和我剛分手的幾個月後，我站在波多貝羅路（Portobello Road）上某間酒吧的吧檯前，海克托走進了店裡。他穿著成人款式的西裝，髮型比起當年稍稍沒那麼蓬鬆，雖然只老了兩歲，但這身造型配上他小天使般的臉孔，卻變得有些諷刺和性感。

「世界上明明有那麼多酒吧。」他邊說邊朝我走來，親吻我的雙頰。依循慣例，那天晚上我們喝便宜紅酒度過，而外頭大雪翻飛，以至於等到最後點單時間，我們又被困住了。雪已經大到沒辦法搭公車回家，同時我也醉到沒力氣再玩欲擒故縱的遊戲。我的廉價高跟鞋搖搖晃晃，完全無法在雪地裡前進，他像扛著一捆波斯地毯那樣把我甩上肩，回到他的公寓。

凌晨四點，兩人未睡，躺在地板上一根接一根地抽美國精神牌香菸，把菸灰彈進立在我肚子上的杯子。他從我的包包裡拿出眼線筆，在牆上寫下一行泰德・休斯（Ted Hughes）的詩：

她的雙眼不願放過任何東西／以視線扎住他的手掌手腕手肘

眼線粉寫成的字跡潦草地懸掛著，因碰觸而模糊，旁邊則是多張繪有同一個裸體女子的炭筆畫。（「我畫的，我的前任。」他自豪地說。此時作為最新題材的我正全裸躺著，眼神向上看向他那面炮友藝術牆。「是個可愛的女生，可惜結婚了。」）他的床邊放著一本黑色皮面通訊錄，封面押著六個金字：金髮，棕髮，紅髮。妳得承認，他或許是個忙於播種的農夫，但也是夢幻般的農夫。

海克托滑稽、調皮、幼稚、無賴、放蕩、流氓氣，全是用來形容諾爾·科沃德（Noel Coward）劇中男人的形容詞。我從沒遇過像他這樣的人。和他有關的一切都非常老派：他的家族擁有貴族頭銜，他會穿他祖父的俄羅斯製狼毛及地長大衣，他的襯衫內裡還縫著當年寄宿學校的姓名標籤。他房間裡的所有東西若非磨損老舊就是借來的，連工作都是借的；他的老闆是他媽媽以前當社交名媛時養的小狼狗，海克托只是個九流畢業生，之所以能在倫敦城裡找到工作，全出於老闆對他媽媽的愛慕之情。早晨我離開海克托家時，總會疑惑海克托的工作內容到底是什麼，畢竟他整天做的就是把我的內褲穿在他（從來不熨的）褲子底下，然後一直用工作信箱傳色色的信給我。

我們的關係完全屬於黑夜，因為他是完全的夜行動物。他是夜裡出沒的神祕野獸，是以自身毛皮成就了那件大衣的徘徊遊蕩的狼。我們會跑到酒吧裡喝個爛醉，相約午夜約會。我曾經裸體單穿風衣跑到他家。那年我二十一，彷彿活在賈姬．考琳絲的愛情小說裡，而男主角的他則是長了年紀卻不長腦袋的好色版搗蛋威廉[37]。

他從來沒見過我朋友，我也沒見過他的。這很適合我們的關係。我甚至不曉得他有室友，直到某天早上六點，全裸的我醉醺醺地晃進廚房，和一個叫史考特的男子正面對決。當時我用力拍開廚房的門，打開電燈，赫然發現史考特正穿著西裝坐在餐桌前吃穀片、看報紙，馬上就要出門上班。海克托覺得這很好笑——不只是好笑，他覺得我全裸被他室友看到這件事讓他精蟲衝腦。我們吵了第一次架。

幾天後，我在廚房裡炒蛋，再次遇上穿著浴袍的史考特，他一臉抱歉地對我笑。

「嗨。」他尷尬地揮了揮手。

「嗨。」我回應。「那天早上很抱歉，海克托跟我說沒人在家，我後來罵了他一頓。」

「沒關係。真的，沒關係。」

「怎麼會沒關係，那樣不好，我真的很抱歉。」我結結巴巴。「應該沒有人想在上

37 賈姬．考琳絲（Jackie Collins）是英國的愛情小說暢銷作家，搗蛋威廉（Just William）則是著名童書，主角威廉是個十一歲大的調皮小孩。

班前看到那種畫面。」

「那個……呃……也算驚喜啦。」他說。我釋出善意，分給他一些蛋和吐司。

我們在桌邊坐下，客套地聊著，然後聊到交往之類的話題。他有沒有約會對象？沒有。我有沒有哪個單身性格又好的朋友可以介紹給他？有，而且非常完美，就是我的好朋友法莉。

「但是先說喔，她現在真的沒有想要談認真的感情。她很享受單身，所以不會是多正式的約會。」我打下預防針。

「不錯啊。」

「太好了，那我給你她的電話。我至少可以為你做這點事。」我說，然後在他的手機裡輸入法莉的電話。為什麼不呢？他看起來像個好人，有魅力、謙恭有禮，搞不好她現在也想要來一場萍水相逢。我順口向法莉提起，然後就把這件事拋在腦後。

講到這裡，我覺得應該暫停下來稍作解釋，讓妳了解為什麼在這則故事的後半，我會突然變得那麼像個妄想、壞心、控制狂般的雙面人。

我和法莉並非一開始認識就成為朋友，她進入學校的第一年，都跟一群「魔法公主」混在一起。她們是北倫敦郊區一帶學校女王的統稱，個個挑染金色髮束、配戴蒂芬妮首飾，說得出在布雷迪發生過的各種趣聞軼事（布雷迪是一間專為猶太青少年開的社交及運動俱樂部，地位等同郊區的中國白[38]）。反觀我呢，則是週末假日便一身漆黑打扮在學校的戲劇社團規畫公演，試圖只用一節木頭刻劃出飛機失事後的心理創傷。不過，自從我和法莉上了同一堂法文課和數學課之後，我們很快就發現彼此有著相同的幽默感，也都非常喜歡《真善美》和西瓜口味護唇膏。

在彼此身邊上了幾個月的課後，我們的友情才在下課時間試探性地展開。我先邀請她來家裡，我媽做了烤雞，我爸則一如往常，像他對待我其他朋友那樣，慌亂地將話題鎖定在我朋友的某件事上，然後時不時就提起來，試圖為兩人製造共同話題。對法莉而言，那件事就是猶太人和猶太教。我爸在接下來的十年間不斷說著：「妳知道艾倫．休加爵士[39]的Amstrad公司不得不裁員那件事嗎？真的太可惜了。」或者「我最近看到飛往特拉維夫的班次減少了，這個季節天氣應該滿熱的，一定很適合去玩。」之類的事。不過，我和法莉的起步雖慢，但最終緊緊黏著彼此，難以分離。只要可以，我們會一起度過在學校的每一分每一秒，在一天之內不斷碰頭，放學回家後又迅速狼吞晚餐，然後打電話給對方，繼續說那些白天見面時忘記提到的事。這項儀式如此根深

38 Chinawhite，倫敦知名夜店。
39 Sir Alan Sugar，猶太人，英國著名商人，電子公司Amstrad的創辦人。

蒂固，直到現在我都還背得出法莉媽媽從二〇〇〇到二〇〇六年間的市內電話號碼，背誦速度比想起自己信用卡的安全碼還快。

我討厭學校，常惹上各種麻煩。十二歲那年，在被停學、和副校長爭吵扭打，然後又被留校察看之後，我終於能繼續上地理課，但那堂課的老師特別不喜歡我。某次，老師要我們拿出作業簿，我忘了帶。我小時候什麼東西都能忘，根本一團糟。每年學校的聖誕派對上，都會有個垃圾袋，作為「朵莉．艾德頓丟東丟西獎」。被選中的學生要巡整個校園，把她自己四處亂丟的東西通通撿回來。我討厭這遊戲。

「妳的作業簿呢？」老師站在我桌子旁斜眼俯瞰，酸溜的口氣由雀巢咖啡和菸味凝結而成。

「我忘記帶了。」我咕噥說著。

「一點都不意外耶。」她把音量提高到廣播的程度，開始在教室裡逡巡。「忘了帶呀忘了帶，妳這輩子有哪天是沒忘記東西的嗎？就是書而已，一本書而已，有那麼難嗎？」她用板擦用力拍著桌面。

我的臉漲紅，因為將滾燙的淚水往肚子裡吞而感覺一股噁心感逐漸升起。法莉在桌子下捏了我的手兩次，捏得又快又用力。我知道那代表什麼意思。那是安靜無聲的通用摩斯密碼，**我在這裡，愛妳喔**。那一刻，我意識到我們的關係起了根本的變化，我們選擇了彼此，晉升家人。

法莉和我是彼此生活中永遠的另一半，我們是對方每次家庭聚會、每個節日、每場派對的好夥伴。除了出去玩喝得太醉時之外，我們從來沒有真的吵過架。我們從未對彼此說過謊。這十五年來，我每隔幾個小時就會想到她一次。唯有在她的襯托之下，我存在的意義才能真正呈現出來，反過來對她也是一樣。沒有法莉的愛，我只是一團破爛、未完成的念頭，由血肉肌膚骨頭、無法達成的夢想以及床底下那疊亂七八糟的青春期詩句所組成。只有當我人生中最熟悉、最令人喜愛的那部分站在我旁邊時，混亂的我才能終於成形。

我們知道彼此祖父母以及每一個童年玩偶的名字，我們知道要以怎樣的順序說出哪些字，就能讓對方大笑、掉淚或大叫。在組成我人生的沙灘上，每一粒小石子她都曾翻看過。她知道該如何找到關於我的一切，我也知道該如何找到她的。簡而言之，她是我最好的朋友。

史考特和法莉的第一次約會選在二〇一〇年情人節。說真的，到底誰會這麼做？我甚至無法理解為什麼他們還要約會。特意出去喝一杯也只不過是過場形式，實際上也就是碰面上床一夜情而已。

「我知道聽起來很奇怪，」她解釋。「但我們來回傳了好幾次訊息，那是唯一兩個人都有空的日子。」

「你們打算幹嘛？」

「不知道。他會到公司接我，說諾丁丘有個地方不錯，可以去吃晚餐。」

「晚餐？」我發出吼聲。「為什麼你們還會約晚餐？不是打炮而已嗎？」

「呃，阿朵，我怎麼可能直接跑去他家，總是得先聊聊天吧。」

「對，但何必吃晚餐，我們又還沒……四十歲。那只是浪費錢。再說，為什麼要約在情人節？」

「我剛才說了，不約那天就是要等到天荒地老，我們兩個都很忙。」

「『我們兩個都很忙』，」我模仿她。「講得好像已經老夫老妻一樣。」

「閉嘴啦。」

「一個從來沒看過的男人到上班的地方接妳，帶妳去吃晚餐，旁邊都是慶祝情人節的情侶，妳不覺得到時候會很尷尬嗎？妳不覺得這會影響妳判斷喜不喜歡對方嗎？」

「不會啊，就隨便吃吃而已。」

晚餐很順利，而且一點也不隨便。法莉在Harrods百貨當珠寶首飾的櫃員，史考特到店裡接她，那天還下著雨（還下雨！連老天也要幫忙）；他們坐計程車到諾丁丘，進到餐廳，完成法莉人生中最棒的一次約會。我知道那是她人生中最棒的約會，因為她沒有像平常那樣，喋喋不休地講著那是自己經歷過最好的約會，而是在我問到史考特時變得忸怩起來，態度謹慎，語氣甚至有點像大人。

法莉和史考特求偶期間那種令人髮指的成熟感，讓我覺得自己跟海克托之間的交往像個笑話。會放在海克托身上的那些「形容詞」都像牛奶般酸去——自私、愚笨、如惡夢一般。他糟到某種地步，連那些屬於他的特色都已經不再令人覺得有趣。我不想喝整瓶的白酒當早餐，不想在打鬧時拿樂福鞋敲他的頭，也不想在他過於複雜的怪誕性幻想情節裡扮成淫蕩的情色小精靈。有個星期他喝醉兩次、完全昏死，大半個下雨的晚上都把我鎖在他家外面。他那男生班長般令人羨慕的自信心還附帶著其他需求——需要被女舍監管教。但我無意扮演那個角色。

「拜託啦，朵莉，」週五晚上碰面時，法莉求我。「再跟他見一次面就好了，拜託嘛。」

「不要。」我堅決地說。「我對他沒興趣了。」

「但是我和史考特還沒進展到可以直接去他公寓的程度，那樣做只會像跟蹤狂。」

「妳有在乎過這種事嗎？」法莉曾經給一個男的二十英鎊，讓他儲值手機額度，並要求他保證之後會聯絡她——他消失無蹤。

「沒有，但是我想跟他好好發展。」她的口氣真摯。「我現在跟他相處都照正常規矩來，感覺很好。拜託，傳個簡訊給海克托，我們可以一起去他家，不會尷尬的。」

我想了一下。「拜託嘛，我以前也幫妳做過同樣的事啊。」

該死，她還真的做過。

我傳訊息給海克托，說我會和法莉一起過去。我們在諾丁丘搭上夜間公車。

一如預期，我們四個人在客廳喝了一杯後，海克托就開始用他那種讓人煩躁、彷彿奈佐・黑佛斯（Nigel Havers）喝醉後的聲音講述乳頭夾的歷史，而法莉則卯足全力對著史考特玩頭髮、羞赧笑。不久，法莉和史考特便離開客廳躲進兩人世界，海克托則拉我起身進他房間，說「有東西要給我看」。他一反常態地親暱、黏人，像他這種男人，當他們感覺到妳開始保持距離時，就會是這種態度（我已經兩個星期沒回他那些寫滿情色五行詩的信了）。我在他床上坐下，直接從瓶子裡喝已經不冰的白酒。

「所以要看什麼？」我語氣冷淡地問，而他拿起吉他。噢，不要。拜託不要這樣——其他都可以就是不要來這招。好幾個月來，我都希望自己擁有一間像這樣的臥室，但此刻這個空間卻迅速變成我專屬的個人惡夢洞窟。我突然看見這種波希米亞風格有多糟糕：地上丟滿髒襪子，空氣像雨天老舊板球場的更衣室那般蔓延著淡淡霉味，被子上都是抽菸抽到睡著時燒出來的洞。美麗的炭筆裸女們變形成醜陋的石像鬼，彷彿知道什麼似地盯著我。**我們都走過這一段，現在換妳了**，她們低聲道。

「偶要唱鍋給妳聽。」他口齒不清地說著，暴力地刮了兩道和弦，兩個動作之間還試圖幫吉他調音。

「天啊——不用，沒關係，真的不用這樣。」

「朵莉・艾德頓，」他大聲宣布，彷彿自己是即興表演之夜的上臺民眾。「我真的超喜歡妳，這宿鍋是寫給妳的。」他開始彈某三個和弦的組合，這個組合他之前已經對我彈過大概兩百遍。

「我在火車上看到她，」他用某種低沉沙啞的美國腔唱著。「生命從此不同。第一天晚上我們——」

「海克托，」我感覺醉意全力襲來，板著臉對他說。「我們不要再見面了吧。」

我和法莉在隔天一早離開，事情就這樣結束了，我後來沒再看過他。法莉和史考特都說我「真的」傷了他的心，因為那晚過後，至少有三個星期的時間，廚房桌上沒再出現任何過夜客的女用名牌包。

（補充說明：海克托現在是一名非常成功的企業家，娶了好萊塢女演員。我看到Mail Online的報導才知道這件事，當時我正穿著睡衣坐在桌前一人獨嗑整條巧克力口味的聖誕節樹木蛋糕。發生什麼事妳們自己想吧。）

List

我害怕的東西

- ▼死掉
- ▼我愛的人死掉
- ▼我討厭的人死掉，而我因為以前講過他們壞話而感到愧疚
- ▼在路上被醉漢說高
- ▼在路上被醉漢說胖
- ▼在路上被醉漢說性感
- ▼在路上被醉漢說醜
- ▼在路上被醉漢說我應該高興一點
- ▼在路上被醉漢說想要上我
- ▼在路上被醉漢說不想上我
- ▼被派對上喝醉的人「試戴」我的帽子（但其實是偷）
- ▼弄丟首飾
- ▼跌出窗戶

- 不小心弄死小嬰兒
- 派對遊戲
- 和其他人討論美國政治史
- 到處碎嘴搞得天下大亂
- 不會用洗碗機
- 癌症
- 各種性病
- 咬斷棒棒糖的木棍
- 飛機失事
- 飛機餐
- 在辦公室工作
- 被問到相不相信神（信一點點）
- 被問到相不相信星座運勢（信一點點）
- 被問到爲什麼相信上面這兩件事
- 發現自己在規畫外透支
- 從來沒養過狗

暖場表演

自從跟海克托分手後，我就覺得法莉跟史考特的關係遲早也會草草結束。我是他們兩個的黏著劑，現在既然我不再去諾丁丘那間髒公寓，他們之間的共通點也應該隨之消失。不過，就在幾個星期後，法莉便突然說要和史考特一起到劍橋小旅行。忌妒頓時衝進我的血管中，令我全身發痛，彷彿體內全是醋意。在以前，我才是那個曖昧對象不曾斷過的人，但現在正式進入男大女小戀愛關係的人卻是法莉。史考特不會穿她內褲去上班，不會叫她穿漁網連身裝，不會不知道她全名叫什麼，也不會一個星期只傳一封訊息。法莉的這個男友，清醒時間比酒醉時間多，會帶她去小旅行，會打電話而不只是傳訊息，還會想要認真和她對話聊天。

「而且劍橋到底有什麼好玩的？」我酸溜溜地向ＡＪ抱怨。「是怎樣，貝里義大利餐廳有在那裡開分店嗎？我只能祝他們玩得愉快。」

「他是怎樣的人？」ＡＪ發問。事實是，我其實不認識他。

「壞消息。」我語氣沉重地說。「對她來說太老，也太嚴肅。」

接著，三個月過去，就在三個月整的那一天，他對她說了我愛妳。她在某次朋友們的晚餐上宣布這個喜訊。我們全都開心地尖叫、舉杯恭喜，那晚搭公車回家的途中，我在iPhone上寫下一段悲傷的獨白。

雖然我討厭看到法莉在這些年來被愚蠢的青少年錯待——被誘騙、被忽視、被隨手丟棄——但我發現那種情況會令我感到安心。只要男孩們沒發現真正的她，她就仍完全屬於我，一旦有個長了腦袋的成熟男人停下腳步並對她產生興趣，我就整個玩完。他怎麼可能不愛上她呢？她既美又幽默，是我認識最善良的人。多年來她不斷借我錢，救我離開各種麻煩困境，還會在凌晨三點我沒公車回家時，開著車來接。她總是先考慮他人、懂得聆聽、記得各種小事，是當完美伴侶的料。她會在我上班前，偷偷在我午餐盒裡留紙條，還會寄卡片給我只為了說她有多為我驕傲。

我吸引男孩們的招式，全靠煙霧與鏡面的幻術、誇張表現與虛張聲勢，佐以大量濃妝與大量酒精。但法莉則沒有任何謊言或表演成分，所有愛上她的男生，都是從第一次約會起便愛她的所有，無論他們到底是否真的了解她。她是我藏得最認真的寶物，但現在已公諸於世。

隔年我們到朋友黛安娜家參加聖誕派對，我和法莉自青春期以來第一次吵架。當時和我一起去的是李歐，法莉和史考特則姍姍來遲。那時我已經將近一個月沒看到她。我沒主動上前打招呼，但整晚用眼角餘光注意他們的一舉一動。我對不好笑的事情誇張大笑，好提醒她我不只在場，而且即使沒她的陪伴也能玩得很高興。

搞到最後，當她主動開口時，我們的對話變得又冷又硬，講不長。

「妳為什麼整個晚上都不理我？」她終於發問。

「那為什麼妳整年都不理我？」我反問。

「什麼意思？我明明昨天才傳訊息給妳。」

「對，訊息。傳訊息，妳真的很會這招。反正有傳就好了，傳了之後就可以幾個月不用看到我，可以每天晚上去找史考特，有人問起妳就可以說『噢但是我有傳訊息給她啊，我每天都傳耶』。」

「我們可以去樓上講嗎？」她壓低了聲音說。

我拿著塑膠杯，重新倒滿整杯Glen's牌伏特加和一小滴可樂，氣沖沖地上樓到黛安娜的房間。我們對著彼此大吼了兩個小時，一開始非常大聲，然後逐漸平靜，最後兩個人都氣到、累到無法繼續，於是和好。我說她拋棄了我，並用了非常複雜的譬喻去形容自己的感覺。我說，原來她自始至終都只是把我當成Björn Again。

「這話是什麼意思？」她大喊。

「Björn Again。我們一起去聽過一場辣妹合唱團的演唱會，他們是暖場團體，爛得要死，讓人巴不得快點結束。我發現，這十一年來我一直在幫妳暖場，直到妳的主秀上場。我從來沒有把妳當成暖場，對我來說，妳永遠都是我的辣妹合唱團。要是我早點看破就好了，那樣我就可以重新安排，把妳安排在暖場團就好。」

她說我太八點檔了，她本來就有權利和她第一任男朋友好好相處。我說她當然可以，只是我不知道她居然會把男朋友擺在所有事情前面。我們重新回到派對，兩個人的臉髒成一片，彷彿是被傑克森・帕洛克（Jackson Pollock）拿整桶睫毛膏潑撒過的畫布。史考特和李歐兩個人尷尬地站在樓梯底端，相對沉默，顯然足球和比較沒爭議的時事都聊過了，已經無話可說。我和法莉抓了各自的男友和外套，分別離開派對。幾年後黛安娜告訴我，其實那天他們還刻意把樓下音響的音量關小，好讓整場派對的所有人都聽得到我們吵架的內容。

「他是她男朋友。」我那位理智到令人髮指的書呆子男友這麼說。當時我們邊走邊喝啤酒，要一路走回李歐在史達威爾（Stockwell）的公寓。「他們在談戀愛，所以她變了，這很正常，是成長的一部分。」

「而你是『我』男朋友，」我反駁。「『我』也在談戀愛，但我就沒有變。對我來說她還是我最重要、想要最常見到的那個人。『我』就沒有一談戀愛就把感情擺在第一位。」

他喝了口啤酒。

「對，也許那樣不太正常。」他說。

李歐和我在交往兩年後分手。我使盡渾身解數想讓那段關係走下去，但很多事都不同了，我們已不再是當初在象堡那場居家派對上閒晃的兩個學生了。我們長大，成為不一樣的人。

完成記者訓練九個月後，我在各家報章雜誌社之間流浪，擔任只給妳工作經驗但不給妳薪水的雜魚。我申請《Tatler》雜誌實習被拒，應徵《Weight Watchers》雜誌編輯助理被拒，連想在披薩快遞分店當服務生都沒錄取。為了生活費，我重操舊業回去當促銷人員，和一群失業的西區（West End）舞者還有空姐一起走在老布倫頓街（Old Brompton Road）上發肋排餐廳傳單。某天，我被要求打扮成小豬，結果在Harrods店門外被反毛皮的抗議群眾攻擊，我在那天辭職。

那陣子我還住在小時候的房間裡，從早上起床到晚上睡著前，腦子裡都只想得到一件事：好想要工作。二十出頭的我對工作的渴望，就跟青春期時想交男友一樣激烈；我會纏著已經擁有工作（男友）的朋友，逼迫她們說出成功的祕訣。每天夜裡，我都躺在床上想，這個情況到底要經過多久才能結束。

終於，某日傍晚，我在火車月臺上等車時接到一通未顯示號碼的來電。打來的是提姆，E4頻道新的結構化實境秀《切爾西製造》的劇情製作人[40]。我曾經在網路上針對這齣節目的第一季寫過一系列影評。同樣地，這系列影評的稿費只有用來敷衍畢業生的「曝光度」——只是這次真的成功了。《切爾西製造》的製作團隊剛好看到我的影評，對我的想法感興趣，他們又剛好在招攬創作人員，提姆就邀請我到東倫敦的辦公室參加面試。

擔任面試官的是提姆和迪莉，迪莉是得過英國影視學院BAFTA獎的製作人，三十多歲、個頭嬌小，看起來非常年輕。他們向我解釋整件事的來龍去脈：當時製作公司的老闆在網路上搜尋所有關於《切爾西製造》的評論，看到我對節目最後一集寫的文章，裡頭對製作團隊提了幾個挖苦建議，告訴他們之後幾季可以怎麼做比較好。這間製作公司的老闆叫作丹，成名作是一九九〇年代家喻戶曉的深夜談話節目，他同時兼任製作人與共同主持人。丹看到我的評論後，便在和電視臺開會前把文章印出來，讓團隊裡所有的製作人在路上看——令人意外的是，所有人都同意我的論點。

那場面試只談了半小時，結束時我自覺應該不會有下文了，甚至對此感到安心。我完全抓不準他們想要的東西，整場面試我們花了大半時間在剖析上流階級的習慣並對節目角色進行心理分析，幾乎沒提到我的資歷或這份工作的要求。不過，當時我不知道的是，要做出成功的實境節目，九成靠的都是準確的心理分析。我也不曉得，

40 劇情製作人原文為story producer，是實境節目製作中的特殊職位，工作範疇涉及傳統編劇、導演、製片和剪接等各部分。由於實境節目介於虛實之間的特殊性質，劇情製作人的工作是從製作前置、拍攝期間和拍攝片段中，整理出戲劇化情節和結構，供剪接參考。結構化實境節目（structured reality show）則是實境節目的一種，放棄雇用職業演員的做法，直接啟用真人角色，並讓他們在有大致情節走向但沒有固定對話的情況下錄製節目內容。《切爾西製造》（Made in Chelsea）是E 4頻道在二〇一一年推出的結構化實境節目，內容記錄倫敦附近富裕年輕人的生活。英國是實境節目非常發達的國家之一。

原來自己多年來打不進上流社會的經驗，其實在無意間累積了我對上流人士的深厚觀察——我可能站在寄宿學校的福利社，或是逗留在國王路（King's Road）上各家夜店的吸菸區——而就是這些觀察，讓我難得地有被認為是大材小用的一天。

三天後，當我和李歐在參加某場音樂祭時，我第二次接到節目製作人的電話。當時我和李歐正坦然沉著地幫參加露營派對的人塗上亮粉，有個男生吃了迷幻藥後剛開始嗨，聽到我的帳篷一直傳出重複的電子鈴聲，還以為是電力站樂團[41]偷偷跑來做快閃表演。但那其實是迪莉打來的電話，通知我成了節目的劇情製作人，隔天就要參加製作會議。

我從音樂祭現場直接進到辦公室，已經四天沒洗澡，鼻頭晒傷，白金色的精靈短髮糾結成雞冠頭。李歐帶著我們兩人的背包和帳篷在櫃檯外等，讓我去參加第一場劇情會議。我那時已經沒乾淨衣服，便把李歐的超大T恤當成裙子，搭上他的牛仔夾克，外加一雙破絲襪和芭蕾平底鞋。那身裝扮是場合適的餞別：標示我童年時代的最後一日與成人階段的第一天。

我幾乎像當初愛上李歐那樣，猛烈地愛上這份新工作、新同事和新老闆，愛上他們所帶來的創造性、樂趣和真實性。如果不需要進辦公室或拍攝現場，我會接一些外包的記者稿件，用寫作塞滿每個夜晚和週末，不讓自己有時間做其他事，而這點令李歐沮喪。他覺得自己好像被背叛了。他當初愛上的是一個無所依歸的女孩，只想帶著帆布鞋和牛仔褲踏上他引領的冒險旅程；那個女孩會幫他在套頭上衣上繡名字縮寫，會在派對上整晚和他鎖在浴室，坐在空蕩的浴缸裡，因為驚奇而瞪大雙眼看著他的臉。當初他愛上的是一個女孩，現在卻得到某個自我認同強烈、全心投入工作的成年女人。

對我來說，和他交往是我這輩子最豐富的經驗之一，也知道他永遠都會成為我之所以為我的一部分，但我們都長大了，他有他想要的愛和承諾，我知道自己必須讓他離開，這樣他才能和真正值得他的人在一起。

法莉、AJ和我最終搬離各自在郊區的父母住處，一起住進我們在倫敦的第一個家。那時AJ也剛恢復單身，而法莉仍和史考特在一起。

在我心中有一部分希望，和兩個單身女子當室友能讓法莉意識到她錯過了多少歡樂的年輕歲月，進而決定和史考特分手。但如果要說和AJ與我同住為她帶來的影響，反而是讓她更珍惜史考特。有次我準備和某個男生初次約會，正手忙腳亂地修剪、黏上剛拆封的假睫毛，隨後痛苦地尖叫起來，頓時想起自己前一晚用同一把剪刀剪了要撒在披薩上的辣椒。法莉看著我，找出冷凍庫裡的笑臉薯餅，幫我敷在眼睛上，讓我

41 Kraftwerk，一九七〇年代出道的德國樂團，電子音樂先驅，特色是循環播放的重複節拍。

空出手來打訊息，向對方取消約會。「天啊，我真的一點也不懷念這種日子。」她嘆氣道。

　　某天晚上，史考特到外地出差，法莉、ＡＪ和我跑到康登，在我們最愛的廉價酒吧裡跳舞。回到家後，我們開了一瓶過期的提亞瑪麗亞咖啡酒，聊天的氣氛就像每次出去玩完後那樣，開始變得掏心掏肺。

「我好想史考特噢。」法莉喝下手中最後的酒，向我們宣布。

「為什麼？」我拉高聲音，被ＡＪ瞪了一眼。「我的意思是……他也只去幾天而已。」

「我知道，但他不在我就還是很想他，然後每次他回來我都還是很興奮，就算他只是去巷口買東西回來也一樣，我都會很期待聽到大門被打開的聲音。」她看到我的眉頭。「我知道聽起來很假，但是真的。」

「我覺得她真的愛他。」隔天，我對ＡＪ這麼說。

「當然愛。」躺在沙發上的ＡＪ正在啃培根三明治。「不然妳覺得他們怎麼會在一起三年？」

「不知道，我以為她只是想知道有男朋友是什麼感覺。」

ＡＪ不可置信地搖著頭。「妳也拜託一下。」

意識到這點後，我終於開始注意到那些四處冒出的小訊號。史考特的父母見過法莉的父母；法莉有愈來愈多週末都和她的大人朋友們一起過，去做那些大人們的事，例如「三十歲生日週末的科茲窩[42]之旅」或是週末品酒夜；史考特還很常跟我們混在一起，我討厭這樣。他不在場我也討厭。這把他不該贏，我不同意。

42 Cotswolds，英國最大的法定特殊自然美景區，位於英格蘭中西部，以歷史小鎮與田園風光聞名。

List

最令人厭煩的話

- 「我不想點開胃菜，妳呢？」
- 「我是離不開男人的那種女生。」
- 「我天生就很會推銷東西。」
- 「我訂婚了！」
- 「妳每次都遲到。」
- 「妳昨天晚上很醉。」
- 「妳之前就說過這件事了。」
- 「他只是實話實說。」
- 「她很帥。」
- 「我覺得妳最好喝杯水。」
- 「我滿強迫症的。」

◆「我們的關係真的一言難盡。」

◆「妳要不要在艾莉森的生日卡上寫點東西？」

◆「大家一起去！」

◆「我們來約一下。」

◆「妳沒注意到這件事嗎？」

◆「瑪麗蓮・夢露衣服穿到XXL號。」

◆「您應該要回診牙齒檢查囉。」

◆「妳上次備份是什麼時候？」

◆「妳怎麼有時間發這麼多推特？」

◆「抱歉，我遇到太多誇張的事了。」

◆「我要去輕旅行啦。」

平凡康登的平凡女孩

和法莉、AJ在倫敦同住的第一年，我二十四歲。某個星期二晚上，我和朋友相約下班後去喝一杯，雖然我極力留她到酒吧打烊再走，但她仍因為隔天一早要開會，八點半就決定早早收攤。我翻遍電話簿，傳訊息給每一個可能還醒著且想要跟我繼續喝的人，但所有人要不是沒空就是已經累了。我鬱悶地搭上二十四路公車回家——只有它永遠不會背叛我，只要二十分鐘就能從倫敦市中心抵達我家門外——沒辦法再多玩一個小時、多喝一杯酒，令我感到焦躁且失望。我對這種感覺已經愈來愈熟悉，這種有口難言的驚慌失措，彷彿整個倫敦都在歡樂，只有我玩得最不高興，彷彿每個街角都藏著人生經驗的寶庫，但沒有一座是我的，彷彿，這就是我人生的最後一天，時間還這麼早，為什麼現在就要解散回家了呢？我們明明可以把這天過得那麼完美、那麼燦爛。

公車在我家巷口的酒吧前停下，我頓時迅速擺脫鬱悶的心情。那是北區常見的破敗小屋，以前曾是熱門的表演場地，後來變成外表可怕的酒館，是康登這帶早上九點就開喝的酒鬼們的聚集地。我下車，走了進去，那是我搬到康登後第一次踏進這間酒館。搬家入住那天，我們就聽說法莉創了這間店的歷史，成為四十年來第一個在店裡點咖啡的客人，老闆還特地出門到對面馬路的巷口雜貨店買了雀巢金牌咖啡和牛奶。法莉為那杯咖啡付了二十六便士。

我點了啤酒，和酒保閒聊起來。像我這樣一個人跑進來獨飲，他似乎一點也不訝異。坐在我旁邊的老人看起來年近七十，留著野人般的灰色大鬍子，他問我今天過得怎樣，我說沒有酒伴一起喝到最後還挺失望的，他說這件事就讓他來完成吧。老人在這一帶長大，我邊喝邊聽他交代過往的人生故事：從哪間學校逃學、這一帶的變遷、哪些酒館開了又倒；在我出生前，他就在康登劇院（Camden Palace）聽了約翰．馬汀（John Martyn）的演唱會，而我曾經非常著迷那場表演的現場錄音。我在午夜時離開，在杯墊背面潦草記下老人的電話，彼此答應要找個下午時間一起聽錄音，但我其實知道自己再也不會跟他聯絡。他只是我想擁有的眾多事物中的「其中一個」而已，只是一場經驗、一則軼事、一張新的臉孔、一段回憶。他像忠告、像八卦、像趣事，暫時存放在我醉醺醺、不省人事的腦袋裡，僅供自己在某天重新挖出、細細反芻。妳從哪聽來的？要是有人問起，我會說，我完全不曉得。

隔天晚上下班，當我拖著幾近無法動彈的宿醉身體回到家時，我看到法莉和AJ雙雙蜷曲在沙發上，便把前一晚走進巷口那間骯髒酒吧的經過告訴她們。

「妳到底為什麼要進去？」AJ困惑地問。

「因為昨天是星期二。」我說。「因為我想。」

成年生活包含著許多只能以喝了幾杯咖啡去計算[43]的瑣碎小事，我很感謝青少年時期的自己對於這類瑣事極度著迷，因為等到真的進入那樣的生活時，我一點也不覺得那些瑣事是生活的負擔，反而鬆了一口氣。我喜歡付自己的房租，熱愛每天幫自己做飯，我以前甚至會因為坐在家庭診所的候診間裡而興奮不已，因為我知道那是不靠任何人幫忙，自己掛號、自己赴診的成果。開始自己付帳單的第一年，光是收到泰晤士自來水公司寄來署名給我的信，就讓我興奮到腿軟。那是一種自由，我知道不管今天星期幾，只要自己願意，隨時都能走進酒吧和裡頭的某個老人做朋友，即使作為交換必須承擔身為成年人的責任，我也非常樂意。

其實直到今天，我都不曾真的接受自己已經不再需要偷偷摸摸地用洗髮精空瓶裝琴酒，不需要再遵守熄燈時間，而且只要我想，即使隔天還要上班也可以一路看電影或寫作直到凌晨四點。我可以拿早餐當晚餐、大聲放音樂，並站在自己的窗戶外抽菸，能夠做到這些事令我感到安心而振奮，因為我還是不敢相信自己竟然如此幸運。二十出頭歲的我就像《小鬼當家二》裡的麥考利．克金（Macaulay Culkin），當他發現自己住進了廣場飯店，便用客房服務叫來成山的冰淇淋，邊吃邊看黑幫電影。會養成這種心態，全要怪成長時所受的嚴格教育。我發現，幾乎所有寄宿學校出身的人，都無法相信自己現在竟然可以在星期二晚上去肯迪許鎮（Kentish Town）上任何一間老人酒吧，而不用擔心被留校察看、停學或退學（總之是類似的懲罰）。如果說大學是滿足我對成人生活幻想的遊樂場，那麼擁有自己的房子並在倫敦工作，就是名符其實的極樂世界。

當初為了找成年後在倫敦的第一間住所，就花了我們三個月的時間。一來是因為預算不高，二來很少公寓會有三間雙人房。我們曾在芬斯伯里公園看過一間獨棟房，照騙拍得像是諾丁丘用舊馬廄改建成的精緻小別墅，但房子本人根本是本頓維爾監獄的側邊建物（AJ說，要是我們住進去，「那就是整天待在家看《X音素》選秀，然後吃超市賣的便宜筆管麵」）。另一間公寓在布立克斯頓（Brixton），看房過程彷彿災難，法莉、AJ和另一大群千禧世代的年輕人在公寓外大排長龍，彷彿是要參觀杜莎夫人蠟像館。房仲先是忘了帶鑰匙，讓所有人等了半小時，接著好不容易把每個人趕進去看三分鐘，附近卻發生警匪持槍追逐，以致大家全都得趴在地上避險。最後，就在我們要放棄時，法莉透過Gumtree網站找到一間房東私人出租的三房公寓，而且租金就在我們的預算內。

房子位在康登鎮的查爾克農場和肯迪許鎮之間的交界處，座落於一條以龍蛇混雜聞

43 此處的原文為「measured-out-in-coffee-spoons」，出自美國詩人*T*・*S*・艾略特的詩作〈The Love Song of J. Alfred Prufrock〉。

名的新月形街道上。傳統市集每週舉辦兩次，賣一些便宜的拖鞋和卡通床單，街上也有每天營業的蔬果攤以及只收現金的獨立超市（還會從麵包櫃下面賣大麻給妳），是個粗野、花俏又光彩奪目的地方。

房子本身則像場華麗的爛仗，是一整排一九七〇年代樓中樓社會住宅的其中一棟，磚塊的顏色黃得像樂高積木，而且門窗的位置和大小之奇怪，彷彿是某個青少年在《模擬市民》遊戲裡匆匆蓋出來的。前院擋著兩叢長得太過巨大的灌木，這意味著在夏天時，妳要是手揮得不夠大力，就沒辦法推開已經差不多要爛掉的木製前門。廚房磁磚上繪有英國鄉村風景，後院則是一片雜草叢林。走廊的牆上有許多奇怪液體留下的痕跡，經過多方檢驗，我們也只能假設那是尿痕。所有東西聞起來都是溼的。樓上的公寓被不明人士占居。

我們的房東戈登是個四十多歲的英俊男子，穿著象徵中年危機的笨重皮外套，髮型坍塌，髮色黑得詭異。他想讓所有人都知道他在ＢＢＣ當新聞主播，聲音宏亮、口音優雅，但說話態度卻異常直率、隨意。

「這就是走廊。」戈登大聲喝道。「妳們也看得出來，儲藏空間很大。」我們打開其中一道布滿灰塵的巨大白門，裡頭的架子空蕩蕩，中間躺著一個黑盒，盒上印著黃色粗體字「滅鼠特工！」。「噢，不用管那個，都已經解決了。」他一手抄走那個盒子。我們幾個對彼此短暫交換眼神。「這樣吧，」他稍微皺了皺鼻子說。「我就先不說了，讓妳們自己四處看看，看完再叫我就好。」

那是棟搖晃、歪斜的奇怪房子，但我們知道，作為我們的第一個家是再完美不過。不僅如此，我們計畫每個禮拜邀請親朋好友來訪，這間公寓也剛好提供這樣的空間。我們三人回到樓下，準備告訴戈登我們要租了，而他正在講電話。

「對……對……嗯，最糟的情況就是那樣。」他邊說邊不屑一顧地對我們擺了擺手。「對，嗯，那我們現在就試著不要讓牠靠近院子，又跑回去的話會很麻煩。」他看著我們，翻了翻白眼。「好，那就這樣，我明天早上十點左右去看屋頂。好。對。好。對，對。好。掰。」他把手機放回牛仔褲口袋。「都是些奧客住戶。」他說。「所以妳們要租嗎？」

入住的第一個月，我們過著極度興奮、瘋狂、錯亂的節儉生活。之前為了付押金而省吃儉用、拚命存錢，因此幾乎沒錢買任何家具。法莉買了一包便利貼，貼滿家裡各個平面，上面寫著「電視放這裡」或是「烤麵包機放這裡」。我們每天晚餐都吃馬麥醬小黃瓜三明治。搬進新家的第二個晚上，我回到家就看到另外兩個人穿著雨鞋在客廳狂奔。她們發現了這個家的第一隻老鼠，因為不想讓老鼠爬過光溜溜的腳上，所以穿著雨鞋去抓。法莉從Nisa Local超市買了塊朝聖者選擇牌的切達起司，放在清空的化妝包裡，在地毯上拖著晃來晃去，試圖把那隻老鼠引誘出來，以保全家安寧。

我們也很快就跟附近雜貨店的老闆混熟了，他是個叫艾文的中年男子，體型壯得像海軍陸戰隊。第一次走進店裡時，他語帶不詳地告訴我們，要是「惹上任何跟黑道有關的麻煩」，記得趕快來找他，他會幫我們「處理」。他說這話的當下，法莉正戴著一串珍珠項鍊。不過奇怪的是，知道艾文離我們家走路只要十秒鐘，令我感到異常安心，因為後來鼠患頻仍，而他總是會來解救我們。我常會穿著睡衣光腳跑出家門，衝進他店裡，像《欲望街車》裡的布蘭琪那樣歇斯底里地喊著：「牠又來了，艾文！牠又回來了啦！」

而艾文會說：「沒事的，妹妹，沒事的。我現在就過去。要我帶槍嗎？」我會婉拒，但叫他帶手電筒，然後他就會把自己塞進我家的每張床底、冰箱後方和沙發下，努力把牠揪出來。

（最終，戈登幫我們找了捕鼠人，是某個住在西區的傢伙，姓「毛瑟」[44]，非常人如其名。他在我們家放了幾個捕鼠陷阱，我問他有沒有其他比較人道一點的方法。

「沒有耶。」他抱著雙臂，表情傻眼。

「好吧，」我回答。「我只是想說，我吃素。」

「妳也不一定要吃牠。」他回答。）

康登確實像是我們的歸宿：離市中心夠近，附近都是漂亮的公園，而且最好的是，非常之「不潮」，簡直遜到一種絕望的地步。我們沒有任何朋友住在這一區，事實上，這附近根本沒住任何與我們同年齡的人。走在康登的中心大街，妳會遇到校外旅行中的成群西班牙青少年，或是留著保羅．威勒（Paul Weller）髮型的四十多歲男子，穿著超尖頭皮鞋，還在等康登重回當年英國流行樂重鎮的榮光。AJ以前把那地方叫作「阿呆觀測站」，星期六的晚上走在大街上，她會一邊指著路人，一邊在我耳邊亂罵「阿呆、阿呆、阿呆」。剛搬過去的前幾個月，我和一個非常迷人但是自戀到無可救藥的音樂家交往，他住在東倫敦，拒絕到康登找我，理由是康登「還活在二〇〇七」。

住在康登的那幾年，我們偶爾會到東倫敦參加派對或在晚上去玩，混入帥氣、漂亮的年輕人中，然後懷疑自己是不是應該住在那裡才對。但在離開後，我們總會對東倫敦的生活感到疲憊，並感激自己住在康登，不必口是心非地裝出一副我很酷的樣子，因為我們真的不是。在康登，我們可以穿著內搭褲、帽T、不穿內衣就走進店裡，也不用擔心遇到認識的人；我們可以喝醉之後開著玩笑占據舞池大跳康康舞，也還是整間酒吧最潮的那群人；我們可以整晚出遊都只注意自己人，不必刻意讓誰留下印象，因為康登沒有誰值得妳這麼做。

我為新家買的第一樣東西，是一只能在慈善流動廚房裡派上用場的商用尺寸大湯鍋。原因是，我們的朋友通通都是大胃王，加上我對擁有屬於自己的爐檯和餐桌感到

44 原文為Mouser，捕鼠器的意思。

非常興奮。同住的那幾年，我們會在家裡招待親朋好友們晚餐，平均每週三次。我發展出一套便宜的菜單，煮了無數鍋扁豆泥，烤了無數盤焗烤千層茄子。夏天時，我們便在雜草長得非常可怕的院子裡吃燭光晚餐。那個院子可怕到，某次其中一棵樹突然像《聖經》裡描寫的那樣自燃起火，已經喝醉的我們還得用湯鍋拿水去滅，或是乾脆把杯子裡難喝的便宜白蘇維濃白酒撒在火上。順帶一提，酒是在艾文店裡買的。

因為知道房子已經殘破到無法整修的地步，我們倒也樂得自由。戈登對這一點也相當隨興，放任我們把每面牆都漆上鮮豔的顏色，即使最後因為油漆不夠所以只塗到樓梯牆面的一半，留下一道歪七扭八的線，他也從來沒說什麼。這表示我們可以在這棟房子裡活出自己，不必處處小心地過分珍惜。

我們可以在星期六晚上把家裡弄得一團亂，隔天早上只要花十分鐘就能回復成看起來還過得去的狀態。我們即使把音響的音量放到最大，一直鬧到早上六點，鄰居也不會抱怨——我發誓，那些七〇年代的房子根本是設計要來當迪斯可舞廳的。住在那裡的幾年間我們從來沒被抱怨過噪音太大；事實上，我們的鄰居曾說，她根本沒聽到我們發出的任何聲音。也因為這個原因，後來很多人都跑來我們家嗑藥。

住在倫敦的前兩年，我徹底滿足了自己對藥物的大部分好奇。首先，我和一位很親切的藥頭建立了如家人般的友好關係。佛格思不是那種會一臉陰鬱地坐在車裡，然後從儀錶板底下把袋子塞給妳的藥頭，而是會在星期五晚上遲遲蒞臨我家，亂入我和朋友聚餐的那種。他會在桌上捲大麻菸，一邊吃剩菜一邊喋喋不休講著笑話，最後我還會用塑膠盒裝肉醬義大利麵讓他帶回去吃。法莉從沒機會見到佛格思，因為一直以來她都比我理智，而且午夜前就會上床睡覺，通常那時我都還和朋友待在餐桌上。法莉始終對我提到佛格思的態度感到困惑，因為我會把他講得好像是我堂哥或某個家族好友。某天晚上，她在凌晨四點醒來，因為聽到我像房屋仲介一樣在帶佛格思參觀家裡各個地方，而他則一一建議如何改善每間房間的風水。隔天，她走進我房間，發現我正上氣不接下氣地把床搬到另一邊的牆。

「妳在幹嘛？」她問。

「我在搬床，佛格思說床位最好不要擺在這裡。」

「為什麼？」

「因為床頭板太靠近暖爐了，他說靠熱源那麼近對頭不好，尤其是鼻竇。」

「呃，朵莉，他賣妳一級毒品耶，」法莉說。「他沒有資格給任何健康建議。」

後來佛格思就突然失聯了，我聽說這是他們那一行常見的狀況，於是便把注意力轉到ＣＪ身上——但那傢伙一如往常是場災難。眾所皆知，ＣＪ是倫敦最糟糕的藥頭。他對準時的定義令人震驚，還經常把「錯的貨」送到「錯的客戶手上」，然後半小時後出現在「妳」家門前，要求妳把貨還他。他的手機永遠處於沒電狀態，車上的衛星導航常態性故障。最糟糕的時候，是我有次等了他一個半小時，最後竟然還在電話上對他說「你最大的敵人是自己」，彷彿我是個內心受挫的教師。壓垮我們關係的最後一根稻草發生在某個星期四，那天我要離開倫敦去參加音樂節，我打給他，問他能不能賣我一些MDMA。

「那是什麼？」他問。

「MDMA啊，」我回答。「衣服。」

「誰的？」

「搖頭丸啦。拜託一下，MDMA。」

「從來沒聽過。」他說。

無論如何拿到藥或跟誰拿藥，對我而言，得到它幾乎比吃它更刺激。討論要不要買、打電話、付錢；出去找是哪輛車，然後把裝在迷你夾鍊袋裡的一點草或粉末帶回家裡給其他等待的人；聽對方承諾吃了之後會有什麼感覺——是這些步驟讓我心跳加速。法莉曾在旁見證從購買古柯鹼、分配分量到它終於進到身體裡需要經過多少關卡，她無法相信整個過程竟如此耗時且無趣。「我還以為是在做牧羊人派。」她說。但對於不想讓夜晚結束的人來說，費工費時地把粉末推成好幾排和捲成菸是非常愉悅的事，能讓妳分心，是這個夜晚將繼續延長的保證。妳心中理智的那部分可能會告訴妳「十一點了，快去睡覺，我們什麼都聊過，已經有話聊到沒話了」，但用藥能讓那個聲音安靜，並製造出想讓派對無限延長的欲望，取代那個聲音。對我來說，古柯鹼從來就只是交通工具，可以在我早已疲累的時候載著我，讓我繼續喝酒、保持清醒，但我從未熱中於藥物給予的知覺刺激。

那時的我認為，想當一名作家就得經歷各式各樣的經驗。而且我覺得世界上沒有不值得的經歷、沒有不該認識的人，真正的生活從日落後才真正開始。我始終記得那天晚上希克斯對我說的話，我們躺在她宿舍房間的床上，窗邊圍繞著童話般的閃爍燈光。

「朵莉，總有一天我們會坐在老人之家裡，無聊得要死，眼神呆滯地盯著腳上的毯子，」她說。「到時候我們唯一能讓自己露出笑容的東西，就是這些回憶了。」

但是當這樣的夜晚變得愈來愈頻繁，我便覺得彷彿是這些故事在定義我，而不是我在蒐集它們。徹夜不歸變得不再只是偶發事件，我開始預設每晚出遊都該是通宵達旦的狂歡，而且更可怕的是，所有人也都預期我會那麼做。和我出去玩一個晚上，代表妳隔天的行程全毀，即使只是星期四晚上相約去吃泰式炒河粉，朋友們也認為我會照慣例玩到不知節制。事實上，我的體力、銀行餘額和精神狀況完全跟不上這樣的放縱。而且我不想自我神話化，讓自己成為小鎮酒鬼般的悲劇人物，搞到大家連和妳喝咖啡都不敢，深怕一約下去，就會發現自己第二天早上身在列斯特廣場（Leicester Square）全年無休的賭場裡。

某次我和海倫徹夜狂歡，我抓著一群人，逼他們聽我講自己經歷過的鄉野傳奇。

隔天早上，海倫對我說：「我很喜歡聽這些故事，但是阿朵，這個量也太大了。」

還有一件事，其他人不會說，但妳會隨著年紀漸長而發現：喝酒對妳造成最大的傷害並不是宿醉，而是第二天清醒時的嚴重偏執與恐懼。在我二十多歲時，那幾乎成為我人格特質的一部分。週六晚上的我和週日下午的我像是兩個完全不同的人，而且兩者之間的差距變得愈來愈大；前者會霸占整家露天酒吧，大聲抱怨時不我予，說自己至少能寫出三齣情境喜劇腳本而且一定爆紅，後者則是一邊想著死亡，一邊擔心郵差是不是討厭自己。長大會讓妳有自知之明，徹底殺死那個自以為是的派對動物。

後來的我有了兩份彼此無關的工作，電視節目製作人員和自由作家，它們不斷占去我愈來愈多的時間和心力，而太常喝到斷片且頻繁宿醉實在有礙工作產能與創意。「妳這是在過兩種人生。」某個朋友曾在我瀕臨精疲力竭時這麼說。「妳得選擇自己要成為怎樣的人：玩樂玩得最用力的女人，還是最努力工作的女人。」

我決定以後者為奮鬥目標。白天的生活變得充實後，妳就不需要再逃進夜色裡。但我還是花了一點時間才意識到，想要在生活中獲得冒險，不是非得透過深夜酣熱酒吧的冰鎮紅酒，或陌生人的公寓，或開著燈晃動的車，或一小袋粉末。以前我總視酒精為帶領我前往其他事物的交通工具，但在經歷過二十多歲那些日子後我才發現，酒精不只能豐富妳的生活閱歷，它造成的破壞能力也同樣驚人。當然妳可以說，要是不走進酒吧，就沒辦法聽到某些人瞳孔放大倒在廁所隔間之後的生動懺悔，也沒辦法遇到那些人生故事豐富的老人，沒辦法去到某些地方、親吻某些嘴唇；但同樣地，頂著宿醉的妳也會有許多無法完成的工作。妳會因為醉到口齒不清，而對可能結交的朋友留下糟糕的印象，那些對話都會因為不復記憶而變得毫無意義，即使某人親口告訴妳某件非常、非常重要的事也一樣，反正隔天早上一句妳也想不起來。那些清晨五點的恐慌時光，全身是汗地躺在床上，盯著天花板聽自己心臟狂跳，絕望地希望趕快睡著；或是拿曾經說過的蠢話、做過的蠢事去折磨自己，一連幾天對自己充滿厭惡，浪費在死鑽牛角尖的那些日子。

我在幾年後發現，如果妳的行為長期令自己感到羞愧，其實代表妳無法認真對待自己，自尊心也會不斷重挫，愈來愈低。諷刺的是，當時的我認為透過喝酒，可以讓自己成為青春期時希望成為的獨立女性，但也是這一點成就了我這一生中最幼稚的階段。二十多歲時，我有好幾年的時間都在晃蕩，感覺自己隨時就要被指控犯下某種嚴重的罪行，彷彿有人會隨時走上前來對我說，「就是妳，之前在我家的派對上玩大冒險，把Jo Malone出的英國梨與小蒼蘭沐浴油倒在啤酒杯裡喝掉。妳這混蛋欠我四十二英鎊！」或者說：「欸，醉鬼！妳那時候居然和我男朋友在摩寧頓街那間Sainsbury's超市外面打野炮！我真的不敢相信欸！」而我會畢恭畢敬地點著頭說，「對，我不記得細節了，但妳說的都對，我道歉。」想像一下，如果妳活在那樣的世界裡，覺得隨時有人會跑來告訴妳有多混帳，而且妳還打從心底同意他們的指控，那樣的生活還有樂趣可言嗎？

我可以保證，從現在一直到我死之前所有的星期二，無論那天晚上我在哪裡，我其實都寧可走進康登哪間陰暗的酒吧，一邊喝啤酒，一邊和陌生人聊天。當初那些周而復始喝到斷片的時刻會像海嘯一般，連第二天都沖刷得一乾二淨，不過，我最終還是從那些斷片的輪迴中畢業了，就像我最終也長大，離開那棟搖搖欲墜的黃磚樓中樓一樣。但仍有那麼一霎那，當我坐在那座雜草叢生的伊甸庭園中，和心愛的女孩們一起喝著發酸的蘇維濃，唱片音量震耳，水槽堆滿空盤，我會覺得自己所住的是世界上最棒的房子。而我現在還是這麼想。

食譜：魅惑的法式嫩煎鰈魚（兩人份）

二十四歲時我認識了前面提到的那個音樂家，我在兩個人剛開始追求彼此的時候做了這道菜，試著讓他愛上我。我們大概撐了一個星期。後來我只爲那些值得我投入時間和奶油的男生做這道菜。這樣的效果不錯，而且撐得比較久。

材料

- 四大匙中筋麵粉
- 兩片鰈魚排
- 一大匙菜籽油（葵花油也可以）
- 五十克奶油
- 兩大匙熟褐蝦
- 二分之一顆的檸檬汁
- 一大匙酸豆
- 一大把扁葉巴西利，切碎
- 鹽和黑胡椒適量
- 新薯適量

作法

1 把麵粉調味後混勻放在盤子上，將魚排放入，兩面均勻地沾滿粉。搖晃魚排，抖掉多餘的粉。

2 油鍋熱至高溫，魚排兩面各煎兩分鐘，至金黃酥脆。

3 魚排放至一旁，蓋上鋁箔保溫。

4 將油鍋溫度降低，放入奶油融化並加熱至微褐色。鍋子離火，將蝦子倒入奶油中，加入檸檬汁。

5 鰈魚盛盤，淋上檸檬奶油醬汁，最後撒上酸豆和巴西利，並調味。

6 搭配綠葉沙拉或青豆，以及香烤新薯（但別把妳的眞心也放上去）。

二月三日

那些通常只會和我喝個爛醉的朋友，您好：

希望有榮幸能邀請您見證我試圖轉大人的時刻。有的人會把這種活動稱為晚餐派對，但我認為那聽起來有點沉悶，所以我要把名字取得模稜兩可一點、隨意一點，完全看不出來這會是場社交狂歡趴。例如，可以叫作：「聚會」或「來吃點東西」或「一段隨興放鬆的晚餐時光」。

重點是，這絕對不是什麼狂歡趴。

請在七點到達我家。這個意思是，請您計畫七點要到，但六點時會收到我手忙腳亂傳出的訊息，問您能不能八點再來，因為傑米・奧利佛（Jamie Oliver）的亞洲風味涼拌捲心菜沙拉要用大頭菜，但是我根本買不到那東西，最後只好花二十五英鎊搭Uber到Waitrose超市找，來回就花了一個小時。如我所說，很隨意、很放鬆。

賓客名單如下：

一名妖氣四射的同志友人（艾德），非常樂於分享自己各種多彩多姿的性經驗。他會是當晚負責揭示真理的弄臣角色，您可以想像朱利恩·凱勒瑞[45]和《哈姆雷特》裡掘墓人的混合體。

艾德個性厚道的新男友（姓名待定），每個人一開始都會卯足全力和他攀談，但一吃完主菜就把他丟在一邊，然後他會早早叫車回家，直到兩個小時之後才有人發現。

一名出身北英格蘭的女性主義者友人（安娜），擁有自由派觀點和左傾的政治立場，她和艾德會因為彼此的存在而感覺比較舒服。

一名我在工作上認識但不太熟的單身男子（馬修），他會和所有人調情。馬修的外表其實沒有多吸引人，但他夠高，而且聲音宏亮。我的想法是大家喝了酒之後就會對他有所好感，然後會發現他是一整籃劣質品中最好的那個，有點像二〇一〇年大選時的尼克·克萊格[46]那樣。

一對有品味又世故的訂婚新人（麥克斯和柯迪莉亞），為當晚聚會帶來一點成人的溫馨感。他們會樂意用未來婚禮中的每個細節填補聚會上話題的空檔。不過請注意，如果聊天的主題轉向福利國家制度或氣候變遷，請把麥克斯和安娜隔開。

一名酒喝太多的廢柴友人（萊斯莉），她會讓我們誤認為自己還仍處於青春正盛的年紀，並覺得自己的生活其實還算不錯（謝謝妳，萊斯莉）。她也會負責在Instagram上記錄當晚盛況，主題標籤可能會是「#我要更多亞洲風味捲心菜沙拉」或「#罪人們的晚餐」，或其他可以達到同樣效果的句子。

請帶一瓶葡萄酒來。我會直接假設您帶的是紐西蘭蠔灣（Oyster Bay），因為大家都知道那是唯一一款喝起來還可以，又花不了大錢的酒。您要帶傑卡斯也行。當然我們非常歡迎加州迴音，不過大家都會記得那瓶價格比較低就是了。

各位將外套大衣丟在指定的床上後，我會給您一杯（稍早我在大頭菜獵捕行動之後為了撫平心中焦躁時喝剩的）溫白酒，並獻上四包K董洋芋片當作開胃菜。

這天晚上，為了跟上現在流行的「奧圖蘭吉[47]風格隨興晚宴」風潮，我為自己訂下了挑戰，要料理出八道完全不同的菜餚，因此在聚會剛開始的兩個小時您都看不到我。為求保險起見，喝到半茫時仍比較安全的聊天主題包括：

- 地鐵維多利亞線的效率
- 比較各自的房租
- 最近死掉的名人

---

45 Julian Clary，英國演員，已出櫃同志。

46 Nick Clegg，英國政治人物，自由民主黨前黨魁。二〇一〇年英國大選時，沒有任何政黨取得過半國會席次，當年表現優異的克萊格因此成為各黨拉攏對象，最後和保守黨的卡麥隆（David Cameron）組成聯合政府，擔任副首相。

47 Yotam Ottolenghi，以色列裔的英籍廚師。

◆推薦美髮師
◆下一任〇〇七演員的候選人
◆最近去紐約玩時的美金英鎊匯率
◆我們應該要喝多少水
◆正在製作中的舞臺劇，必須包含我們叫得出名字的電視演員
◆預算記帳應用程式
◆寢具

用餐時間將訂於晚上十點，這時候大家應該已經醉到可以開跟食物有關的黃腔——例如「可以喝你的豆漿嗎？」或「我要吃妳的小菊花」之類的——但又還沒到把手機拿出來看笑點溫和的YouTube影片（這部分將安排在主菜之後甜點之前）。

建議觀看的影片如下：

◆新聞主播出糗
◆卡在某個東西裡的貓
◆小孩因為沒吃到巧克力而生氣
◆在奇怪地方睡著的狗
◆路易C. K.任何一場脫口秀
◆跟席琳·狄翁有關的任何影片

萊斯莉，能不能請妳在影片行程之後幫大家弄點什麼呢？像是從包包裡撈出幾根陳年大麻菸讓大家分著抽，或者跟藥頭拿一點古柯鹼之類的。如果是後者，雖然大家一開始會說「這個月要見底了」或是「兩年前生日那次之後就戒了」之類的話，好像有點不太情願，但是請放心，等外送到的時候他們還是會拿的，而且會願意付錢。

如果妳最後真的選了第二個選項，麥克斯可能會因為提議多買一點而和柯迪莉亞陷入爭執。柯迪莉亞會無法理解他的決定——她會認為，明明他們已經窮到沒辦法在她走紅毯時，雇一團弦樂四重奏在一旁演奏〈Signed, Sealed, Delivered〉，為什麼他會願意砸下六十英鎊，去幫一屋子他幾乎不認識的人買一級毒品呢？

午夜過後，就要進入我稱為「無意義的老套爭辯」環節，由「我方相信我在《衛報》專欄上看到的某件理所當然的事情」出戰「我方相信我在《Vice》雜誌部落格上看到的某件稍微沒那麼理所當然的事情」。所有辯題和意見都會非常概略、含糊而且老套，支撐這些淺薄論點的都是虛構的資料和誇大的個人經驗。建議的辯題包括：

- 現在還有左翼和右翼的分別嗎？
- 如果女性想要性別平等，為什麼要用女性主義這個詞，而不是平等主義？
- 如果我也做得到，那還算是藝術嗎？
- 我們為什麼吃豬不吃狗？

◆東尼．布萊爾[48]為後世留下了什麼影響？請以我們父母的意見為意見，反正我們最終也是會繼承並同意那些話。

◆幾歲生孩子算太晚？

◆柴契爾夫人是女性主義者嗎？

◆倫敦飆漲的房價是否真的會迫使人潮向東搬到遙遠的馬蓋特（Margate）？

◆馬修講不出雷蒙合唱團（Ramones）任何一首歌的歌名，這樣的他是否有資格穿著他們的T恤？

一旦麥克斯和艾德在「同性戀：先天還是後天？」這題上的討論過於激動，我們便會進入萊斯莉的「醉後真心聊不停」單元。此時的她會透過漫長、迂迴的獨白，對沉默的聽眾表露自己心中的祕密。

建議萊斯莉對以下幾件事進行告白：

◆妳討厭所有的威爾斯人

◆最近一次得到披衣菌是什麼時候

◆妳小時候曾被自己的叔叔性侵過

◆和人夫外遇

◆妳覺得自己可以和死人溝通

◆妳覺得投票這件事既白費力氣又無聊

◆對無法生育的恐懼

預定離場時間：

艾德——凌晨四點，他會先證明自己記得抓耙子合唱團〈天真善良〉[49]那首歌的原版舞步，還有莉兒金（Lil' Kim）在〈果醬女郎〉裡的整段饒舌歌詞。

柯迪莉亞——凌晨兩點，她會拿隔天早上其實沒有約的早午餐飯局當藉口。

麥克斯——收到柯迪莉亞火大的簡訊要他立刻回家後，在凌晨兩點半離開。

馬修和安娜——凌晨四點十五，同一輛Uber。

萊斯莉——隔天下午四點。

我真的很期待這次聚會！大家一起放鬆聊聊天一定很好玩！愛你們喔！

48 Tony Blair，英國前首相，任內完成不少重要改革，更簽署《貝爾法斯特協議》，成立愛爾蘭自治政府。

49 Hear'Say為英國實境節目《Popstars》出身的流行音樂團體，歌曲的原文名稱為〈Pure and Simple〉。

食譜：蘋果披薩佐不可能搞砸的冰淇淋（四人份）

我媽傳下的食譜之一，讓我在蓬蓽小屋舉辦垃圾晚餐派對時有東西可以拿出來見人，無需任何技巧或努力也能完成。

材料

◆冰淇淋材料

・四顆蛋黃（必須非常新鮮）
・一百克糖粉
・三百四十克馬斯卡彭起司
・香草精適量

作法

1. 將蛋黃和糖混合打發至白色乳霜狀。
2. 拌入馬斯卡彭起司和香草精後，放入保鮮盒。
3. 冷凍一夜或至少三到四小時。

材料

◆蘋果披薩材料

- 一包酥皮
- 一包杏仁膏
- 五百克蘋果，去皮切片
- 一罐杏桃果醬

作法

1. 攤開酥皮。
2. 塗上一層杏仁膏。
3. 擺上蘋果片。
4. 以攝氏兩百度烤至金黃，同時間在爐子上加熱杏桃果醬。
5. 蘋果披薩出爐後倒上溫熱的杏桃果醬，靜置。
6. 搭配冰淇淋一起吃。

「永遠不變」

自從法莉認識史考特，我最討厭的一件事情是我再也看不到她的家人了。我想念她爸媽和她繼母和她兄弟姊妹。曾經有很多年，我每年有一半的週末和一半的假期都是和她家人一起過的，他們也像我的家人。但自從史考特出現後，法莉就不再邀我過去，所以我一年只會看到她的家人一兩次。我在她家生日聚餐和週日烤肉派對的位置被史考特占據，能和她家人一起去康瓦耳（Cornwall）度過涼爽秋季期中連假的人也是他，我只能在Instagram上看照片。

搬進倫敦新家幾個月後的某個週六下午，法莉邀我和她家人一起出去走走。我們在酒吧吃午餐，我沐浴在他們溫暖而熟悉的習慣之中：那些綽號、只有自己人懂的笑話、法莉和我少女時代故事。我為此自喜；原來什麼都沒變，無論過去幾年史考特占了什麼位置，他和我的姿態都不一樣。

那天下午的最後一段路，我們押隊走在所有人和那隻狗的最後面，就像小時候一樣（不過以前走得慢是因為，我們總在午餐時比賽誰吃得多）。

「史考特問我要不要同居。」

「妳怎麼回答？」我問。

「我答應了。」她的語氣近乎抱歉，話中的試探飄浮在冷冷的空中。「他問的時候，我就覺得是時候了。」

「什麼時候搬？」

「在康登這邊和妳們住滿一年之後。」她說。我討厭那句話，「住滿一年」，好像我是她在人生階段轉換之間空檔報名的滑雪課程，或是去日本上的語言學校，總之是為了有趣而去做的某件事。

「好。」我說。

「對不起啦，我知道這很麻煩。」

「不會，不會，我很為妳高興。」我們安靜走完剩下的路程。

「想不想烤巧克力豆餅乾？」回到家後，法莉這麼提議。

「好啊。」

「耶，那妳列一下需要的東西我去買。然後，要不要看我們放很久都沒動的那部瓊妮・蜜雪兒紀錄片？」

「好啊。」我回答。此情此景讓我想起八歲那年，我的金魚死掉之後我媽帶我去吃了麥當勞。

我們坐在沙發上吃餅乾，腳疊在彼此的腳上，肚子從睡衣裡繃出來。電視上，葛瑞漢．納許正在解釋《Blue》裡那些把自己靈魂都攤出來的歌詞[50]。

「我記得那張專輯裡的每一句歌詞。」我說。法莉十七歲考到駕照那年夏天，我們花了三個星期公路旅行，《Blue》是那趟旅程我們唯一帶的專輯。

「我也是。我最喜歡的是〈Carey〉。」

「我喜歡〈All I Want〉。」我停頓，吃掉手中最後一塊餅乾，然後抹掉嘴邊的碎屑。「我們大概不會像那樣出去玩了。」

「為什麼？」

「因為妳要和男友同居了，從現在開始，妳所有的公路旅行都會是和他一起。」

「別傻了，」她說。「什麼都不會變的。」

我想要暫停這個故事，解釋一下「什麼都不會變」這句話。二十多歲那幾年，我不斷聽到我愛的女人們對我說出這句話，搬去和男友同住時說，訂婚時說，出國、結婚、懷孕。「什麼都不會變。」這句話令我抓狂。明明什麼都變了，都會變的。我們對彼此的愛仍然相同，但那份友情的形式、調性、頻率和親密程度都將永遠改變。

妳還記得嗎？小時候看到媽媽和她的好朋友時，妳會知道她們很要好，但不像妳和妳朋友那麼要好。她們之間會有一種奇怪的拘謹，剛碰面還會稍稍尷尬。妳媽會在朋友來之前打掃房子，她們之間的話題會是小孩又咳嗽了，以及之後想換怎樣的髮型。當我們還是小孩時，法莉曾經對我說：「答應我，我們以後不要變成那樣。就算五十歲了，我們相處起來也要和現在完全一樣。我想和妳坐在沙發上一邊大吃洋芋片，一邊討論陰道發炎，我們不要變成兩個月才在國家展覽中心的手工藝展上碰一次面的那種女人。」我許下承諾。但當時我不曉得，在長大以後，要和朋友保持那樣的親密感需要付出多少努力，那不是會碰巧留在身邊的東西。

女人總是把男人融入自己的生活中，比男人做的更多——我看過太多次這種情況了。她會成為最常待在他住處的人，和他的朋友以及他們的女朋友變成朋友。當男人的媽媽生日，她會是送花過去的那個。女人跟男人一樣不喜歡這種煩人的瑣事，但因為比較在行，所以就忍著繼續做下去。

這表示，當我這個年紀的女人愛上男人之後，她生活的優先順序會從這樣：

1 家人

2 朋友

變成這樣：

1 家人

50《Blue》是加拿大創作歌手瓊妮・蜜雪兒（Joni Mitchell）在一九七一年發行的全創作專輯，她在六八年到七〇年間和葛瑞漢・納許（Graham Nash）交往，在兩人分手後寫了這張專輯裡的歌。

2 男朋友
3 男朋友的家人
4 男朋友的朋友
5 男朋友的朋友的女朋友
6 朋友

換句話說，妳和妳那位朋友的見面頻率會從每個週末變成每六個週末。她會變成一根接力棒，而妳的棒次被排在最後。總會輪到妳的，比方說妳的生日或某天的早午餐，之後妳就要把她交還給她男友，重新開始那漫長又無趣的循環。

生活的差距會以緩慢但確實的速度變成妳們友誼之間的縫隙。愛還在，但對彼此不再熟悉，等意識到的時候，妳們就已經不在彼此生活中了。妳們會各自和男友過生活，每六個星期吃一次晚餐，交代彼此生活的形狀。我現在了解為什麼我們的媽媽會在好朋友來之前打掃房子，然後以一種愉悅、矯情的語氣問她們：「最近過得怎樣？」我已經知道那種情況是怎麼形成的了。

所以當妳要搬去和男友同住時，請別再告訴我什麼都不會變。已經不會再有公路旅行了，輪流的棒次也適用於所有假期——每過六個夏天，我就能見到我的好姊妹一次，除非她生了小孩。有了小孩之後，我只要等十八年就可以和她去旅行了。這種事情永遠也不會停止。什麼都會變。

法莉在我二十歲生日那天搬出去。她和史考特在基爾本（Kilburn）租了一間有天臺的一房一廳公寓。房子對面有座體育館，他們說這樣很好，顯然是因為兩個人都喜歡打羽毛球。她還特地告訴我，康登有公車可以直達基爾本公路站。參加喬遷派對那天，我悶悶不樂地搭了那班公車。

整場派對我都在天臺上抽菸，而法莉還是青少年的妹妹佛蘿倫絲躺在我腿上，給我看她的畢業記念冊。後來我喝醉了，於是對佛蘿倫絲說，其實我偷偷希望法莉或史考特其中一個人外遇，或者史考特其實是同性戀，這樣法莉就會搬回我們家。她笑起來，抱了我一下。

「我討厭這個。」法莉感覺到我需要某個出口宣洩心中的牢騷，便指著走廊上掛的一幅框這麼說。框裡裱著一件曼徹斯特聯的球衣，上頭爬滿了整支隊伍的簽名。

「對，醜死了。」我回答。

「非常。」她說。「和男生住在一起，噁。」

「和女生住比較好。」

「最好了。」她笑了。「妳喜歡這間公寓嗎？」

「喜歡，我覺得妳在這裡會過得非常開心。」煩人的是，我後來也真的相信了。

我們的大學朋友貝兒，帶著吉他和想要整個週末跳舞狂歡的熱情搬進了法莉的房間。生活照舊。冰箱還是會漏水，樓下的廁所仍然故障，戈登還是常常在星期六早上不請自來，試圖把某些醜到逆天的家具丟給我們，彷彿那是某種「獎勵」，但其實他只是懶得把那些東西搬到垃圾收集車。我們三個當中的任何人去買巧克力棒時，還是會買一些「女士精選」牌的巧克力回來——意思是女王大人買哪牌妳就吃哪牌。一開始，我跟法莉比住在一起時還常見面，單純因為她非常想讓我覺得「什麼都沒變」。但我見到她的次數最終仍漸漸變少，一切都變了。

*

他們同居三個月後，我坐在公司辦公桌前，看到手機上跳出通知。史考特邀請我加入一個WhatsApp群組，名字叫「天大的好消息」。

我知道那是什麼意思，所以就沒打開。從法莉告訴我同居消息的那天起，我就在等著這一刻發生。我還沒準備好去了解裡面的細節，所以便繼續工作，彷彿那只是一場待實現的夢，或某封留在寄件匣裡沒送出的信。手機在桌子上躺了一個小時，那則通知始終盯著我。

最後，我接到AJ的電話，叫我把群組打開，她也被邀進群組裡。史考特在群組裡說，他要求婚了，就在情人節那天，他們第一次約會的四年後。他問我們能不能約一群法莉的朋友，在他求婚之後到酒吧給她驚喜。我說我很樂意。我說我等不及了。

我說我開心到可以直奔月球。

我哭了。無論這場仗到底是為何而打，敵人是誰，我都知道落敗的是自己。

此時迪莉剛好從旁走過。

「阿朵朵，」她說。「怎麼了嗎？」

「沒事。」我含糊地說。

「說嘛。」她抓住我的手，把我拉進會議室。「告訴我發生了什麼事。」我說出求婚的事，她馬上掌握所有最新劇情。她之前就見過法莉幾次，幾年下來已經迷上史考特、法莉和我三人之間的感情糾葛；她一直說這段關係根本是「最完美的結構化實境節目故事線」。

「我知道這樣講聽起來像我故意誇大。」我抽噎著斷斷續續把話擠出來。「我知道大家長大之後事情多少會改變，但是拜託，我根本沒想過會這麼早，我們才二十五耶。」她看著我嘆氣，神情嚴肅地搖搖頭。

「怎樣？」我問。

「我早就這麼覺得了，妳們幾個搬進那間房子的時候，我們根本應該要把那地方藏滿攝影機。」她邊說邊翻白眼。「我早就這麼想了，戴夫聽我講了好幾年。我知道妳不想上電視，但整件事情是非常好的劇情線。」

我召集了我們的朋友，把史考特的計畫告訴她們。我們喬出時間，並安排大家要拿著禮物在哪裡等新人。我在Etsy買了一張裱框海報，上面印著〈There Is A Light That Never Goes Out〉的歌詞，那是法莉和史考特最喜歡的史密斯樂團的歌。A J說，如果對象是我的話，她會買〈Heaven Knows I'm Miserable Now〉那首[51]。

我根本不希望這些事情發生。我從來就不想要她每個週末都和史考特的已婚友人待在該死的巴拉姆（Balham）開烤肉派對，不想要和她吃什麼交代生活近況的晚餐，也不想要她在住滿一年之後搬走。我不想要她結婚。而且最糟糕的是，這一切都是我的錯。要是時間可以倒轉，我絕對不會介紹他們兩個認識，絕對不會和海克托約會，也絕對不會在那個下雪的晚上跟海克托一起回到他在諾丁丘的家。我希望我可以回到那輛列車，把跟我攀談的海克托當成空氣。我希望自己一開始就不要上那班車。

當妳生命裡有法莉這樣的角色，她的生活就像是妳的，而這就是問題所在。現在，她離開了我為我們規畫的藍圖，選擇去過別的生活，屬於我們兩人的那種未來已經永遠不可能實現，我為此哀慟。在史考特出現之前，我們都走在規畫好的路上：上同一所大學，選擇同一棟宿舍，然後住在同一間房子裡兩年——當初畢業時，我以為我們一起住在倫敦的時光會是複數，不是單數；我以為我們會住進很多間房子，不是只有一間。我以為會有幾百次徹夜不歸玩到天亮的機會，我以為我們會去看表演、雙對約會、到歐洲旅遊，一連幾個星期並肩躺在沙灘上。我以為在真的不得不放棄之前，我們能夠擁有彼此二十多歲的這段時光。我感覺那段故事從我手中被史考特搶走了，他拿走了本該屬於我的十年。

史考特求婚前一個月的某個週六晚上，我們一群人和法莉相約喝酒。

「史考特這個星期跟我說了奇怪的話。」法莉告訴大家。我們其他人彼此互看，眨著大眼睛，一臉疑惑——但其實大家心知肚明，史密斯的海報都買下去了，情人節的行程也已經清空。

「他說了什麼？」我憂鬱地問。

「他說情人節那天要給我一個驚喜，然後說那個驚喜很小但又很大。然後我覺得——聽起來很誇張——我有點覺得他指的是訂婚戒指。」

「我覺得應該不是。」蕾西突然發話，明顯是為了不讓大家再有機會神情緊張地彼此對看。在那種情況下，光是對看十億分之一秒也會讓祕密計畫見光死。

「對，我知道。妳說得對，應該不是。」法莉很快接話，話中帶著些許自嘲。

51史密斯樂團（The Smiths）是一九八〇年代的英國搖滾樂團，這裡提到的兩首歌都是他們的作品。前者描述一對少男少女想要離家追求自己生活的告白，後者則是講進入社會工作的人對自己生活的抱怨。第二首歌裡有一句歌詞寫著：一對情侶互相巴著對方從我身旁走過／只有老天知道我現在有多悽慘（Two lovers entwined pass me by/And heaven knows i'm miserable now）。

「我覺得妳想太多了，大姊。」ＡＪ說。

「可是什麼東西會是很小又很大？我真的想不到。」法莉說。

「嗯，不知道耶，會不會是出國度假的機票之類的？」蕾西說。

「搞不好是牧師的白色領圈。」我冷淡地說。

「什麼意思？」她問。

「那也是意義重大的小東西啊。搞不好他決定要去當牧師了，想趁交往週年跟妳說。」

「拜託，朵莉，妳在亂說什麼。」法莉嘆了一口氣。

「或者說不定……說不定……」剛才喝下的那一公升白酒開始對我的嘴巴起了作用。「說不定他決定要在臉上刺曼徹斯特聯的圖案。不是嗎？看起來很小，但其實超嚴重的欸，搞不好刺完妳就對他沒感覺了。」ＡＪ用手比出割喉手勢，暗示我該閉嘴了。「啊也有可能是船的鑰匙，搞不好他買了艘快艇，停在泰晤士河上。如果他週末都想開船出去的話，對你們的生活方式來說是很大的變化啊，我覺得養船應該超貴的。對啦，就是這個啦，他想當水手，只是以前都不敢告訴妳。」

「我不想猜了。」法莉生氣了。

他們訂婚的前一晚，我怎樣都睡不著，一直想著法莉的生活會起那麼大的變化，她自己卻毫無所覺。隔天早上，我傳了一封簡訊給史考特：「祝你今晚順利，我知道你可以的。希望她會答應，就算沒有，我也很高興能認識你。」

「謝了阿朵，信任票投得這麼用力。」他回覆。

我們一群人坐在酒吧裡，等著史考特的訊息。

「如果她拒絕怎麼辦？」ＡＪ問。「我們就直接回家嗎？」

「她不會拒絕的。」我說。「但萬一她拒絕了，我已經查好還有哪裡可以去。今天是KOKO的迪斯可之夜，我們可以直接去跳舞，入場費只要十塊。」

十點，我收到史考特的訊息說他們訂婚了，而且他告訴法莉要先去喝一杯慶祝一下再回家。我們點了一瓶香檳，倒出兩杯，然後便緊盯著窗外，等待他們的計程車抵達。終於，我們看到他們兩人走進酒吧。我手心冒汗，ＡＪ握了我手掌兩下，沉默中最通用的摩斯密碼。

「訂婚快樂！」法莉穿過門時，我們所有人一起大喊。她一臉震驚地看著我們，然後看向史考特。他露出微笑，她向我跑來，抱住我。

「恭喜。」我說著，把香檳遞給史考特。「你讓我最好的朋友非常高興。」

「很高興妳當初和那個白痴海克托約會了。」他大笑。「我愛妳，阿朵。」

他眼裡眶著淚，也抱了我一下。

我很想知道，他到底知不知道我真正的感受。也許他一直都曉得。也許這就是為什麼在他們訂婚的這天晚上，他會想把我拉進來，讓我有事可忙，讓我有參與感。

兩個小時後，法莉開口邀請我當她的首席伴娘，那時我已經快把他們的慶祝香檳喝光了，感覺有話不吐不快。

「我想講點話。」我口齒不清地對ＡＪ說，然後拿起叉子輕敲我的杯子。

「親愛的，別這樣，今天先不講。」ＡＪ從我手中拿走叉子，示意其他女孩們撤掉桌上所有餐具，交給服務生。

「但我是她的首席伴娘耶。」

「我知道，親愛的，但之後還有很多機會可以講。」我趁著ＡＪ去廁所時，爬到桌子底下，從她手提包裡找出車子鑰匙。我拿著那串鑰匙一邊敲杯子，一邊喊著「噹噹噹」。

「我一開始發現史考特和法莉要訂婚的時候，嗯，當然，我超生氣的。」我大聲宣布。

「噢天啊。」貝兒發出抱怨。

「因為我認識這個小怪胎已經超過二十五年了。」

「超過二十五年？」蕾西問希克斯。

「閉嘴！」我指著蕾西大喊，杯裡的酒灑在桌上。

「到底在搞什麼，妳不是首席伴娘了！」喝醉的法莉隔著桌子打斷我。

「但是當我靜下心來回頭看，我看到——」我刻意停頓製造懸疑氣氛——「⋯⋯

這就是他們應該有的發展。我最好的朋友找到了最棒的男人，敬他們。」

所有人不約而同地「噢——」了一聲，全都喘了口氣。

「敬史考特和法莉。」我淚流滿面地高聲一呼，然後坐下。大家給了我一陣微弱的掌聲。

「厲害。」貝兒小聲對我說。「但我知道妳這套是偷茱莉亞．羅勃茲在《新娘不是我》裡的臺詞。」

「噢，她不會發現的。」我壓低了聲音，不屑一顧地擺擺手。

那晚剩下的事，坦白說，直到今天我都想不太起來。那天迪莉和她老公也在附近慶祝情人節，我邀請他們一起加入我們。我在酒吧的用餐區一邊唱《歌舞線上》裡的〈One〉，一邊大跳康康舞，有個服務生端著整疊的乾淨盤子走過，被我一腳踢翻，全都砸在地上。我跟史考特還有法莉告別後，回到康登的公寓，逼所有人繼續喝到早上六點，醒來時身旁是衣衫不整的希克斯，她的胸前被人用眼線液寫著「情人節快樂」。

隔天，我整天都看到法莉的社交平臺不斷更新這週末的「訂婚慶祝活動」（並不是我故意要貶低，只是覺得慶祝一個晚上就該夠了吧），除了家族烤肉趴、在Wolseley餐廳吃午餐，史考特的朋友和他們的老婆們還幫她辦了訂婚派對，送了一大堆禮物，像是Smythson出的婚禮企畫簿和超大容量的香檳，相形之下我的裱框海報就顯得有些寒酸。我開始覺得自己像是被遺忘的第四位賢者（只不過送上的禮物從珠寶變成Etsy

網站上的劣質品）[52]。

「星期五晚上的事對妳來說應該還很難消化吧。」電話中的法莉說。「妳還好嗎？」

「很好啊！我不知道妳說很難消化是什麼意思，訂婚的又不是我。感覺妳才很難消化吧。我在Facebook上看到米雪兒買了Smythson的企畫簿送妳，很高級耶。」

「下星期要不要約晚餐，就我們兩個？」

「好啊。」

四年來第一次，我寫了一封電子郵件給海克托。

還記得我嗎？史考特和法莉要結婚了。感謝你那天叫我全裸走到廚房。

他回了信，說他從Facebook上看到消息。他說他離開倫敦了，現在在做外派公關人員，手握巨額的報帳額度，想請我吃午餐順便喝一杯，算是慶祝我們兩個的媒人身分。在我看來，我們實在很難算得上是「媒人」，但因為心情低落，所以還是答應了。一股念舊的情緒湧來，我不自主搜尋起自己的收件匣，翻看他以前寫的那些色情詩。

我在約定午餐的前一天取消了約會。

「妳覺得自己為什麼要寄信給他？」幾天後，法莉和我晚餐，她邊吃漢堡邊問。

「不知道，我只是想要一個男朋友。」

「真的嗎？」她用紙巾擦擦嘴。「妳以前都說不想要。」

「對，但我最近變了。」

「什麼東西刺激到妳？」

什麼東西刺激到我？我的妒意突然升起。但這次不是對史考特，而是法莉。「妳訂婚了。」

「怎麼會？」她問。

「因為我討厭妳現在的生活跟我完全不一樣。以前我們總是一起完成同樣的事，但現在不是了，我討厭這樣。」我嘆了口氣。「這樣我們的小孩年紀可能差很多歲，妳就要進展到和男人一起買公寓的階段了，而我還在求房東這個月的房租可不可以晚三個星期再交，我討厭這樣。我討厭妳可以開著史考特的奧迪公務車到處跑，而我卻還不會開車。我討厭他的朋友都是跟我差很多的人，很怕他們會把妳搶走，因為那些人的生活就是妳以後的新生活，而我的生活跟那天差地遠。我知道這聽起來很神經質，我不應該那麼自私只想到自己，應該要為妳高興。這一刻是屬於妳的，而我卻在破壞它。但我真的覺得離妳好遠，好擔心妳會跑到我完全看不到的地方。」

52「第四賢者」一詞出自電影《The Fourth Wise Man》，改編自十九世紀美國作家亨利．凡．戴克（Henry Van Dyke）的小說《*The Other Wise Man*》。講述一名祭司預見彌賽亞已經出生，於是變賣自己所有財產換成珠寶，要前去獻給彌賽亞。

「如果妳在二十二歲時就遇到妳要嫁的那個人，我也會非常、非常難接受。」她說。

「真的嗎？」

「當然啊！我一定會覺得很討厭。」

「我有時候覺得自己快要瘋掉了。」

「妳沒瘋，因為是我的話也會有同樣的感覺。但我並沒有選擇要在二十二歲的時候遇到史考特，我那時根本沒想到要結婚。」

「嗯。」我敷衍地回應。

「而且，等妳遇到生命中那些重要的大事時，我也會和妳一起慶祝、一起走過，不管是下個月或二十年後都一樣。」

「比較像四十年後吧。」我開始碎念。「我現在住的地方連窗簾都沒有。」

「我們已經不是學生了，事情本來就會發生在不同的時候。妳在某些事情上的進度也會比我快的。」

「例如什麼？嗑藥嗎？」

就這樣，我和史考特和解了，認清他不可能從我的生活中消失。我同時和他們兩個共處，重新扮演起廣受好評的電燈泡一角。一再演出同樣角色令人厭煩，但至少我在這個位置得心應手。我這一生所流過的淚中，只有一小部分是跟感情有關。我熟稔燈泡藝術，為成為餘數而生；我乃朵莉・燈泡・艾德頓。

我整段青春期都花在朋友以及她們的男友身上。他們在沙發上打情罵俏時，我會在一旁跟著傻笑，他們躲在房間角落親熱時，我會假裝玩手機上的貪食蛇。我非常熟悉如何在情侶檔旁邊笑啊或是裝忙，二十歲那幾年大多數的週間夜晚，這就是同桌的我的任務。我會放任他們在我面前假裝吵架，爭執著誰該把碗盤放進或拿出洗碗機，也會在他們沒完沒了地說著彼此的睡眠習慣時，跟著識相地笑。如果他們討論起我從未聽過的人的生活細節，討論得過分熱烈——「不會吧?!普莉雅最後真的買了那些磁磚嗎？我才不相信！前面發生那麼多事耶！噢噢噢，抱歉，你快點跟朵莉說普莉雅是誰啦，把她裝潢閣樓的事情從頭到尾講一次」——我也懂得保持沉默，藉以證明他們過著極為生動有趣且與我無關的生活。而且從頭到尾我還要假裝不曉得自己是電燈泡。為什麼我是那個負責笑和聽的人呢？當然了，我知道自己不過是他們打罵調情遊戲中的催情藥。我知道當我離開，他們就會撕開彼此的衣服，畢竟他們剛剛講菲律賓旅行的事情講到兩個人都性致勃勃，特別是當我問他們那次旅行最喜歡的地方，兩個人都說了同一個島嶼。對他們來說，我只是個死不離開的聽眾。

但我還是坐看這些大戲搬演，因為我無法選擇另一個選項——失去朋友。

不過，我驚訝地發現，當法莉和史考特不演這種甜蜜戲分的時候，史考特和我其實滿合得來的。事實上，我有點恨自己沒有早點發現這件事，這樣當法莉和我還住在一起時，我會比較享受有他在的場合，而不會一直對這個人警戒。史考特很幽默，而且聰明，習慣讀報紙，對事情有自己的看法。事實證明，史考特是個很好的人。後來回想起來，法莉之所以選擇嫁給這麼棒的男人，其實是很顯而易見的事，是我錯得離譜。

後來在幫忙法莉籌畫婚禮的過程中，我也投入更多努力和史考特的朋友相處。過去無論什麼時候遇到他們，我幾乎都是以誇大、丟臉的行為去證明自己跟他們有多不一樣。我曾經在週日的家中午餐聚會上喝得爛醉，對著享受烤羊排的他們大講「吃肉等於謀殺」的信條；也曾經在酒吧裡指責他們其中一人仇女，只因為那個人提到我的身高。但在法莉和史考特訂婚後，我盡最大的努力去放鬆自己、保持禮貌，試著認識他們。畢竟，他們是法莉現在花最多時間相處的人，照理總會有他們有趣的地方。

接著，在那年八月的某個星期五晚上，所有人的腦袋突然被另一件事占滿，無法再去想婚禮。法莉十八歲的妹妹佛蘿倫絲被診斷出白血病。「一切暫停」是法莉的爸爸在接下來幾個月中的生活指標。生活中的一切都暫停了，婚禮被延後一年，因為佛蘿倫絲是伴娘之一，他們想要確定婚禮舉行時她已完全康復。在這之前，我有好幾個月的時間都只想著這場婚禮，但現在已經完全不在乎了。

確診後的下一個月是法莉二十七歲生日，我們想幫她慶祝一下，讓她暫時不去想佛蘿倫絲的病情，但她完全提不起勁，只是一直待在醫院裡。她不想喝酒，不想去人多的地方，不想向一大堆人解釋她現在怎麼樣。她的家人也沒辦法來，因為他們幾乎已經在醫院紮營。最後史考特決定：把AJ和我叫去他們的新家，他下廚，煮一頓四人晚餐。

我和法莉一起慶祝的第一個生日是她十二歲那年。有我在她身邊的生日，早已比沒有我在身邊的還要多。我仍能清楚記得第一次和她過生日的場景：那時的她還只是數學課與我鄰座的同學，她穿了Miss Selfridge的粉色洋裝，我們在布錫的教堂大廳裡一起跳瑪卡蓮娜舞。

不過這年生日跟我們以往一起過的都不同。我從沒看過法莉變得那麼嬌小，彷彿像隻幼小脆弱的雛鳥。那天我們沒有吵吵鬧鬧地抱來抱去、也沒狂飲酒精，每個人都如此安靜而溫柔，尤其是史考特。

因為ＡＪ和我都已經不吃肉了，他便早起去魚鋪買魚[53]。那天晚上的海鱸魚非常好吃，魚身裡塞進茴香和柑橘，佐以烤新薯，他上菜時沉默而專注，彷彿是《廚神當道》的參賽者。他每經過法莉身邊，都會親吻她的頭；他會在餐桌下牽著法莉的手。我在他身上看出她愛上的是怎樣的男人。

我從廚房裡傳訊息給史考特，告訴他沙發底下藏了一盤生日杯子蛋糕。等到法莉終

53作者為魚素主義者，不吃紅肉和禽類，但吃海產。

於去廁所，我便開始焦躁地將蛋糕裝盤，史考特則慌忙地找火柴盒。ＡＪ用椅子擋住了廁所的門。

「發生了什麼事？」法莉大喊。

「馬上好！」我邊吼邊和史考特手忙腳亂地點亮蠟燭。

我唱了生日快樂歌，呈上禮物和卡片。她吹熄蠟燭，在我們三個團團抱住她時大笑。

「為什麼剛才卡這麼久？」她問。「妳們是在我上廁所的時候才開始烤嗎？我在裡面等到都開始練大腿了。」

「怎麼練？」ＡＪ問。

「就我之前看到新的弓箭步動作。」她傾身邁開腳步，然後上下移動，臉上竄過一陣許久不見的潤紅血色。「我現在每天早上都練習做幾組，但感覺沒什麼差就是了，我的腿看起來還是像條大火腿。」ＡＪ開始學她的動作，僵硬地上下搖晃，法莉則在一旁指導，彷彿在看蘿絲瑪莉．康力（Rosemary Conley）的健身影片。

史考特的視線從房間的另一端投射到我，對我笑了一下，用嘴形說出「謝謝」。我也回以微笑，然後突然之間，明白了我們所共有的世界。因為同一個人，我們的過去種種，與愛，與未來種種都被聯結起來，形成一道隱形的聯繫。而就在那時，我才了解，一切真的都不同了：我們已經改變。雖然並未選擇對方，但我們仍然成了家人。

糟糕約會日記：三百英鎊的飯局帳單

二〇一三年十二月，我和某個英俊企業家進展到第三次約會。我們在Tinder上認識，他是我約會過的第一個有錢人，我對於他會在我身上花錢這件事感到極度矛盾。有時候，當他禮貌地拿起帳單，我會覺得受寵若驚，彷彿終於看到成人之間彼此追求應該有的態度。但在其他時候，我會因為自己的弱點暴露出來而沮喪，好像隨便哪個年紀大一點的男人開輛跑車一直請我喝香檳就可以輕易正中紅心。而這種矛盾會變成無法控制的怒意發洩在他身上。

「你沒辦法把我買下來！」酒過三瓶，坐在他挑的高級餐廳裡，我突然沒來由地大喊。「我不是你可以擁有的東西——我才不是因為你會付錢請吃龍蝦，才把自己打扮得美美的！我自己可以付！」

「好，妳付妳付。」他含糊地回應。

「我就付！」我尖聲大叫。「而且不用你分，這餐我請！」

服務生拿了帳單過來，三百英鎊。

我跑到廁所裡傳訊息給室友AJ，要她借兩百並且馬上轉到我戶頭。

糟糕派對紀事：我在康登的家，聖誕節，二〇一四

自從兩年半前搬進康登那間屋子起，我就一直慫恿大家辦一場洛史都華主題的派對。我的想法是，以洛史都華為概念，融合極度坎普風的誇張聖誕風格，以及二十多歲年輕人居家派對那種什麼都不在乎的玩樂氣氛。

我的兩位室友貝兒和ＡＪ，不情願地同意了這年的聖誕酒趴就以洛史都華為主題，但強調她們不想為此負責。

在派對的準備過程中，為了找到那些以洛史都華為主題的記念品，我幾乎把自己搞到提早更年而且身無分文。我們的派對上有印著洛史都華臉的塑膠杯、洛史都華菸灰缸，還有特別客製化的甜果派，每一個派上面都以可食用糖紙印著洛史都華的臉。除此之外我還找到一個真人大小的洛史都華人形立牌、一面告訴妳廁所怎麼走的洛史都華標示，以及一道洛史都華布條寫著「寶貝！聖誕快樂！」[54]。莎賓娜、茵蒂亞、法莉、蘿倫和蕾西提早來幫忙布置所有的洛史都華，一致同意貝兒和ＡＪ的看法，認為這完全是在浪費錢。

「噢天啊，」我說。莎賓娜正幫我扶穩椅子，讓我能把布條釘到牆上。「我現在才想起來，我訂了大頭照海報還沒寄來。妳覺得這樣大家會不會覺得少了一點什麼？」

「不會。」她嘆了一口氣。「除了妳以外沒有人會在乎這些東西。」

第一批客人準時在七點鐘抵達，是我剛認識的美國朋友（可愛有魅力，嗓門頗大，而且我其實只見過她一次）和她男友（留著大鬍子）。兩個人看起來就是已經喝了一整天的樣子，還帶著他們養的查理士小獵犬，狗狗身上穿著迷你聖誕節套頭毛衣。

其他客人要到九點才開始零零落落現身，於是我們只好不斷跟最先來的兩個人閒聊。只不過，美國人的男友整個晚上都暈死在沙發上，被狗壓在身下，所以每個來參加這場派對的人不管轉到哪都看得到他，非常刺眼。朋友們一一降臨，整體派對氣氛仍頗為生硬，其中有個人走了進來（他是朋友的朋友，工作是MV導演，是南倫敦潮人代表團的其中一員），對屋內的景象看了一眼，編出藉口自己忘記還有另一個局，掉頭就走。

夜晚過了一半，我跑到二樓的廁所裡想暫時躲開人群。整群人來自各個獨立的社交圈，彼此完全無話可聊。背景音樂重複播放著〈You Wear It Well〉，而大家都在抱怨為什麼音樂都是洛史都華的歌。AJ和貝兒早就窩在廁所裡了，AJ坐在馬桶上，貝兒則坐在

54這句話跟Rod Stewart二〇一二發行的聖誕專輯《Merry Christmas, Baby》相同，同時也是同名歌曲的歌名，翻唱自美國老牌歌手查爾斯·布朗（Charles Brown）一九四七年的經典同名歌曲。

浴缸邊。我們三個討論著這派對有多難玩，想了幾個方法看能不能讓大家離開，早點結束這一切。AJ說她整個人又累又慘，需要十分鐘躺一下。有人敲了廁所的門，我弟進來。

「樓下那群人的組合真的很奇妙。」他說。

我重新回到樓下，發現客人的數量又更少了，但有個身高非常高、穿著皮製空軍夾克的平頭男子正在搜刮我們的冰箱。

「呃，嗨，你是誰？」我問。

「我是被叫來的。」男人有著很重的羅馬尼亞口音，還隨手抓過我們的啤酒開來喝。「我來送貨。」

「送貨？」

「對。」他一臉鬼祟地看著我。「送貨。」

「呃，好，你可不可以——」我把他引導至前門。「——在這裡稍等一下。」我回頭走向大夥。我經過那個美國人旁邊，此時的背景音樂是〈Sailing〉，她正在困惑觀眾的注目之下和那隻穿了衣服的狗跳慢舞，而她的男友已經在沙發上不省人事三個小時。

「那個，你們有人找了藥頭來，他已經到了。」我不耐煩地對著所有人喊。「不好意思我很掃興——氣氛這麼尷尬你們想要嗨一下也很正常——但是能不能請大家不要把藥頭叫進屋子裡，最多就在玄關等好不好。」

派對在午夜過後草草了結。

隔天早上喝咖啡時，我和貝兒兩人進行了一場戰敗原因調查，想知道是哪裡出了錯。我認為，自己為這個主題做的事前準備，可能讓大家期望過高了。

「妳這是自討史都華苦吃。」她賢明睿智地點了點頭。

我們把洛史都華的立板在客廳裡多留了一陣子，提醒自己這輩子都別做出比這更破格的事。我們會按照主題替他換上各種裝飾——蘇爾勛爵發生召妓醜聞時就讓他穿一件粉紅色胸罩[55]，聖派翠克節就戴上愛爾蘭妖精的綠色帽子。八個月後搬家時，我們把立板史都華放在客廳的正中間，把糟糕派對的詛咒留給未來的房客。

55蘇爾勛爵（Lord Sewel）為英國前工黨黨鞭，曾任上議院議員。他在二〇一五年發生召妓醜聞，被拍到穿著妓女的皮夾克和粉紅胸罩，並且吸食古柯鹼。

食譜：被趕出酒吧時吃的酒吧招牌三明治（兩人份）

這是我定期會和ＡＪ一起吃的食物。我們會坐在廚房料理檯上，一邊前後甩著腳，一邊大罵那個混蛋保全居然說我們喝太醉，「會掃其他人的興」，不讓我們回到店裡。

材料

- 兩顆蛋
- 四片麵包（建議用酸種麵包，軟的白麵包也是可以）
- 美乃滋
- 第戎芥末醬
- 芝麻葉（隨個人喜好）
- 橄欖油和奶油，煎蛋用
- 鹽和胡椒，調味用

作法

1. 在很熱的鍋中以橄欖油和少許奶油煎蛋。用湯匙撈橄欖油，淋到蛋面上一兩次，以加熱蛋黃。
2. 烤麵包。
3. 兩片麵包塗美乃滋，兩片麵包塗芥末醬，每份三明治各取一片。
4. 每份三明治中間放一顆煎蛋和一把芝麻葉，以鹽和胡椒調味。
5. 大口咬、隨便咬，五口以內吃完。讓芥末醬沾到臉上。
6. 把家裡有的任何一種酒倒進兩個乾淨的容器中（對我們來說，這通常會是一罐塞在冷凍庫最深處的舊的太妃糖伏特加，那是法莉二〇〇九年收到的聖誕禮物）。
7. 播放任何一張馬文蓋（Marvin Gaye）的專輯。

糟糕約會日記：早晨尷尬時間也沒喝酒就在卿卿我我

二〇一四年，春天。睡了五個小時後，我在週六早上被九點的鬧鐘叫醒。可口的美國帥哥馬汀傳了WhatsApp訊息給我：「阿朵朵，我們還有要喝咖灰嗎？」我的腦袋彷彿被翻了一百八十度，頓時清醒，但我還是告訴他我會到。我們三天前在Tinder配對成功，幾天來一直來來往往地傳著訊息，例如「真的假的，普林斯汀的專輯我最喜歡的就是這張耶！」、「我也相信輪迴」、「對，也許我們都算是在流浪」。那個當下，我立刻從房間裡找出昨晚撕下的假睫毛，再重新黏回去。我非常確定，在這星期結束之前，馬汀就會成為我的男朋友，下個月我就會搬去西雅圖和他同居——身為前一晚醉到從公車上跌下來的宿醉單身女子，能為這麼丟臉的處境解套的唯一選項，就是立刻結婚然後移民。

服裝：大到可以直接變成裙子的麻花編織毛衣、牛仔熱褲（因為我的牛仔褲都太髒了）、破網襪和白色厚底帆布鞋。

「不穿外套嗎？」我在樓梯上跟宿醉的AJ錯身而過，她的聲音沙啞。

「不需要。」我愉悅地回答。

「妳身上貝禮詩的酒味超重的喔。」我關上門時還聽到她對我大喊。

馬汀坐在Caravan King's Cross的酒吧等我。謝天謝地，他看起來跟照片上一模一樣。我抵達酒吧時他正在筆記本上寫東西。我已經偷偷追蹤了他的Instagram帳戶，裡頭的風格古怪，試圖營造失落的流浪靈魂的氣氛，寫筆記這個舉動更為這種風格增添一點戲劇感。

「在寫什麼？」我從他肩後問。他轉頭看到是我，便露出微笑。

「不關妳的事。」他說完親吻我兩邊臉頰。這舉動本來就很挑逗了，何況我們連咖啡都還沒喝，連啤酒都沒灌。我覺得會這樣都是因為他是美國人。

馬汀說了他以前的生活：他快四十歲了，在西雅圖當插畫師，他之前做了一件很大的案子，賺到不少錢，於是決定要花一年的時間到處旅遊，順便寫書。他說他正在進行「Tinder式觀光」，藉此認識新的人。他到英國已經一個月了，想在倫敦再待幾個星期，之後就會繼續旅行。

（離題說一下：這時我注意到馬汀對那本書非常支吾其詞，問他書的內容他都只說是非虛構的作品。另外我還注意到，他會在我說話的時候寫東西，上廁所的時候也把筆記一起帶走，還在裡面待了很久時間。我判斷可能的原因有：一，咖啡因會讓他腸胃不適，他想在上廁所的時候順便想事情殺時間；二，他只是很注重隱私，而且發現我這個愛管閒事的宿醉女人不太懂什麼叫私人空間，怕我可能趁他去廁所時偷看筆記；三，他寫了些很丟臉的東西不想讓我看到，例如他要買的漫畫清單或是跟多少人睡過；或者四，他那本書的內容是寫他在英國約會過的女人，而我就是下一個目標。我一直覺得是第四種可能，直到今天都還在等水石書店會不會哪天突然出現一本書叫作《青翠宜人的溫柔鄉[56]：我和英國女人共度的時光》，而我會出現在某則丟臉的故事裡。）

喝完咖啡，我們坐在店外的長椅上，看著水池以一種韻律、幾近情色的方式噴出水柱。他還引了海明威的句子，我認為有點過頭，但因為我很享受那場約會裡的奇幻氛圍，也就隨他去了。他拿出另一本筆記本，裡頭畫了他去過的每個國家的地圖，他個人播種足跡的素描地圖。我問他是不是在每個港口都有個情人，他大笑，然後用討厭的完美口音說著「類似那樣」。

他牽著我的手步下中央聖馬丁藝術學院前的階梯，走到運河邊。我們繼續聊了一會，直到走進最近的橋下方，他解開大衣的扣子，把我拉過去，用大衣將我包圍。他親吻我的額頭、臉頰、脖子和唇。我們接吻接了半個小時。

那時才早上十一點。

馬汀和我在十一點半道別，互謝對方給了自己一個美好的早晨。我十二點半躺回床上，睡掉整個下午，然後在四點起床，覺得整件事只是我夢到的。

一如預期，那天早上喝完咖啡後，馬汀就從可偵測範圍中消失了，就算聯絡得上，也對下次碰面的時間打馬虎眼。一個星期後的週五夜晚，我在滿肚子氣泡酒以及朋友們的鼓動之下，傳了一封錯字百出的WhatsApp訊息給馬汀。我說「就讓我直接把話說開」，我提議兩人在他待在倫敦的這段時間裡維持一種「會上床的柏拉圖式關係」。我說，就讓我成為他的「倫敦港情人」，還說「海明威也會這麼做」。

馬汀沒再傳過訊息給我。

56 原文為「Green and Pleasant Slags」，改自英國著名聖歌〈Jerusalem〉中的歌詞，「In Englands green & pleasant Land」。這首歌的歌詞取自英國詩人威廉・布雷克（William Blake）在一八〇八年出版長篇史詩《Milton》時，自序中的一首短詩〈And did those feet in ancient time〉。

二十五歲時我所了解的愛

男人喜歡有所保留的女人。最好五次約會之後才和他們上床，就讓他們等，再不行也要等三次。這是維持他們一直對妳有興趣的方法。

妳好朋友的男朋友會一直陰魂不散，很煩。他們大部分都不是妳覺得妳的好友會交往的類型。

吊襪帶跟長筒絲襪可以在eBay上整批買，比較便宜。

魯蛇才在網路約會，包括我自己。如果在約會網站看到有人付錢加入後自介還寫得極為尷尬，那個人絕對有問題。

請忘記我之前說約會時要用除毛膏這件事。如果妳全部弄得乾乾淨淨，等於是在為難其他女性同胞。我們需要積極抵抗父權對女性生殖器官的控制。

千萬不要把《血淚交織》[57]這麼好的專輯變成妳和男友之間的「專屬專輯」，因為這樣即使分手好幾年，妳都沒辦法去聽裡頭的歌。別在二十一歲時犯這種錯。

如果有個男人因為妳瘦而愛妳，那他根本不是男人。

如果妳覺得想要和某人分手，但有些實際因素讓妳猶豫不決，測試方法如下：想像只要走進某個房間裡按下紅色按鈕就可以結束這段關係毫無後顧之憂，不必討論分手、不必流淚、不必從他家把妳的東西拿回來，妳會這麼做嗎？如果答案是會，那妳就得和對方分手。

如果有個男人到了四十五歲還保持單身，一定有其原因。別一直待在那邊等著發現原因。

世界上最糟糕的感覺，是因為對方不再想要妳而被甩掉。

永遠都要把男人帶回妳家，然後妳就能騙他留下來吃早餐，然後再騙他愛上妳。

隨便跟人上床，很少會舒服。

假裝高潮會讓妳有愧疚感，而且自我感覺極差，對男方來說也不公平，別太常派上用場。

有些女人運氣比較好，有些比較差。世界上有好男人和壞男人，妳最後會跟誰在一起、會被怎樣對待，純靠運氣。

妳最好的朋友會因為男人而放棄妳。那會是一場漫長的道別，但妳要接受這件事，並且去交幾個新的朋友。

57巴布・狄倫（Bob Dylan）一九七五年發行的專輯《Blood on the Tracks》。

在漫長寂寞的晚上，當恐懼像蟑螂一樣爬進妳的腦中，讓妳無法成眠時，請想像妳過去被愛著的時光，「那屬於另一段人生，充滿辛勞與血汗」[58]。記住在別人懷中找到歸屬的感覺，希望妳能再次遇到。

58出自《血淚交織》中歌曲〈Shelter from the Storm〉的頭兩句歌詞。

List

要不要交男朋友的原因

○要交男朋友的原因

- ◆生日時比較有可能收到好一點的蛋糕
- ◆也許有Sky TV的頻道可以看？
- ◆有聊天話題
- ◆有聊天對象
- ◆星期天下午
- ◆工作上出大包的時候可以得到比較多安慰
- ◆排隊買爆米花時屁股有人摸
- ◆一個人去度假貴到爆
- ◆沒有人可以幫自己的背塗防晒油
- ◆有些時候妳沒辦法一個人吃掉整個大披薩
- ◆可能可以有車

◆能夠做三明治給自己以外的人吃也挺好的
◆能夠爲自己以外的人著想也挺好的
◆可以定期有不詭異的性生活
◆床比較溫暖
◆其他人都有男友了
◆如果有的話，大家會覺得妳值得被愛
◆如果沒有的話，大家會覺得妳膚淺而且失常
◆可以鬆一口氣，不必再跟其他人調情
◆害怕孤獨死、空虛等等

╳不要交男朋友的原因

◇除了自己以外的每個人都令人煩躁
◇「爭論」
◇那些男人大概都不會喜歡莫里西
◇他們絕對不可能喜歡瓊妮・蜜雪兒

◇妳誇大事情的時候會被拆穿
◇得去他們朋友在芬斯伯里公園辦的無聊生日酒局
◇有人會告訴妳前一天晚上喝醉時妳做了什麼
◇有人會跟妳分甜點
◇必須看任何運動現場比賽或電視轉播
◇必須花時間和他們朋友的女朋友討論《英國好聲音》
◇必須常常在不同公寓之間來來去去，包包裡還要帶內褲
◇必須坦誠面對感情
◇必須保持房間非常乾淨整齊
◇讀不了太多書
◇必須隨時保持手機電力滿格，以免他覺得妳掛了
◇妳大概會想念和其他人調情的時光
◇浴室裡都是頭髮

圖騰漢廳路和在亞馬遜亂買廢物

二十一歲那年最後一個夏末，我把所有時間都投入在愛丁堡藝穗節的表演。表演結束後，我最終還是得回家、得找工作，開始過大人的生活，不過在那之前，我先去找了朋友漢娜，幫她慶祝三十歲生日。當時我參與了一齣喜劇小品的表演，正為此努力宣傳，而她就是那部作品的導演。我和另外兩個演員請她到一間高級餐廳吃飯，以茲記念。在那之前，她曾經含糊地提到自己被即將成為三十歲這件事嚇得半死，不過我們都覺得她只是故意講得比較誇張，想搏大家一笑。

但那天晚餐吃到一半，她突然放下餐具，哭了起來。

「天啊，漢娜，妳真的有那麼難過嗎？」我立刻後悔買了寫著「老奶奶生日快樂」的卡片給她。

「我一直在變老，我可以感覺得到。」她說。「我可以感覺到身體的每個部分都在老化，整個人都變慢了，而且未來只會愈來愈慢。」

「妳還很年輕！」瑪格莉特比她大上幾歲，但漢娜依然不斷啜泣，幾乎要喘不過氣，淚珠落餐盤。「妳想出去走走嗎？」瑪格莉特拍著漢娜的背，漢娜點了點頭。

我們沿著普林斯特街散步，隨意閒聊，保持悠閒的氣氛好分散漢娜的注意力。走到一半時她突然停下腳步，雙手抱著頭，眼淚惡化成哀號。

「就剩下這樣了嗎？」她問我們，對著黑夜吶喊。「所有人的人生都是這樣嗎？」

「妳說都是怎樣？」瑪格莉特環抱著她，語氣裡帶著安慰。

「就剩下……她媽的圖騰漢廳路和在亞馬遜亂買廢物。」她回答。

這麼多年來，這句話一直黏在我腦子深處，彷彿甩不掉的便條紙。它懸在那邊，像是妳偷聽到父母說的某段竊竊私語，妳聽不懂，但知道非常重要。圖騰漢廳路和亞馬遜——我一直很想知道為什麼引起這麼深哀傷的是這兩樣東西。

「等妳不再是二十一歲的時候就會懂了。」這是漢娜給我的答案。

即將邁向二十五歲的那年，我終於了解那句話裡的陰謀和潛臺詞。簡單來說，一旦妳開始質疑人生是不是真的只剩下在圖騰漢廳路等公車，以及在亞馬遜買那些從來不會讀的書，就代表妳正對生存感到恐懼。妳意識到自己的生活有多平淡，終於懂得一切有多不重要。妳正在脫離「當我長大之後」的夢幻國度，並適應自己已經長大的事實；妳已經長大了，而且事情跟妳之前想的完全不一樣。妳並未成為自己以為會成為的人。

一旦鑽進這些問題裡，就會很難認真看待生活中那些每天重複的功能性的事。二十五歲那一整年，我彷彿以自己的思緒和許多無法回答的問題挖出一條戰壕，然後從那道黑暗中偷偷探頭，看著人們在乎著我曾經在乎過的事——髮型、報紙、派對、晚餐、圖騰漢廳路上的元月特賣、亞馬遜特價——但我就是無法看到自己爬出那道壕溝，重新投入那種生活的模樣。

有一陣子，我放棄喝酒，試圖讓自己的情緒穩定下來，但卻越想越多。我試過Tinder約會，但只遇到純友誼的對象，反而讓我覺得更洩氣和空虛。我對工作曾有的熱情和專注開始衰退。我的兩個室友AJ和貝兒到我房間時，常會發現我洗完澡三個小時後還裹著浴巾痛哭。我發現自己無法向任何人表達我的感受，於是大部分時間都獨自度過。漠不關心、無聊和焦慮在我身體裡持續低鳴，嗡嗡作響，低沉且具有破壞性，彷彿不斷轉動的洗衣機，怎樣都關不掉。那陣噪音在初夏達到高點。當時迪莉說，她認為我應該離開電視節目的工作成為全職作家，但我完全不曉得那種職業該怎麼賺錢，接下來又該往哪裡走。同時，就在法莉搬走後不到一年，AJ也宣布她要搬去和男友同居。我極其鬱悶，不僅失去工作，也失去一個室友。

當然，對於容易遇上離奇情節的二十多歲單身女子來說，這種困境有個統一的解法：搬到另一個城市。我一直很嚮往紐約，常去那裡拜訪艾莉克絲，即使我和她哥哈利分手都這麼多年了，我們仍是很親密的朋友。在那個諸事不順的夏天，剛訂婚的她問我能不能當她的伴娘，我覺得時機點來得實在非常恰巧。她和她的未婚夫說，法莉和我可以在他們去度蜜月時免費住在他們下東區的公寓。這趟紐約之旅為期大約兩週，我和法莉訂了機票和婚禮那幾天的旅館，又在回程前訂了一晚住宿，要去卡茨基爾山（Catskill Mountains）走一趟。令人難以相信的是，那是我跟法莉第一次一起出國旅遊。同時，我也可以趁這次機會好好探查自己未來可能的新落腳處：看看那裡的日常生活、那裡的人，還有我能不能融入那座城市。

就在要飛的前一週，佛蘿倫絲被診斷出白血病，法莉覺得自己應該待在家支持妹妹和家人，我完全理解。我問她要不要我也留下來，但她覺得我非常需要這段假期，希望我自己去紐約。

抵達紐約的頭兩天，我深陷在氣氛愉悅的伴娘事務之中。女方的英國代表團全都飛來幫忙婚禮，整個前置期我都在製作花圈、安排座位、去乾洗店領衣服，並和不常見面的熟面孔敘舊。我非常想念法莉，但仍非常渴望投入眼前這場繁忙、新奇、美好的活動中，分散自己的注意力。

婚禮當天，我穿了一件開高衩的黑色吊帶連身裙。衣著選擇出於艾莉克絲的鼓勵，她知道我很需要來場假期中的浪漫邂逅；當然，也是因為我知道那是我那麼多年來第一次碰到哈利。另外，我還在舉辦婚禮的布魯克林倉庫餐廳裡，朗讀了〈戀愛中的牧羊人〉（The Amorous Shepherd）這組詩。「我不後悔自己的過去，因為我依然如是，我唯一後悔的是過去不曾愛妳」，念到這句時我完全忍不住眼淚，不只因為看到艾莉克絲和她丈夫之間的愛，也因為意識到自己在過去幾年裡感受到的深深寂寞。

我是婚禮上僅有的兩名單身女性之一，不過滿幸運的，我旁邊坐的是在場唯一一個單身男賓，是個以造橋為業、身形魁梧的威爾斯人。

「詩很美。」他用那種性感、抑揚頓挫，彷彿吟唱一般的口音對我說。「眼淚流得很到位。」

「又不是故意安排好的！」我說。

「但這件裙子肯定就是故意了。」他說著，露出微笑。

我們點了內格羅尼調酒，一杯接一杯，還吃了炸雞和起司通心麵，並以婚禮上絕無僅有的兩位單身人士才能使用的方式大肆調情。我們嚴肅地按照順序列出英國境內最愛的橋梁名單，我用我的叉子餵他甜點。換我致詞時他大聲歡呼，並在中途視線交錯時對我眨眼。他的舉動彷彿我們已經交往多年。我們之間的關係（以婚禮上絕無僅有的兩位單身人士專屬的方式）重踩油門，急速升溫。

在第一支舞開始前，威爾斯男跑到外頭接電話，而艾莉克絲領著她老公走向舞池中央。玫瑰花冠配上純白的和式長袖，她看起來就像前拉斐爾派畫裡裹著絲綢的人物。音樂響起，我這輩子聽過最浪漫的歌曲如漣漪般低沉地擴散開來——是菲爾．菲利浦斯的〈愛之海〉[59]——一首恰到好處、感傷、完美的慢舞之歌。

進到副歌時，所有來賓都下場加入新人的行列，幾十對情侶（包括哈利和他的新女友）隨著感情豐富的優美曲調輕輕搖擺、彼此微笑。我坐在場外，看向場內，試圖想像在同床共枕的對象身上找到安全感，到底會是什麼感覺——那對我來說是完全陌生的念頭。我看著他們緊貼著的身體之間的微小縫隙，想像他們所處的地方；他們一起寫下的故事，一起在深夜的沙發上對飲時談及的回憶、話語、習慣、信任和對未來的夢。不知道我以後有沒有機會也遇到那樣的人，或者，我有沒有那個資格沉浸在那片愛的汪洋中，無論我想要與否。我感覺有人拍了我一下肩膀，抬頭發現是另一位伴娘奧托薇雅。她對我一笑，然後向我伸出手；她牽著我走進舞池，在跳舞時抱著我，直到歌曲結束。

一曲跳完，我喝內格羅尼喝得更兇了。後來我走到餐廳外抽菸，看到了威爾斯男，便在滿肚子金巴利賦予的酒膽之中將他推向磚牆，主動吻他。

「不行。」他抽開身。

「為什麼？」我問。

「不重要，」他喃喃自語。「就是沒辦法。」

「我不要。」我的聲音都糊在一起。「這種情況……不應該發生在我身上的。我在紐約，我在度假，我是那個心情不好又穿得淫蕩的伴娘，我在這件裙子上花的錢可不

59 美國歌手 Phil Phillips 一九五九年的〈Sea Of Love〉。

是只有乾洗而已好嗎？你就是我這次放假的約會對象，懂嗎？這件事已經定了，你就在這個位子。」

「我沒辦法。」他說。「我也希望可以，但沒辦法。」

「你現在這樣講，那剛才是怎樣？你剛才不是——」我模仿把甜點放進他嘴巴的樣子。「還這樣——」我誇張、戲劇化地眨了一邊眼睛。

「我只是……只是在調情而已。」他音量微弱地說。

「嗯，好啊，所以都在浪費時間囉。你知道我另一邊坐的那個女的嗎？她是一個很風趣、很聰明的女演員，我超想跟她聊天的。她看起來人超好，但我整個晚上都忙著假裝你女朋友，從頭到尾只跟她講了三個字吧。」

「噢，浪費妳時間還真是抱歉！」他一股火升起來，掉頭走回婚宴中。

隔天，我前往艾莉克絲和她新婚老公在中國城的公寓，我們在屋頂上喝酒慶祝他們兩人新婚，順便為他們去度蜜月餞行。我們聊起婚禮那天的八卦，他們解釋了為什麼威爾斯男的態度會前後反覆（想當然耳——他有女友）。

艾莉克絲告訴我公寓裡需要注意的事項，並交出鑰匙。

「妳可以吧？」她問。

「沒事的。」我說。

「妳有奧托薇雅的電話吧？她會在紐約待到月底，妳可以找她。」

「我可以的。有點時間獨處很好，可以多了解紐約，一定會很有趣。」

「需要任何東西就打給我們。」她擁抱我。

「放心，我絕對不會打。妳就安心飛到墨西哥吧，趕快去海裡裸泳、大喝龍舌蘭，然後在床上大戰到不省人事。」我說。

隔天早上，我在公寓裡醒來，餵了兩隻黑貓、照指示澆了盆栽的水，然後拿著筆記本坐下來，打算規畫如何運用待在這裡的時間，列出所有該去的景點和該做的事。

但我有個非常大的問題：有間雜誌社還欠我兩份案子的錢，加起來大約將近一千英鎊，足以支付我在紐約的開銷還綽綽有餘。當時我的戶頭裡只剩三十四英鎊，但還要在紐約待十一天。這種情況對自由記者來說其實稀鬆平常——我常得在稿子都刊出、請款單也送了三個月之後追著會計部門催款，但說真的，我的戶頭還是第一次被逼到如此境地。我打電話給編輯，對方把我轉給會計部，而會計部又把我轉給什麼人和什麼人，試圖搞清楚那筆遲收的款項到底去了哪裡。我開著手機擴音，在艾莉克絲的床上躺了一個小時，不斷聽著細微的等候音樂聲，手機帳單因為越洋電話而持續增加。最後，電話那頭的人給的答案是，我「很快」就會收到錢了。

在沒錢也沒朋友的狀態下，我很快就意識到，這十一天裡的紐約跟以往我來找艾莉克絲時的紐約是不同的城市。這不是個適合破產的地方。不像倫敦，紐約的博物館和藝廊都要門票，大部分一張就要二十五美元，幾乎可以清空我剩下的所有資金。而且時值八月中，氣溫高到難以忍受，等於我能到處溜達或坐在公園裡的時間更少了。我一直很喜歡這座城市，總是覺得受到歡迎，現在卻感覺它想把我踢出去。我走在第五大道，看著那些摩天大樓，它們彷彿化身成可怕的巨大怪獸，居高臨下，想把我一路趕到甘迺迪機場。

我開始注意到那些以前從不在意，現在卻讓我討厭起紐約的枝微末節。我發現，原來紐約地鐵的效率這麼差、路線那麼難懂，不像倫敦地下鐵有著配色鮮明且依照街道排列命名的路線（銀禧線、維多利亞線、皮卡迪利線），紐約的地鐵路線全都有著妳所想像得到最難以辨認的乏味名稱（例如ABC或是123）。B線聽起來像D線，而某個數字聽起來又像別的數字，如果沒寫在紙上，根本不可能搞清楚妳想要搭的線路名稱到底是哪個字母或數字。另外，很多車站的發車頻率是每十分鐘一班，如果今天妳要轉三班車，運氣又剛好差一點，等於要站在月臺上汗流浹背地空等半個小時。而讓整個乘車過程更令人沮喪的是，大部分的月臺上都沒有任何看板能告訴妳下班車什麼時候會來。

再來就是所謂「比較粗魯的紐約客」，這種人可能會出現在超市、咖啡店或任何排隊的地方，大吵大鬧、橫衝直撞，粗魯到不可思議的境界，打定了主意要讓妳「完整體驗最道地的紐約生活」。在我身心安定而且心情愉悅的時候，可能還會覺得這很有趣，但對當下孤立無援的我而言，只覺得莫名其妙被人大吼非常討厭。我連站在Katz's Deli餐廳櫃檯點貝果，都會被從旁經過的服務生怒喊：「欸小姐——不要擋路！」

我也注意到自己在紐約時有多常被推來推去，這座城市所有人呈現出的集體衝勁簡直要將我壓倒。每個人都身負自己的任務，沒空去看任何人一眼。路人會以極快的速度向前衝刺，雙手擺動彷彿在行軍，同時大聲地對著耳麥說話。紐約人連談戀愛都野心十足；我花了一整個下午偷聽一對女生朋友在咖啡店裡聊各自如何認識對象的方式，彷彿在討論軍事行動，充滿各種日期、次數、心理戰和規則。

講到規則，天啊，規則！我從來沒發現紐約人這麼著迷於規矩。我在超市裡買橘子時因為把橘子拿起來聞而被罵，去參觀諾拉．艾芙倫（Nora Ephron）最愛的建築物Apthorp公寓時（她曾經為它寫了一篇文章），則因為站得離庭院裡的裝飾噴泉太近而被斥責。我從來不覺得自己是個特別不守秩序的傢伙，但紀律嚴格的紐約人硬生生拉出我的那一面。

再來就是那些沒有幽默感又裝模作樣的文藝青年。他們是精品咖啡店裡的服務生或潮流店的店員，聽到某人說了笑話時，他們會語氣平板地說出：「這是我這輩子聽過最好笑的事情了，」但僵硬的臉上沒有任何表情，也沒有笑容。他們會對妳上下打量，時間久到令人覺得不舒服。換作在倫敦，就是哈克尼那區的討厭鬼會有的所有態度：完全沒有任何自我警覺、幽默感或自嘲的本事。紐約這群年齡不到三十、拚命追崇流行文化的假文青們，是我見過最冷酷、最討人厭的一群人。

大蘋果歷險記開始後一週，我逐漸體會到，原來地點是由回憶和人際關係組成的國度，地景從來就只是我們自身內心的反射。我在紐約感到的空虛、疲憊和憂傷比在英國時還深，想要搬來此地的幻想也隨著日子一天一天消滅。我突然有種令人恐懼的體悟，覺得無論我走到哪裡，「圖騰漢廳路和亞馬遜」都會跟到哪裡；無論在度假或在家裡，我都還是那個有志不得伸的人。當初訂機票時，我以為這會是一段能逃離自己思緒的旅程，但其實根本不是。外在的景物的確變了，但內在卻仍一模一樣：我還是緊張、焦躁、自我厭惡。

某天晚上，我躺在艾莉克絲的沙發上喝婚禮留下的普羅賽克氣泡酒（她要我自己動手），整個晚上都試著來一場「Tinder式觀光」，希望藉此認識新的人。我幾乎對看到的每個人都向右滑，然後對每個配對成功的對象送出一段語意模糊、氣氛歡樂的罐頭訊息，形容自己是「倫敦來的觀光客」，想找在地的紐約人「一起度過愉快的時光」。我在午夜時打開第二瓶普羅賽克，剛好遇上AJ和茵蒂亞打來的視訊電話。

「嗨嗨嗨嗨嗨！」她們站在我們家餐桌旁邊同步大喊。

「嗨！」我說。「妳們茫了嗎？」

「茫了。」茵蒂亞大喊。「我們剛剛才去Nisa Local買了三瓶葡萄酒。」

「很好，我也茫了。」

「妳跟誰在一起？」ＡＪ邊問邊在攝影鏡頭裡尋找。我本來想告訴她們我現在情況很糟，但又不想讓她們擔心。更重要的是，我的自尊不允許我那麼做。在所有社交平臺上，我都假裝這是一段終生難忘的旅程，而且裝得非常有說服力。

「沒有人啦。」我說。「今天晚上休兵。」

我們聊了十五分鐘。能夠看到她們熟悉的臉，聽到她們這陣子的生活細節，令我非常高興。

「妳還好嗎？」ＡＪ在說最後道別時問我。「妳看起來有點不高興。」

「我很好。」我說。「我很想妳們兩個。」

「我們也很想妳啊！」她說。她們兩人朝我拋來飛吻，然後我又變成獨自一人。

第二瓶酒喝到一半，我收到其中一個配對對象的訊息。他叫吉讓，是個三十二歲的法國股票經紀人，很有魅力，他問我想不想夜喝一杯。我決定讓這個人成為我這段假期的戀愛對象；我就是需要來場有趣的冒險，讓自己更主動，把這趟旅程轉換成一場刺激的奇遇，重新找回以前的自己。但他住在蘇活區，雖然離我只有一英里，但因為外頭開始下起大雷雨，所以沒辦法走路過去，而我的錢又不夠搭計程車。

「我有。」他的訊息上說。「我幫妳出計程車錢。」我決定忽略這項提議裡頭的《痲雀變鳳凰》潛臺詞，立刻塗上睫毛膏、穿上高跟鞋，走進雨中招呼路過的計程車。我高聲招呼，攔下其中一輛，此時，在傾盆大雨和傾盆醉意的交互作用下，我的手機脫手飛出，螢幕裂成了幾百片，雨水滲進裂縫，畫面消失在黑暗中。

當我抵達他給我的地址時，謝天謝地，他就站在門前等。他付了車資，為我打開車門。

「歡迎。」他拉近我的臉，獻上一吻。我從這個完全陌生的男人身上獲得了注意力，一瞬間有股興奮感如氣泡般湧出，彷彿甩開了本來緊抓著我不放的沉重沮喪。但我也同時意識到，這完全說明了我有多可悲，於是又立刻變得更難過了一點。我需要酒精。

吉讓算個好人。我們沒有任何共通點，但對話還算聊得下去，多虧了他給的啤酒和那包鴻運Lucky Strike香菸（兩個人躺在沙發上分著抽）。我感覺得到他常做這種事。我們邊聊邊吻，且戰且走，一個小時後，他把我帶進房間。那是個純白色的四方形空間，裝飾著奇特的霓虹燈光，地上擺著代替床的床墊。我們脫著彼此的衣服，我默默試圖忽略整個房內的擺設。

「等、等一下，」我伸手解開他牛仔褲時，他這麼說。「我只能群交。」

「啊？什麼意思？」我有點口齒不清。

「我只能在有人在旁邊看的情況下做愛，」他解釋的口氣彷彿這是再簡單不過的基礎邏輯。「或者，有人和我們一起做也可以。」

「了解。」我說。「不過那種事現在不太可能，所以——」

「我室友就在隔壁，他也想加入。」他說。「我去叫他，可以嗎？」

「當然不可以。」我突然察覺這根本算不上什麼偉大的冒險，和我同處一室的這個男人非常有可能就是《美國殺人魔》裡的派翠克．貝特曼（Patrick Bateman）。「我不想要。」我有點慌了，可以在耳膜上聽見自己傳來的心跳，又快又大聲，並立刻開始尋找離我最近的窗戶。

「來嘛，很好玩的，」他試圖吻我。「妳看起來就像那種玩很開的女生。」

「不是，我不是。我不想那樣。」

「好吧，那就不做。」他聳了肩，最終放棄。

這時我才意識到整個情況有多蠢：就為了找事情讓自己轉移注意力，我竟然完全沒有考慮到後果。我獨自身在一個不熟悉的城市，而且還是喝醉了，沒有人知道我在哪，身上沒錢也沒手機。

「我覺得我走路回家好了。」我邊說邊離開他的床。

「好。」他回答。「但現在正在下雨，妳要的話可以在這裡等雨停。」

我看了一眼他的鐘，凌晨四點。我可以睡到風雨過去，然後趁天亮的時候找路回艾莉克絲的公寓。我在離他盡可能遠的地方睡去，臉抵在白色的牆上。

隔天早上我七點半醒來，穿好衣服到客廳拿包包，沙發上坐了一個穿著深藍色睡袍的男人，看起來非常、非常生氣。客廳裡憑空出現四把前一晚不曾存在的電扇，所有窗戶大開。幾張紙黏在牆上，全都用紅色潦草筆跡寫著「FUMER TUE」，然後下面再寫上「抽菸會死」。

「早安！」我緊張地說。

「尼塔媽得滾出我家。」他的法國口音比吉讓還重。

「抱歉，你說什麼？」

「我有氣喘。妳不知道嗎？我有很嚴重的氣喘。所以，尼塔媽得為什麼要在凌晨三點在我家裡面抽那些噁心得要死的菸？」

「對不起，吉讓說我可——」

「吉讓可以去死。」他話中充滿唾棄。

我退回吉讓的房間。

「嘿。」我把他搖醒。「嘿——你室友在外面，他有點瘋了。」

吉讓張開眼睛看向時鐘。

「我工作遲到了啦！」他的語氣帶著指責。

「他在外面真的抓狂了啦，」我說。「因為我們昨天晚上在這裡抽菸所以他生氣了，拿出一大堆電風扇，還寫了標語，感覺有點像……電影裡的雨人。」

「他生氣不是因為我們抽菸，而是因為妳不和他上床。」

「好，我走。」我說。「祝你們人生愉快。」我走出公寓，離開的時候還溫順地朝生氣的法國室友點頭示意。

「滾，滾，塔媽得滾，臭表籽！」他在我身後大叫。

我蹣跚跌進蘇活區明亮的日光下，覺得自己就要吐了。我想從最近的提款機領十塊錢出來，但被提醒餘額不足。一陣噁心感湧上，將我撕裂，我才想起自己已經兩天沒吃東西。

要想辦法回家。我走進星巴克，希望糖櫃上會有奶盅。我向櫃檯後的男店員要了紙杯，裝了牛奶，坐在桌旁小口小口地喝。

「小姐，妳還好嗎？」有個中年女人問。「妳看起來有點像……」她將我整個人掃過一遍，從我的衣著打扮、前一晚睫毛膏在眼睛周圍乾掉的粉塵，還有我手中的牛奶。「有點像被棄養的流浪貓。」

「我沒事。」我回答，但事實上從來沒有這麼有事過。

我繞著圈遊蕩了幾個小時，直到最後終於看到一棟我認得的建築物。我進到艾莉克絲的公寓，把手機埋在米裡，和她養的幾隻貓一起縮進被子，多希望可以就這樣提早結束這段旅程。但我連三明治都買不起，更別提要把回程的班機提早。而且我也不覺得自己想要回家——我卡在兩座城市之間，兩邊都不想去。我不能打電話向法莉求助，因為她需要我比我需要她更多。我也不能打給爸媽，無法承受讓他們為我擔心。我已經過了那個年紀，他們沒有責任幫我解決任何問題。最後，我打給奧托薇雅，而她給了我無以倫比的善意。她帶我去吃港式餐廳，在我訴苦時握著我的手，給我擁抱，還借了我一點錢。

隔天，我搭了三小時的客運，去到紐約上州卡茨基爾的一個小鎮。法莉和我事先已經付清住宿小屋的錢，不住白不住，我很感謝有機會可以獲得一塊安靜的空間，和些許開闊天空。

我在上午抵達，放下行李便出門散長長的步，把腦袋淨空。散步途中，卡茨基爾山脈的雄偉令人驚嘆，我也思考了回家之後重新開始的可能性，等下午回到小屋時，人其實已經平靜不少。

晚上，我走到鎮上，在當地的美式家庭餐廳吃了起司薯條。蟋蟀的鳴聲以及本地人的熱情和閒聊讓我放鬆了心情。回到小屋時，屋後有人起了營火，於是我從房間拉了毯子，坐在火旁看星星。我深深呼吸，享受這趟來紐約第一次感受到的寂靜氣氛。

回到房間，我的Tinder上多了一則新訊息——他晚了兩天，現在才回我喝醉時傳的那一大堆「來，都來」罐頭訊息。對方的名字叫艾當，二十六歲，有著完美的美式笑容，留著和布魯克林區一樣狂野而充滿文藝氣息的鬍子，長髮在腦後紮成帥氣的丸子頭。

「嗨，美女。」他傳來訊息。「抱歉回得有點慢了——妳好嗎？」

「如果你早點回訊息就好了，」我說。「這樣我可以好好和你約會，而不是被兩個法國人逼著要三人行。」

「噢，天啊。」他的訊息寫著。「紐約的人有時候真的很難對付，妳現在還好嗎？」

「我討厭遇到那種事。」我回訊。「我今天晚上住在卡茨基爾，回神一下。」

「妳回市區之後，離回倫敦還有幾天？」

「整整三天。我明天傍晚會回到市區。」

「回來之後來找我吧，我保證不會想跟妳玩三人行。」他說。「妳要的話我們可以好好當個朋友就好。」

朋友。也許我需要的就是個新的朋友。

第二天，我又去走了一段長路，還游了泳，然後在下午稍晚坐客運回曼哈頓，搭地鐵到布魯克林，來到艾當家門前。

「嗨。」他打開大門，黑框眼鏡後的藍眼睛閃閃發亮，伸出手擁抱我。「終於見面了。歡迎來到這個討厭的城市。」

「謝了。」我沉入他的擁抱之中，深深吸進法蘭絨襯衫上乾淨的肥皂香味。

「我會讓妳喜歡這裡的。」

艾當帶我在他家走了一圈，然後開了瓶紅酒。我們聊了好幾個小時，把自己所有的事情告訴對方——最喜歡的音樂、最喜歡的電影、各自的家人和朋友，還有我們的工作。他的態度真誠、眼神明亮、精力十足而且富有好奇心，是我最需要遇到的那種人。

到了晚上，我們便吻得難分難捨。午夜時，我和他臉貼著臉，躺在他床上。這個男人向我展現出他的溫柔、包容和親切，讓我願意敞開心房。我把一切都告訴他，告訴他二十出頭時的我曾經如何心碎，告訴他我曾經為了攫取一點自主權，讓自己餓了多少年。我向他訴說自己唯一一次陷入的愛，那種親密令我無法承受，對依賴感心生恐懼。我告訴他，我的朋友們如何一個個跳入愛情之中，離我而去。我告訴他突發性的緊張從我小時候就如影隨形，從中又生出焦慮，這讓我沒辦法站得離窗戶太近，因為總覺得自己隨時會摔出窗外。我告訴他，我從小一起長大的好朋友的妹妹因為得了癌症正躺在醫院裡。我告訴他，我覺得自己完全不曉得如何面對成年這件事，我不敢打給任何人，不敢開口向任何人求助，習慣用一大堆雜亂瑣碎的事務轉移自己注意，掩蓋問題換取片刻輕鬆。只有在面對陌生人時，我才有辦法表達自己到底在難過些什麼，唯有處在轉眼即逝、自己毫無責任的幻想世界裡，我才敢把這些事情說出來。

「妳整個人很哀傷。」他摸了摸我的臉頰。我閉上眼睛，想止住眼淚。

「是迷惘。」我說。

「現在不會了。」他把我拉近。我想要相信他，所以在那一刻我真的相信了。

「我想說一件很沒頭沒腦的事。」他吻向我的額頭。

「什麼事？」

「我愛妳。」他嘆了口氣。「我不想讓妳覺得我跟那個神經病法國人一樣危險或一樣瘋，也很清楚自己並不是『真的』愛上妳，畢竟我們認識也才——」他看了手錶。「六個小時。但我真的覺得自己可以愛妳。啊管他的，我覺得我已經愛妳了。」

「我也愛你。」我聽見自己這麼說。話一脫口，我就知道自己聽起來有多荒唐。但我很清楚自己並不是對他說出這句話，而對別的東西：對於希望和善良仍抱持的信仰。

隔天艾當向公司請假，那是他人生中第一次請病假，他帶我去看我從來沒見過的紐約。我們散步、聊天、吃東西、喝酒、親吻，在那兩天裡談了一場典型的假期愛情——我們想不起來以前沒有彼此時是怎樣過的，但知道自己永遠不會和對方一起生活。那天晚上，我在他家過夜。

隔天，我把自己從艾當身邊拉開，空出三個小時去找奧托薇雅，她也不敢相信從我們上次見面之後，我竟然發生這麼多事。我們去了GE大樓頂樓，眺望這座美麗、永不停歇、無情的城市。

我注視著哈德遜河上跳動的燈光，然後說：「我想回家了。」

紐約之旅的最後一天，艾當載我到甘迺迪機場。在漫長的吻別之後，他握住我的肩膀，認真地看著我。

「那個，我有個提議。」他說。

「什麼想法？」

「不要覺得我瘋了。」

「好。」

「留下來。」他說。

「我沒辦法留下來。」

「為什麼？妳在家裡過得那麼痛苦。妳討厭倫敦，現在沒有工作，也不知道接下來要做什麼，就留在這裡重新開始。」

「我要住在哪裡？」我問他。

「和我一起。」他說。

「我怎麼付房租？」

「我們之後會想辦法。」他說。「妳可以找工作，可以真的去寫那些妳一直想寫的東西。我會給妳自己的空間和時間。想一想，妳在這裡會比在英國自由多少。」

「你們的移民系統嚴格得要死，如果他們要把我遣送回去呢？」

「那我就娶妳。」他說。「妳想聽的是這句話嗎？我真的會那麼做。我明天早上第一件事就帶妳去市政府，直接把妳娶過來，這樣妳想留多久都可以。」

「我沒辦法，」我說。「這太誇張了。」

「為什麼不想留下來？」他的頭輕輕地抵著我的。「是妳說家裡沒有東西在等妳的。」

我想了一會。

「因為真正的問題是我自己。」我回答他。「不是這座城市，也不是外在環境。真正需要改變的是我自己。」我們沉默了好一會，然後最後一次吻別。

「降落時打給我。」他說。「然後飛行過程中不要喝醉，飛機不會掉下來。」

回程的機上，我想著圖騰漢廳路以及在亞馬遜亂買廢物。我想到法莉的笑、早晨室友們準備上班時的聲音，以及我擁抱我媽時她髮間散發出的香水味。我想到生活中幸福的平凡，能擁有這些是多麼榮幸的事。

那是我二十六歲生日的前一天。回到家時沒看到貝兒和AJ，因為她們都還在工作，但有一顆歪七扭八的自製蛋糕和布條，祝我生日快樂。隔天晚上，我們到康登鎮上跳舞慶祝，我把過去兩週的奇怪經歷告訴她們。蘿倫和我徹夜喝酒、彈吉他直到——清晨，我收到一大束艾當送來的玫瑰。

回到英國後，有一陣子的生活稍微變得容易了一點，長久以來彷彿厚重大衣般包裹著我的哀傷逐漸褪去，我為接下來想要做的事情做了全面的規畫。我重新瘋狂愛上自己所在的城市。我會一邊吃Toffee Crisps的巧克力棒，一邊讀比爾・布萊森（Bill Bryson）書裡寫的英國。我始終記得，能夠住在自己長大的地方、被朋友們圍繞，是多麼幸運的事。

回家兩個月後，我終於辭掉工作，開始自由接案，一個月後便獲得在週日《泰晤士報》開專欄的機會。蘿倫和我拍了一支短片，描述一個失去方向、不了解自己的二十五歲女孩，無頭蒼蠅般想突破自己的困境，卻忘了要回頭看看自己內心。ＡＪ搬出去，而我們大學時期另一位聰明絕頂的朋友茵蒂亞搬了進來。我們離開康登那座破舊的黃色宮殿，向北移動兩英里，在一間沒有老鼠的公寓重新落腳，這次，我們多了一間正常運作的廁所和中央暖氣。

我的救星奧托薇雅回到倫敦，我們成了知己。艾當和我始終保持聯絡，以後也會繼續下去。每當他到倫敦時都會來找我，一如我到紐約也總會約他午餐。他提醒了我人生中那段騷亂動盪的時期，那是我想永遠記得，但不想重新經歷的日子。那年我二十五歲，無所寄託而且迷惘，差一點就要為了不認識的男子搬到另一個國家。他有屬於他的故事版本，我有我的，我們會帶著各自的那半，像戴著少女們那種被剖成兩半的、俗俗的心型項鍊。

十二月十二日

嗨，大家好：

這是一封來自彭奇區布萊肯街三十二號[60]（房租這麼高但又沒在維護）的訊息，我們（其實只有我，我現在一個人住）祝各位聖誕快樂！

今年真的是豐富的一年。一切都從我獲得升遷機會開始，運勢一路飆升。過去四年，我都在有機果汁新創公司「多點萊姆」擔任社群媒體經理，現在升職成社群媒體行銷總監，是個頗具權威但其實工作範圍非常含糊的角色。基本上，這次升職的意思就是，除了本來的職責之外，我現在每天都要在Instagram多發四則限時動態影片，在各種水果上面畫五官、幫它們戴迷你毛帽，而且薪水還沒有比較多。

（爸——如果你在看的話——我不想再解釋我的工作內容到底是什麼了，已經講

60彭奇（Penge）位於倫敦東南郊區，布萊肯街則是作者虛構的路名。傳統認知上，倫敦東邊和南邊是發展比較慢、環境相對較差的地區，但相對地也比較吸引年輕人和次文化。近幾年因為復興整頓，南區地價開始飆漲，距離彭奇只有五分鐘的水晶宮（Crystal Palace）就是漲幅最高的地區之一。

過太多次了！然後，我知道，我知道你幫我出了很多學費，我知道「我還有很多可以做的事情」，但拜託，你可以直接騙你高爾夫球的球友說我是律師就好。反正他們也不會去網路上肉搜我名字，就算真的去找了也只會在Bebo網站上面看到一個萬年沒動的網頁而已，因為我們公司根本沒人聽過！哈哈！）

就像我這封信一開始說的，今年初的時候，我就已經不住在本來肯迪許鎮那間舒服的分租公寓了，因為我的好朋友卡蒂亞和她男朋友說他們「有點想要屬於自己的空間」，而且他們現在沒有我也可以自己付房貸了（他們都有真正的正常工作）。因為這樣，我現在在倫敦最熱門的彭奇區自立門戶。這區域不僅綠樹成蔭（雖然實際上樹枝比樹葉多）而且非常「有發展性」（引自《地鐵報》二〇一六年的評語），大概就是因為這些原因，這間把樓中樓臥室放在廚房上面的大套房每個月得花掉我一千兩百英鎊。還好我本來就很愛吃東西——晚上睡覺的時候整間房間都還聞得到烤鮭魚的味道，簡直是太棒了呢！

經過幸福美滿的七年之後，卓丹和我在今年和平分手了。我們有點嫉妒其他朋友可以隨意和Tinder上的陌生人上床，再加上我們都有死亡焦慮和非常嚴重的錯失恐懼症，綜合起來的結果就是，我們愈來愈不想要在走到人生終點時，兩個人加起來只跟三個人上過床。我們讀了幾本關於開放式婚姻的書，並認真地嘗試了一次。但有鑑於各自的工作時間相差太大，如果塞進其他人就根本無法顧及彼此，因此我們覺得，直接分手會讓兩人的時間壓力都小一點。我們的貓歸他。

言而總之，現在我終於見識到網路約會的樂趣了！男人不會給妳任何承諾，每次做愛都像在拍色情片，而我的手機裡存滿了WhatsApp上各界人士傳來毛都剃乾淨的雞雞，根本沒空間再放其他東西。現在整個彭奇就是我的慾望城市，而我就是女主角凱莉！

（請務必參閱我在www.theadventuresofandrea.org發表的性愛冒險記。《哈芬登郵報》的評語是：「狗急跳牆，但有趣」。）

健康方面，我的疑病持續在焦慮之中成長茁壯，單是過去這年，我就自我診斷出五種癌症、三種性傳染病和四種精神疾病。自從讀了關於萊姆病的文章之後，我也不在草地或樹林裡走路了（我還是覺得我有萊姆病，你們覺得呢）。

我的Uber評價掉到了三點五顆星，這點也相當令人非常挫敗。不過，我仍希望能在新的一年裡，以重新來過的樂觀態度，欣然迎擊這項挑戰。

我的社群媒體經營狀況也非常高潮迭起。十一月時，我的Twitter帳號終於達到兩千人追蹤，完成了當初訂的預期目標（大家應該都還記得我在去年的公開信上把這列為新年的主要目標）。更令人興奮的是，我有四張Instagram相片的按讚數不到七個人，但我忍住沒有立刻要求諮商師進行緊急線上諮商。所以囉，還是有進步的啦！

我今年的目標包括停掉抗憂鬱的藥、不要再透支，還有找到適合我膚色的完美腮紅霜。人生是一段變幻莫測的旅程，請各位祝我下段航程一帆風順吧。

這就我今年的心得——謹祝各位聖誕非常快樂，愉悅過新年！

愛你們的安卓雅

List

每週購物清單

- □廁所衛生紙捲
- □新的內褲
- □報紙
- □想要讀完整份報紙的欲望
- □咖啡膠囊
- □馬麥醬
- □蘋果
- □沒有小甜甜布蘭妮香水味道的衛生棉
- □時間管理技巧
- □小狗（臘腸犬，迷你的那種）
- □濃得跟啤酒一樣但有加牛奶的約克夏紅茶
- □計時器比較能夠信任的烤麵包機

□會和我一起看《鄉村檔案》[61]的室友
□專門只載我的私人司機
□垃圾袋
□小狗（諾福克㹴，毛很軟的那種）
□賈維斯・卡克[62]
□吃不完的切達起司
□可以把《歡樂單身派對》[63]每一集都看三遍的時間
□私人電影院
□好一點的文法能力
□厚一點的臉皮
□更懂得拒絕的能力
□二十雙沒破洞的絲襪
□牛奶

佛蘿倫絲

第一次見到佛蘿倫絲時，她六歲，我剛進入青春期。那天法莉打開大門，看到妹妹站在門前階梯上搖擺著身體，小小的頭上頂著好神拖一般的髮型。

「佛蘿倫絲！」法莉尖叫。「妳的頭髮怎麼變這樣?!」

佛蘿倫絲調皮地笑了。

「爸，你怎麼會讓她做這種事！」法莉用著青春期的聲音大吼，她爸理查站在車子邊。「她看起來跟男生一樣！」此時佛蘿倫絲還在炫耀她的牙齒。

「她自己求著說要這樣剪啊，親愛的，我能怎麼辦？」理查聳聳肩。

我馬上就喜歡上她了。

佛蘿倫絲和我變得熟識，是在她要進入青春期的時候。她跟我一樣，也一直覺得自

---

61 一九八八年開播的電視節目《Countryfile》，每週討論英國農村、農業狀況和各種環境問題。

62 Jarvis Cocker，另類搖滾樂團「果漿」（Pulp）的主唱兼吉他手。

63 美國國家廣播公司在九〇年代的情境喜劇《Seinfeld》。

己準備好當大人了。她想要屬於自己的身分和自主權。因為討厭同年齡的人，於是逃進書、電影和音樂裡，非常著迷。喜歡上新作者時，她總是要挖出對方寫過的所有作品；面對喜歡的導演，也要一部接一部把對方所有的電影看完。她跟我一樣覺得在純女校裡度過青春期極為艱難，而我總不斷向她保證，這段過完，她就會迎來人生中最棒的時光：無論有多困難或多無聊，能夠身為大人都是世界上最棒的事。

「大家不是都說當學生的日子是一輩子最棒的時光嗎？」某個週末午後，我們躺在她家花園裡晒太陽時，我對她這麼說。

「怎樣？」她說。

「那都是屁話。」

「真的嗎？」她一邊說一邊摸著我的手臂——青春期後半，她比較常跟法莉還有我混在一起，這是她的習慣動作。

「對，那是我這輩子聽過最屁的屁話。小佛，學校生涯是人生中最糟糕的日子，所有好事都會在妳離開學校之後開始。」

「謝了，艾德馬斯頓[64]。」她說。艾德馬斯頓是我在她們家的外號——每個走進她們家大門的人都會得到一個外號。

不過佛蘿倫絲完全不必擔心青春期，這時期的她令人讚嘆，是個比以前的我要好上許多的少女。我跟大部分青少年一樣，想的都是自己，但佛蘿倫絲的眼界寬廣，而且充滿同理心，以她的年紀以及過往相當受到保護的生活來看，其實非常不容易。小佛充滿創意、憤怒、好奇心與熱情。她在部落格寫電影，仔細剖析美國獨立電影，並對現代好萊塢的表現感到哀嘆。她每天日記、寫了半本小說，還是學校戲劇演出的編劇兼導演。她在沉悶安靜的學校集會上，對LGBT議題發表演講。她熱中參與各種遊行。有一次她還帶著兩個朋友和攝影機來康登，想要借我的住處拍攝短片，希望喚起大眾對家暴的關心。

聚餐聊天時的她也非常有破壞性，又同時討喜而精彩。幾乎每次和法莉家人吃飯，都能看到佛蘿倫絲在激烈討論中對著某人大喊「這就是仇女！」的畫面。有次我印象非常深刻，她在晚餐聚會上對史考特展開猛烈攻擊，因為他竟膽敢對魏斯・安德森（Wes Anderson）電影的藝術性提出質疑，說他的作品只是純粹的美感體驗。這激起小佛滔滔激昂地發表長篇雄辯，點出史考特錯在哪裡，然後又怒氣沖沖地離開餐桌，跑去拿了一本討論電影的大部頭硬皮書，砰地一聲砸在桌上。

64 Aldermaston 是英國中南部一處鄉村的地名，跟作者的姓氏艾德頓（Alderton）相似，不過兩者沒有關聯，純粹是外號而已。

佛蘿倫絲在高中畢業那年夏天被診斷出白血病。她好不容易抵達青春期的終點線，站在開啟人生的關口上，卻得知自己得了癌症。不過，照醫師判斷，雖然治療過程和後續回復會非常辛苦，前景仍頗為樂觀，因此她面對病情的態度也極為正面。她直接住進京斯頓醫院接受化療，和護士還有清潔人員成了好朋友，她會把病床升到自己可以忍受的最高位置，好和他們說話、給他們建議。她被告知以後無法生育，周遭的人都對這件事感到痛心，但她卻以一貫的優雅和幽默回應，說反正這個世界早已人口過剩。

她開始寫部落格記錄自己的抗癌旅程，風格有趣、真誠，吸引了數千位讀者。她自拍剃光頭髮的照片、錄下繞著床跳舞的影片，支持者的電子郵件和紙本信件如雪淹沒了她。我為她感到驕傲，我會定期傳訊息給她，告訴她「妳才十九歲文筆就這麼好實在沒有道理」。

她在其中一篇文章中寫道：

那天晚上（八月八號，她確診那天）我聽到最糟糕的消息，其實不是確診這件事，而是它的下一句，「我們希望妳在這裡住一晚」，我完全措手不及。醫生接著說：「明天早上，血液檢驗的醫師會幫妳抽骨髓。」我這時便意識到有事情不對勁，因爲他們不會平白無故做這種檢查。

晚上，檢驗師在下班回家之前，特地到病房來看我並自我介紹。我其實只想有個答案，所以就直接（指著自己長了腫塊的脖子）問他，「你覺得是什麼病？」他嘆了一口氣，坦誠回答：「一半機率是癌症。」

聽到癌症這個字等於聽到死期，未來所有美好的可能性都會立刻萎縮到不復存在，然後眼淚會掉下來。所以我哭了。檢驗師是個好人，但顯然不懂得怎麼應對其他人的情緒。他拍著我的背，說著「我不是故意來惹妳哭的」之類的話，想以此安慰我。呃，如果你告訴某個人她有可能得癌症，你覺得她會有什麼反應？跳起來大喊「耶！我的生活變得更好了呢！」這樣嗎？不是吧？當然會覺得難過啊。所以我很難過，所以我很生氣，所以我很擔心爸媽，他們掉的眼淚和我一樣多。

我記得我那時說，「我還沒準備要死，我根本還沒活過，」然後又說，「我也還沒和人上過床耶！太不公平了吧。」

但我終究過了那個階段。現在的我比較像是，「等這次癌症好了，我要征服這個世界，成爲所有人認識最棒的那個人」。我說嘛，還有誰能拒絕我呢？我連癌症都能打敗，其他事都很簡單。

我傳訊息告訴她我很喜歡這篇文章，向她保證，等這件事過去，她絕對可以和人上床。

「我們一起去獵豔。」她回我。「我保證幫妳找個天菜帥哥。」

她在醫院裡慶祝十九歲生日，護士們幫她做了布條，掛在她病房外面。她得知自己錄取約克大學電影學系，他們說她可以延後入學一年，等完全康復了再去讀。她做完最後一輪化療後回家，還做了巧克力健力士黑啤蛋糕送給照顧她的護士們。

在這段期間，法莉縮小了自己的活動範圍，要不是在任教的小學，就是在醫院，或者和家人在一起。史考特陪著她做每件事，成了支撐住她和她家人的堅強支柱，我為此愛他。我們會定期傳訊息或打電話給對方，他會讓我知道法莉的情況——這件事讓我們更親近了。我最好的朋友找到了一個堅強且深愛她的伴侶，我對此感到非常幸運。

小佛從醫院回家後，持續寫著部落格。我們得到好消息，她和弟弟佛萊迪的骨髓配對成功，意味著他可以捐贈骨髓給她，只要她從化療後的狀態復原，就能在倫敦中心的醫院直接進行手術。但是突然之間，她的健康狀況開始惡化，於是早早又被送進醫院。一連串的問題接連出現，解決了一個，另一個又冒出來。她的腎臟失去作用，也無法說話，內臟開始衰竭。她被送進加護病房，裝上呼吸器。學校每天給了法莉一點休假時間，讓她可以和家人一起到醫院探病。

我剛離開做了三年的工作，成為全職作家，這代表我不必進公司，可以隨時搭公車去找法莉。在那個月裡，我們幾乎每天中午都相約午餐。我們總是去圖騰漢廳路那間Heal's家具店樓上的咖啡廳，每次都點同樣的東西，兩份凱薩沙拉和一盤薯條分著吃。她會告訴我小佛當天的情況，但那些消息似乎總沒有好轉的一天。每件事都那麼渺茫，懸在半空中，沒有人知道接下來情況會怎麼變化——骨髓移植手術的可能性看起來愈來愈遠了。我試圖用那些講過成千上萬次的陳腔濫調安撫她：她住在最好的醫院，獲得最好的照護，醫生都知道自己在做什麼。我知道法莉每天都會被各種專家丟出來的數據和科學理論淹沒，所以希望能盡一個無知友人的本分，成為她希望正能量的搖籃。但事實是，我根本不曉得自己當下在說什麼。

法莉每天都問我過得怎樣，希望有些正常的消息能分散注意力，讓她在下午進病房前，重新找回一點力量。我會告訴她自己那個星期在寫哪些文章，或是讓她看我在**Tinder**上遇到的男生。我拿到第一個專欄的那天，她請我喝了一杯普羅賽克氣泡酒，說她很高興能聽到一點值得慶祝的事。

某段時間，小佛的情況似乎有所進步，法莉說我可以去醫院看她。我嘴巴上說著「那太好了」，但心裡卻擔心自己沒辦法控制住情緒。進病房前消毒雙手時，我發現自己從來沒到醫院探過任何人的病。

「有人來看妳了。」法莉在我走進房裡時這麼說。小佛沒辦法說話，但對我露出微笑，我頓時放下心來，心中湧起對這個女孩的愛。我沒有妹妹，她是最接近妹妹的人。我站在床尾，喋喋不休地講話，希望能讓她稍微忘記自己的病；我告訴她《女孩我最大》出了新的一季，也和她分享我正在聽的新樂團，我覺得這兩個她都會很喜歡。法莉要我告訴小佛我正在寫的文章。當說到蘿倫和我正在製作的短片時，小佛又笑了一次，我說：「妳一定要找時間幫我修過那份劇本。」十五分鐘後，我對這個令人驚嘆、美麗、彷佛雷雨風暴一般的女孩告別，我知道，這會是我見她的最後一面。

「我覺得自己正眼睜睜地看她溜走。」在我到訪醫院後不久的某天中午，法莉在吃飯時跟我這麼說。「我可以感覺得到，我知道事情正在發生。」

「妳沒辦法確定。」我說。「就算病情曾經變得非常危急，他們最終都還是能恢復健康，這種案例其實很多。」但是，在親眼看到小佛的病況，又聽到其他人說那已經是她狀態最好的一天時，我可以了解為什麼法莉會這麼想。讓她把這些情緒發洩出來，也是我該做的。

隔週，某天中午剛過，我在廚房餐桌寫稿時接到法莉電話。

「她走了。」她抽噎著喘氣。「她死了。」

和佛蘿倫絲道別的那天，我從來沒在喪禮上看過這麼多人。我們的朋友都參加了告別式，還有小佛學校的老師和女孩們、她的家人、她在旅行時認識的朋友；這麼多年來，被她的溫暖、風趣、智慧和善良感動的人，不計其數。參與的人數眾多，以致許多人必須站在火葬場外，從螢幕觀禮。我知道這件事的時候對天空笑了一下，希望她聽到時也會覺得開心，知道自己被多少的愛包圍。佛萊迪念了悼詞，主持儀式的猶太拉比從小看她長大，讚揚她的魅力和勇氣。她最好的朋友念了佛蘿倫絲在她的畢業記念冊上寫的一段話，那段文字令人屏息。「生活有時看似困難，其實就是呼吸而已。」

她說。「用憤怒撕裂心防，用謙卑摧毀自負。成為妳希望自己可以成為的人，而不是妳覺得自己註定要變成的樣子。讓自己跟隨感覺奔跑。妳之所以成為現在的模樣，是為了讓其他人能夠愛妳，就讓他們愛。」

在喪禮結束到七日守喪期開始之前——守喪期是猶太信仰中在家進行的哀悼儀式——所有的女孩們都來到我家。我們在艾文店裡買了幾瓶葡萄酒，我炒了一大盤蛋，茵蒂亞則不斷重複烤著吐司。我們說著佛蘿倫絲的各種事蹟，那些關於她，所有好笑、燦爛、無法無天的片刻。我們哭，我們笑，我們舉杯記念有她的每一段回憶。

參加守喪的人和喪禮上一樣多，把佛蘿倫絲家擠滿。我們全都站在廚房，拉比說了禱詞，又提起佛蘿倫絲以前的事。法莉讀了一首詩，我看著她對著麥克風念出詩句，她比我認得的又嬌小許多。她的聲音在某一行停下，開始哭泣，她把手中的詩還給拉比，拉比接著繼續念完。我看著擁擠廚房另一端的法莉，她彷彿一隻猛然被捏成碎片的瘦小的鳥，所有骨頭和話語都崩塌了，令我只想衝過去抱著她。那是我人生中最糟糕的一刻。

人們在她家待到晚上。小佛學校的朋友們都在她房間裡，坐在她的書和衣服之間。我身懷任務，負責讓大家填寫弔唁冊。茵蒂亞、AJ和蕾西用塑膠杯喝著甜雪莉酒，勞菈阿姨不斷替她們斟滿。法莉任教小學的同事們，包括校長在內，都來弔唁。夜晚過半，守喪的家族依據猶太傳統坐在矮椅上排成一排，接受其他前來哀悼的人的長壽祝福。

我走到法莉面前，蹲到和她同高的位置，擁抱她。

「我真的很愛妳。」我說。「祝妳未來的人生長壽而幸福。」

「謝謝。」她雙手在我背後緊抱著。「妳有看到我學校那些老師嗎？」

「有，他們人都很好。我剛才在和你們副校長聊天。」

「妳覺得她人怎樣？」

「不錯啊。聊得很高興，她人很好。」

「那就好。」她露出微笑。「妳們聊了什麼？」

「我要她在妳回去工作之後多照顧妳。」我說。「我要她確定妳需要幫忙的時候一定有人在。」

「我沒事的，阿朵。」她棕色的大眼睛盈滿淚水，直到其中一滴逃離睫毛的掌控，溜下頰邊。「只是得習慣沒有她的日子。」

接下來幾天我都待在法莉家。沒說太多話，但我泡了茶，然後我們幫她繼母安妮完成家裡任何需要完成的事。佛蘿倫絲走後，有個《每日電訊報》的記者發現了她的部落格，便和她的家人取得聯繫，希望能在報上刊出部落格的節錄內容，並寫一篇關於她的報導。他們同意了，因為知道她也會同意。那篇報導刊出後，有更多人聯繫安妮和理查，為他們失去這樣充滿活力的摯愛表達哀悼。

「寄信。」某天早上，安妮正坐在桌邊讀人們寄來的哀悼卡片和信，她看著看著突然這麼說：「以前聽到有人遇到什麼不好的事，我都擔心寫信給他們會是種打擾。但其實這麼做永遠不會是打擾，反而是幫助。如果要說這件事教了我們什麼，那就是記得，把信寄出去就對了。」

那天下午，我們所有人一起去遛狗，法莉和我並肩走著。我們戴著同樣的毛帽，帽頂有顆毛球。前幾天我們去基尤（Kew）購物中心幫她葬禮上要穿的鞋買鞋墊，就順便買了這兩頂帽子。一整週的緊密相處、同款的帽子，加上走在我們身後的大人，在那個當下，真的彷彿我們又回到當年的少女時代。只不過這一次，我們討論的已經不是MSN上的男孩們。十五年來，我們走在彼此身旁，從中學教室走到大學課堂，再走上我們在倫敦第一個家附近的街道，在不知不覺中，我們已不再假裝自己是大人，而是在無意間成為了真的大人。

「她曾經對我說，她永遠不想被忘記。現在要我自己繼續生活，我覺得好愧疚。」她說。

「她說的時候還不知道自己就要死了。」我仔細想著。「我知道她絕對不會想要看妳一輩子為她離開感到難過。」

「應該吧。」

「妳可以找到一個方法讓她繼續待在妳身邊，不必把生活停下來，妳可以和她一起活著。」

「她不在了，一切都感覺很奇怪。」

「這會是新的日常。」我說。「別擔心，她以前那種瘋癲的樣子已經確保你們不會忘記她了。」

「這倒是。」她說。

「妳得活下去，也沒別的選擇了，不繼續往前走就等著被擊敗。」

我們繼續沿著河走。氣溫冷冽、陽光耀眼，彷彿是玻璃雪球中沒人搖動的白日，靜止、潔淨。在奇謝克（Chiswick），我們經過一整排有著鮮豔大門的鄉村小屋，刷白的酒館迎著涼意、帶有水氣的微風。除去乘載倫敦地鐵列車的那些橋之外，我們就彷彿身處某座海邊小村。

「安娣和戴卡就住在那邊。」她指著那排房子。「其中一棟。」

「才不是。」

「是啦，我保證。」

「才不是，妳只是看它們的大門都小小的才這樣說。」

「我敢確定她們就住在這裡。」

「一起嗎？」

「沒有啦，不是一起，但就住在隔壁。」

我們繼續走。

「我不想住得離妳太遠。」我說。

「我也是。」

「我不在乎老的時候住在哪裡，只要在妳附近就好。」

「我也是。」

「就像現在，我就覺得我們兩個住得太遠了。我想要讓我們離彼此住的地方很近。我希望我們從現在開始就把這件事當成找房子的首要條件。」

「我也覺得。」她說。

我們沿著河岸前行，天上仍然溢滿十二月的陽光。

「這種天氣我都會想到妳，這是妳最喜歡的天氣。」我說

「對，冷冷地，但陽光很亮。」

「對，因為妳總是精神很好又活潑。我就比較喜歡陰暗潮溼，畢竟我自我放縱又神經質。」

「哈哈。」

「妳是啊。小時候我們還搞錯，以為妳是比較敏感的那一個，結果發現永遠會把事情搞糟的人其實是我。妳的適應能力比妳以為的強很多。」

「這我就不確定了。」她說。

「確定啦。妳很堅強，如果是我的話就沒辦法應付了。」

「妳怎麼知道？在事情真的發生以前，妳其實無法確定自己會有什麼反應。」我

們繼續並肩漫步，看著陽光在河面閃耀。「她走之後，我每天都像這樣。」

「她沒有離開，」我說。「她還和我們在一起。從今以後，每當妳挺身面對任何不公義的事情，或是看著最愛的電影大笑，妳都會想起她。她會在的。」

我們走過基尤橋，安妮和她妹妹還在我們身後視線可及之處，狗像保鑣一般快步跟在她們身邊，愉悅地左右快速搖著尾巴。

「妳想要火葬嗎？」她問。

「對。」我說。「而且我想要被撒在得文，撒在莫蒂肯海灘上[65]。」

「我也想要火葬。」她說。「但要撒在小佛的骨灰撒的地方，在康瓦耳。但是沒和妳待在一起有點奇怪。」

「噢，沒關係的，反正那之後不管去哪裡也都會一起，到時候要找一下就好了。」

「一定。」

「妳會覺得我自己待在海灘上太孤僻嗎？還是要在漢普斯特德荒野公園[66]？整個倫敦我最喜歡那裡，小時候我媽和我爸會帶我去那邊玩。」

「噢不要，絕對不要，妳會被踩來踩去。」

「嗯，妳說得對。而且有點太假了，太理所當然。」

「所以我才覺得撒在海裡不錯。」她語帶焦慮。「雖然我會怕鯊魚。」

「但妳已經死了。」

「噢對耶。」

「重點就在這裡，鯊魚再怎樣妳也不會受影響，反正回不了頭了。」

「好，就決定在海裡吧。」

我們在明媚的陽光中走路回家。我為此感到感激，感激佛蘿倫絲曾經活過，教導我那麼多事，感激在我踏上基尤橋時，灑落橋上的陽光。在那個當下，我了解到生命可以多簡單，就是呼吸而已。我為此心懷感謝。同時也感謝我能體會到和自己愛的人並肩行進，而對方也同樣愛妳，是什麼感覺。如此深刻，如此猛烈，如此不可置信。

---

65 Mothecombe Beach，位於得文郡的西南方，跟作者的大學同一個郡。

66 Hampstead Heath，倫敦著名的古老大型公園之一，以荒涼的地景和植被得名。

食譜：炒蛋（兩人份）

妳只需要奶油、蛋和麵包。炒蛋不需要牛奶或鮮奶油。保持簡單就好，難過的時候要煮要吃都很容易。

材料

- 兩小塊加鹽奶油
- 四顆蛋（想豪華一點的話就再加一顆蛋黃），用叉子稍微攪拌均勻
- 鹽和胡椒適量

作法

1. 在寬口醬汁鍋裡，低溫慢慢融化其中一塊奶油。
2. 把蛋汁倒進鍋中。
3. 用木匙持續緩慢地推動蛋液。
4. 在炒蛋還沒到達理想狀態，還有一點溼的時候離火。
5. 調味，並拌入另一塊奶油。

我室友茵蒂亞讓我假扮成她本人並從她手機傳出去的訊息（我也不懂為什麼她會同意）

▼跟山姆的訊息紀錄，她的前同事

茵蒂亞 20:47
山姆，早安！最近過得如何啊？我有個問題想問，但有點莫名其妙，你現在住在倫敦的哪一區？

山姆 20:48
里奇蒙[67]。為什麼這樣問？妳要搬來南邊噢？

茵蒂亞 20:50
很可惜，沒有，還是住在海蓋特[68]。只是我們現在倒垃圾遇到問題。這邊兩個星期才收一次一般垃圾，可是我們的量積得有點快。我可以把我們家兩個垃圾桶帶去你

67 Richmond，位於倫敦西南方向。
68 Highgate，位於倫敦西北方向。

家丟嗎？兩個星期去一次。不用擔心，我會自己把桶子放好，然後隔天再自己帶回來[69]。

山姆 20:51

呃……什麼意思？

妳是想每兩個星期就跑到十五英里外的地方倒垃圾嗎？

幹嘛不丟在別的地方就好了？

茵蒂亞 20:51

因為我想確定它們會被好好處理。

山姆 20:52

妳說垃圾桶嗎？

茵蒂亞 20:52

對。

不會麻煩你的，我會悄悄地來悄悄地去。

山姆 20:53

好了，夠了喔。

茵蒂亞 20:53

沒關係啦，沒關係，我傳訊息問另一個住在派克漢萊的朋友好了。

山姆 20:54
妳們家十英里以內都找不到地方倒垃圾了嗎？
有點誇張吧。
怎麼不去問住在康登那個？
至少感覺合理一點。

茵蒂亞 20:56
重點是要在不同的區啦，山姆，北倫敦真的不適合我。我必須在倫敦找一個完全不同的區。

▼隔天

茵蒂亞 21:00
嘿嘿，你好嗎？

69 英國的垃圾清運方式是固定時間收取，垃圾車不會每天收。收垃圾的前一天，各家庭需將垃圾桶拉至屋外街邊放好，隨車的清潔工會將垃圾倒進車內，再由屋主將垃圾桶收回。

山姆 21:01
我的天啊。
還在倒垃圾嗎？鐵鋁罐昨天就收過了喔。
茵蒂亞 21:01
不許你說這種垃圾話！
山姆 21:02
哈哈哈哈，有好笑。
茵蒂亞 21:02
說真的，可不可以從下星期開始？
山姆 21:03
我的天啊，妳認真的嗎？
茵蒂亞 21:03
我們這邊星期二收垃圾，我星期一坐地鐵帶過去給你可以嗎？拜託拜託。
山姆 21:05
妳真的沒喝醉嗎，茵蒂亞，我住在巴恩斯[70]這邊耶。
茵蒂亞 21:05
那垃圾桶怎麼辦？

山姆 21:06

妳過來要超過一個小時。

茵蒂亞 21:06

你說得對，這樣搭地鐵太遠了。

山姆 21:07

我們這邊根本不在地鐵範圍。

茵蒂亞 21:07

那我叫大臺的計程車載過去。

山姆 21:08

好了，停，我不要幫妳丟垃圾。

茵蒂亞 21:09

嗯，好。我有點不知道該怎麼辦，但我可以理解，這對你來說本來就滿麻煩的。

山姆 21:09

妳為什麼不隨便找地方丟就好了？

---

70 Barnes，里奇蒙區地名。

妳裡面是有私人文件嗎？根本不會有人發現啦。

茵蒂亞 21:10

應該吧。

我只是覺得帶到巴恩斯丟會比較實際。

山姆 21:10

並沒有，超荒謬的。

茵蒂亞 21:11

你應該也不想那麼麻煩，我懂。

不想要我這樣一直來來去去的。

山姆 21:11

我不想變成垃圾桶集中站，絕對不要。這有夠詭異。

但如果妳哪天想來巴恩斯喝一杯的話，那絕對歡迎。

總之不要把垃圾桶拖來。

▼跟肖恩的訊息紀錄，大學時認識的人，不熟

茵蒂亞 19:21

嗨，我感覺你滿懂得創業投資的，對吧？

肖恩 19:22

請問妳是？

茵蒂亞 19:22

你榮譽商管碩士班的同學。

肖恩 19:53

有事嗎？

茵蒂亞 19:54

我在市場上找到不錯的進場點（而且點滿大的），打算賣有多種顏色的迷你小冰箱。我已經寫好營運計畫了，就缺一個純出資的合夥人。你有興趣嗎？

▼跟查克的訊息紀錄，大學的朋友

茵蒂亞 18:53

可以幫我一個忙嗎？

查克 18:54

當然啊，美女。

茵蒂亞 18:54

這星期工作上要開一個會，可以跟你借長褲嗎？

查克 18:54

哈哈，可以啊。

哪種長褲？為什麼是跟我借？

茵蒂亞 18:55

因為發現你穿的都很好看。

而且我沒預算再買新的了。

而且這場會滿重要的，要見客戶。

查克 18:55

但妳穿我的會太長。

茵蒂亞 18:55

不覺得耶，會嗎？

查克 18:55

阿茵，妳好怪。妳多高？

茵蒂亞 18:56

五呎二吋。

查克 18:57

我五呎十一耶。

茵蒂亞 18:57
我可以捲起來。
不用擔心那個啦，褲子帶來就對了。

▼跟保羅的訊息紀錄，某個茵蒂亞曾經親熱過的男子

茵蒂亞 19:02
嗨，最近好嗎？

保羅 19:16
不錯啊！妳呢？

茵蒂亞 19:18
好久不見，有件事想問你。我正在籌組舞蹈表演團體，主要是傳統的愛爾蘭舞，但是不用擔心，我們的改編會比較有現代風格。總之呢，學會之後就會很多婚禮搶著請我們去表演，可以賺不少，想問問你有沒有興趣分一杯羹？學舞步不用花多少時間，坦白說，我們很需要有比較高的男生撐住場面。你想想後告訴我。

保羅 19:56
嗨，哇，非常謝謝妳想到我。
雖然聽起來很有趣，但我今年滿忙的，應該沒辦法參加。

抱歉。

有拍照的話傳給我看。

保重啦，改天見，愛妳。

茵蒂亞 19:58

那你要來分一杯人家的羹嗎？

三月二十三日

艾蜜莉二十八年來認識的所有女人，妳們好！

希望大家一切都好，都跟我一樣對下個週末的單身派對感到非常興奮。我們希望能讓各位先了解當天的行程安排，讓整場活動進行得更順利。

星期六的行程大約從早上八點就會開始。請大家直接前往倫敦塔，參加都鐸時期烹飪課程，當天的食譜是填鑲烤鹿肉佐燉梨。九點吃早餐，菜單內容是烹飪課的成品，並搭配一大杯蜂蜜酒。

十點，我們將前往北邊的肯迪許鎮運動中心，比一場假屌足球賽。規則很簡單，所有人分成兩隊進行友誼賽，但每個人身上都要穿著穿戴式的大黑屌。（另外還有一件事，請回想一下妳跟艾蜜莉過往的相處，用一句話寫下妳們兩個之間最好的回憶，我們會把每個人的那句話用立可白寫在艾蜜莉的假屌上，讓她永遠珍藏——如果妳還沒交的話，拜託趕快寫。）

準十二點整，請各位換上第一套變裝（主題是「迪斯可舞廳裡的基南和爾[71]」），

71 九〇年代美國情境喜劇《Kenan & Kel》的兩個主角，是兩個常常做出各種荒唐行徑的黑人青少年。

我們將從運動中心往康登移動，目的地是艾蜜莉最喜歡的酒吧「麻雀與猿」（她在十年前曾經去過兩次）。

十二點半午餐，我們準備了一份美味的中東開胃菜拼盤讓大家分著吃，另外每個人還會拿到一份炸豆球、三顆橄欖、半塊麵餅和一杯普羅賽克氣泡酒（皆已包含在妳之前轉帳的費用裡面）。如果不喝普羅賽克或任何含氣泡的葡萄酒類，建議妳自行準備當天所有的酒精性飲料。

午餐過後，下午兩點，我們會玩遊戲，遊戲名稱為「我們到底有多熟？」，應該會非常有趣。到時候請所有人坐成一圈，然後我們會向艾蜜莉提問，她必須針對提問，講出所有人的答案。如果她對妳答錯超過一題，就要請妳直接離開當天的單身派對，自己想辦法回家（舉例來說，第一輪時我們會問她我們各自的工作，第二輪時我們會問她每個人的中間名，以此類推）。這項遊戲除了可以讓當天的氣氛刺激一點之外，我們也需要把人數從三十五降到三十個人，因為晚餐最多就只能這麼多人，我們覺得這是唯一公平的方式。

下午三點，感謝伴娘琳達居中牽線，讓我們有榮幸得到藝術巧克力坊「糖與奶霜」的贊助，得以品嘗使用多名男性菊花翻模製成的巧克力作品。艾蜜莉要負責猜出哪一朵菊花是她的未婚夫。

下午四點，是時候換上第二套變裝了！主題是「我最喜歡的艾蜜莉」。過去幾週，我收到許多人來信，大家都很煩惱該扮成哪個階段的艾蜜莉。其實大家壓力不用太大，這都是好玩而已，不用想太多啦！加入袋棍球隊的艾蜜莉、壯遊年的艾蜜莉或是失業肥的艾蜜莉都是很好的選擇！不過，有人在信中提到修道院時期的艾蜜莉，這是我們唯一覺得不是那麼適當的主題——請記得，當天的活動都會有媽媽輩、奶奶輩的長輩參加。

下午五點，我們要趕在大家喝到斷片之前，把所有人一起協力完成的棉條誓約之樹送給艾蜜莉。希望大家都有收到之前寄出的信，裡頭提到希望大家把一條用過的棉條留下來，裝在信封裡當天帶來。我們會把大家的棉條裝飾在一棵無花果樹上送給艾蜜莉，象徵我們永遠會因為同為女人和彼此的友誼而團結一心。這對艾蜜莉來說會是非常特別的一刻。

晚上六點，我們會叫好Uber，歡送所有的媽媽和奶奶。

六點半，出發前往斯克托威爾的「肋排圍兜」餐廳。

七點十五，抵達餐廳並立刻換上派對戰服（記得一定要穿高跟鞋！請各位為艾蜜莉端出自己最妖嬌的打扮）。

晚上七點半，開胃菜。

八點半，裸體版藍人樂團會為我們帶來非常特別的驚喜演出。艾蜜莉之前堅決表示不要請那種令人尷尬的脫衣舞男，所以我們改成這種形式，應該是彼此各退一步後令人滿意的妥協（請伴娘團記得幫艾蜜莉帶替換衣物，到時候她應該會被潑滿藍色油漆）。

晚上九點，主菜上桌。

十點，甜點和手工女帽快閃課程。世界知名的製帽師蛋白霜夫人將親臨現場，教導大家如何用吃剩的甜點做出拋棄式頭飾。為了讓各位有點概念，**妳可以按一下這裡**，看她用香蕉太妃糖派做出貝雷帽的教學影片，真的非常神奇。

晚上十一點，我們會以步行方式前往沃克斯的夜店「流體」，我們已經訂了一張椅子（因為桌子都被訂走了）。

凌晨四點，夜店打烊。

整天的行程就結束囉！

最後要說的是，艾蜜莉希望我們向大家說明，收到單身派對的邀請函不代表一定會收到婚禮喜帖。婚禮的規模相對迷你，沒辦法邀請所有人，但她還是希望各位能參加單身派對，一起慶祝她身為未婚女子的最後一天。

如果當天有人向艾蜜莉提到婚禮或者試圖拿到婚禮喜帖，將會立刻被逐出單身派對。單身派對的目的是讓艾蜜莉放鬆好好玩，不應該跟婚禮籌備有任何關聯。

感謝各位繳交三百七十八點二三英鎊的派對費用，這筆費用會涵蓋當天所有支出，但不包括交通、晚餐主菜、餐廳酒水和夜店的酒錢。

以下幾位女孩們，妳們的錢還沒交：

艾蜜莉・貝可

珍妮佛・湯瑪斯

莎拉・卡麥可

夏綠蒂・佛斯特

如果到今天晚上十一點這幾位都還沒轉帳的話，那很抱歉，她們就沒辦法參加了，而其他人將必須分攤她們的費用。

讓我們好好玩一場吧！

伴娘團敬上

我的心理醫生說

「妳為什麼會來這裡？」

為什麼我會來這裡？我從來不覺得自己會出現在這種地方。那個小房間位於牛津圓環（Oxford Circus）後面，有著奶油色地毯和酒紅沙發，隨時瀰漫著古怪分子的香水味，除此之外沒有任何其他味道。不管我進門時多用力去聞，沒有午餐的食物、沒有冷掉的咖啡，也沒有任何這個房間以外任何生命體的味道，只有那個女人的香水味。從那之後，只要在派對上聞到某個女人也用同款香水，就會讓我的心瞬間下沉，立刻想起某個星期五的下午一點。我付了鐘點費才能坐在那個房間裡。那是生活中一段與外界隔離的真空狀態，除了兩個人之間的對話之外，什麼都不存在。那是屬於評論員的小房間，賽後分析時的電視臺攝影棚，那是放映時間緊貼著熱門檔的比較冷門的談話節目，那是《舞動奇蹟》和《花樣冰舞》[72]。每當我即將做出錯誤決定時，總會想起那個房間，例如在夜店的廁所裡，或是和某個男人坐在計程車後座時。那是一個保證我的人生將在其中轉變的房間。

以前的我總答應自己，永遠不要進到那樣的房間裡。但當時除了那裡，我不知道還能去什麼地方，已經沒有別的選項了。那年我二十七歲，感覺就要被狂風般的焦慮吹倒。我剛開始獨立接案三個月，幾乎每天都獨自陷在自己的思緒裡。我沒辦法關心家人和朋友，總是臨界哭泣的邊緣，卻又無法向任何人訴說。我每天早上醒來，都不曉得自己身在何處，或搞不清楚發生了什麼事；當我每天早上重新面對人生，都彷彿覺得腦袋受到重擊，即便前一天已經睡了一整晚，也還是頭昏眼花。

我會出現在那個房間是因為不得不，是因為我已不斷推遲這件事發生的時間。我總說自己沒錢沒空，總覺得做這種事又傻又驕縱。某次我告訴朋友，我覺得自己隨時都會崩潰，她給了我一個女人的電話號碼，要我打去，而我所有的藉口都用完了。

「因為我覺得自己要崩潰了，要死掉了。」我給出答案。而那個女人——埃莉諾——從眼鏡後方仔細地凝視我，然後把視線拉回手中紙上，振筆疾書。她有著七〇年代飄逸的旁分深色長瀏海、棕色貓眼和高挺的鼻梁。那時的她應該已經四十出頭，長得像年輕時的蘿倫・赫頓（Lauren Hutton）。我注意到，她的雙臂結實、黝黑、優雅。她大概只覺得我是個愛哭鬼，是個體型魁梧的臃腫廢物，是那種擁有得太多的小女孩，即使揮霍自己辛苦賺來的錢也毫不在乎，只要每個星期有一小時可以滔滔不絕

72《Strictly: It Takes Two》和《Dancing on Ice: Defrosted》分別是兩個英國舞蹈類的實境電視節目，前者是社交舞和拉丁舞，後者是花式溜冰。

地講關於自己的事就沒關係。像我這樣的女人，她大老遠一瞥就能分辨出來。

「我連家裡的窗戶，都打不開，也關不起來，要找人幫忙。」我繼續說著，語句斷斷續續，有時停下來，忍住眼淚。我可以感覺到淚水正在眼球後方的牆面上推擠著，像推擠堤防的洪水。「有時候，如果房間裡的窗戶是開的，我就沒辦法進房間，因為我怕會掉出去。看到火車從隧道開進車站的時候，我的背一定得貼著牆，因為我會看到自己掉到火車前面，死掉的樣子。每次眨眼，我都會看到那個畫面，然後那個畫面會一整晚在我腦中重複播放，讓我沒辦法睡覺。」

「好。」她回答。說話時帶著澳洲口音。「這樣多久了？」

「過去六個月變得非常嚴重，」我說。「但斷斷續續加起來有十年了。如果我很焦慮，酗酒的問題就會變嚴重，也會更常想到死亡，但是喝酒能有的幫助也愈來愈低。」

我向她說明自己歷年來反反覆覆的情緒動盪。我告訴她，我的體重不斷變動彷彿不曾固定的雲——事實上，我可以看著自己二〇〇九年以來的每一張照片，說出自己拍照時有幾磅重。我告訴她，我對酒精的痴迷從青春期以後就未曾減退。在我這個年紀，大部分的人都已經學會什麼時候該停止，但我只有一股無法遏制的渴。人們會記得我，是因為我破紀錄的狂飲速度。我告訴她多年來有多少夜晚在我記憶中如黑洞一般毫無內容，我愈來愈羞愧，愈來愈痛苦，因為那些失去的時間，因為那個足跡遍布整個倫敦而我卻完全無法辨認的瘋女人；我應該要為她的行為負責，但我完全不記得自己做的那些事，也不認得那樣的自己。

我告訴埃莉諾，我無法對關係給出任何承諾，我沉迷於男人的注意力，同時又害怕與人太過靠近。朋友們一個一個消失在穩定的長期伴侶關係之中，彷彿在灼熱的天氣裡依序沉入涼爽的泳池裡，讓一旁觀看的我感到非常痛苦。我告訴她，我交往過的每任男友都曾問我為什麼做不到，我告訴她我很害怕，也許我天生就無法與人建立正常的感情關係。

我們會討論為什麼我對待自己總像對待吃到最後一匙的馬麥醬，光想著要把自己盡可能地抹到吐司的各個邊角，把自己分散到盡可能多人身上。我告訴她我會在其他人開口之前，就先付出自己所有的能量；這麼做可以讓我掌握別人對我的想法，但事實上，這只讓我覺得愈來愈像在詐欺。我告訴她，我常幻想別人會在我背後怎麼說我，裡頭包含各種連我自己也認同的侮辱。我告訴她，為了獲得別人的認可，我會做出哪些事：我會把身上所有的錢都拿去請素昧平生的陌生人喝上好幾輪酒，搞到最後連自己下週的房租都付不出來；我會為了參加六場不同的生日派對（全都是幾乎不認識的點頭之交），強迫自己從星期六下午四點一路趕場趕到凌晨四點。這些舉動令我感到疲憊、沉重、沒有骨氣而且自惡。最可悲、最諷刺的是，我身邊圍繞著一群最棒的朋友，但我卻不敢向她們訴說這些事。害怕失去依賴的恐懼把我侵蝕得如此之深，深到我能在紐約認識的陌生人床上大哭落淚，卻沒辦法向我最好的朋友們求助。

「但這些事情在我的生活中完全看不出來。」我說。「我覺得自己來這裡很傻，因為自己的情況明明沒有那麼糟。我的朋友們人都很好，家人之間的感情也很好，我的工作也很順遂。從外表看來，沒有人知道我哪裡出了問題。但我就是覺得很糟，無時無刻都覺得很糟。」

「如果妳隨時都覺得自己一團糟，」她說。「那麼這些事就已經對妳的生活造成非常大的影響了。」

「大概吧。」

「妳覺得自己就要跌倒，是因為妳裂成幾百片不同的碎片，飄浮在空中。」她對我說。「妳整個人亂七八糟，心思四分五裂，沒有任何立足點，完全不曉得怎樣才能做自己。」我眼球後方的牆終於屈服，眼淚從胃袋最深最深的坑裡湧出。

「我覺得沒有東西能讓我安定下來。」我這樣告訴她。我的句子被截成許多段，彷彿邊打嗝邊說話，但其實是我哭到喘不過氣。灼熱的眼淚滑過我的雙頰，像肆意流淌的血。

「妳感覺不到自我意識，」她的語氣出現一種新的溫柔。「當然會這麼覺得。」所以這就是為什麼我會出現在這裡的原因，原來如此啊。我以為我對跌倒感到恐懼，但其實問題在於我不知道自己是誰。再加上，我之前總用其他事物去填補那陣空虛，而這個方式已經不管用了，只會讓我覺得離自己更疏遠。這陣壓倒性的焦慮在運送的路途上拖延已久，現在終於送達，穿過門上的收信口，降落在我腳邊。她的這項診斷令我訝異；我坐在那，覺得我的自我意識理應堅若磐石。我屬於自我意識的世代，這是我們的本質。我們從二〇〇六年開始不斷填寫各種「關於我」的欄位，我還以為自己是所有認識的人當中最有自覺、最自我的那一個。

「妳永遠不會曉得我對妳真正的想法。」她在我準備離開時這麼說，讓我知道她已經感覺到我在想什麼。「妳也許可以從我的行為舉止中，猜到我對妳是否有善意，但永遠也不會知道我對妳這個人真正的想法。妳必須放下這樣的念頭，諮商才可能有進展。」

一開始，我整個人還充滿著難受的偏執，但突然之間便完全釋懷了。她告訴我，不要再以玩笑尷尬遮掩，不要因為用完沙發旁的衛生紙而道歉。她告訴我，在這個房間裡，我不需要為了搏得她的歡心而辛苦地字斟句酌、調整手勢、調動出各種奇聞軼事。在這個房間裡，那個沒有自我意識、不懂自愛、沒有自尊的女人，那個不斷變形自己去取悅他人的糾結的焦慮，可以只要做自己就好。她告訴我，在牛津圓環後面這個有著奶油色地毯和酒紅沙發的房間裡，我可以放心地放鬆。

我離開她的辦公室，走五個半英里的路回家。我對於自己終於去了那個房間感到寬慰，但也同時因為接下來即將發生的事而感到無比沉重。我告訴自己，我可以在三個月內解決一切。

「她覺得我沒有自我意識。」那天晚上，我對茵蒂亞這麼說。她正在煮我們的晚餐。

「屁咧。」她氣憤地回答。「妳是我認識最有自我意識的人。」

「嗯，但不是那種意識。」我說。「這不是在說歐盟公投要投哪一方，或者喜歡怎麼煮馬鈴薯；她的意思是，我會把自己切成各種碎片，在面對不同的人時拿出來，而沒有完整的自己。我很煩躁，停不下來，一拿掉以前用來撐住自己的那些東西，就不曉得該怎麼辦。」

「我都不知道妳會這樣想。」

「我覺得我就要崩潰了。」我對她說。

「我不想要妳這麼難過。」茵蒂亞抱著我這麼說。她光腳站在廚房裡，煮義大利麵的水在爐頭上發出細微的沸騰聲。「如果去諮商會讓妳這麼難過的話，我寧可妳不要去。」

隔週五，我把茵蒂亞的話告訴埃莉諾，說她不希望我完成這個療程，因為擔心做這件事會讓我不舒服。我說我自己其實也有點同意。

「嗯，了解，那我跟妳說明一下現在的狀況，」她的聲調平淡、諷刺到令人安心。在後來的一年裡，我愈來愈渴望她出現那種語氣。「妳已經在難過了。妳本來就很難過了。」

「我知道，我知道。」我回答，再度伸出手去抽衛生紙。「抱歉我把衛生紙都用光了。妳做這一行，同樣的情況應該看過很多次了。」她向我保證，這就是他們存在的目的。

*

就這樣，療程開始了。我每週進廠，我們會像偵探一樣調查我是個怎樣的人，了解這二十七年來我如何成為現在這個樣子。我們會對我的過去進行鑑識分析，有時會討論前一晚發生的某件事，有時會討論二十年前體育課上發生的另一件事。在找出具體的東西之前，心理治療就像是對妳的心進行一場規模龐大的考古挖掘。那就像每個星期都以妳這個人為主題拍一集《時光團隊》[73]，是專業人員和主持人共同努力的成果——米克．艾斯頓是心理治療師，東尼．羅賓森則是病人。

我們會不斷討論，直到她提出符合的因果理論，然後更重要的是，一起找出辦法改變那個問題。有時她會給出作業——新的嘗試、要改變的點、有待回答的問題、需要

73 英國老牌考古知識節目《Time Team》，下文提到的米克．艾斯頓（Mick Aston）是該節目的常駐考古學顧問，演員東尼．羅賓森（Tony Robinson）則是節目主持人。

仔細思考的想法，以及那些我不得逃避的對話。兩個月來，我每個星期五的下午都在淚水中度過，當天晚上都得睡滿十個小時。

心理治療最大的迷思在於，妳會覺得這只是在指出誰該為妳的問題負責，但幾個星期過去，我發現事實正好相反。我曾聽說過，有些治療師會在病人的生活中扮演負責保護、自欺欺人的母親角色，永遠都說不是病人的錯，錯的是她們的男友、上司或好朋友。埃莉諾很少讓我把責任推給其他人，總是逼我質問自己做了什麼才會落得某種境地。這也是為什麼我一直對我們的療程很害怕。「除非有人死了，」她在某個星期五這麼說。「否則當一段關係發生問題時，妳多少都有點責任。」

療程開始兩個月後，我和埃莉諾才真正對著彼此露出笑容。那週我在工作上遇到很多事——根本一團糟——戶頭餘額和自尊心一樣跌落谷底，我擔心付不出房租，也擔心自己的事業線只會導向一片荒涼。我的偏執妄想完全失控，開始想像我以前工作上的所有主管其實都覺得我無能、無才、無用。我整整三天沒走出家門。我向埃莉諾說出某個極為生動的幻想，場景是一間會議室，裡頭坐滿了我完全不認識的人，全都在討論作為寫作者的我有多糟糕、多失職。我說話時她就只是直直看著我，接著她的臉便因為無法相信而扭曲起來。

「我是覺得——」她深呼吸，抬起眉毛——「妳這樣想也太瘋了吧。」我注意到，她的態度變得強硬了一些，那股澳洲口音也比之前更明顯、更粗魯。這不是我預期的反應，我不禁從衛生紙中抬起頭。

「整屋子妳不認識的人？」她不可置信地搖著頭。「那也太自戀。」

「嗯。」我設法噴出一點笑聲。「當然。妳要講成這樣，聽起來是滿荒謬的。」

「沒有人在討論妳啦。」

「對。」我用衛生紙按在臉上拭淚，突然覺得自己是伍迪·艾倫（Woody Allen）會演的那種角色。「妳說得對。」

「我說真的！」她還是一臉驚訝，說話時隨手甩開高聳顴骨上的長瀏海。「朵莉，妳沒有那麼有趣。」

進入療程的第三個月，我第一次在治療時完全沒掉一滴淚，沒對那盒衛生紙伸出魔手。療程里程碑。

雖然與我親近的朋友們都鼓勵我繼續療程，但自從開始自我檢視之後，對於錯的人來說，我很快就變成一個無聊的朋友。我酒越喝越少——總質疑自己是真的為了享受才喝，還是因為逃避問題。我試著不再取悅他人，意識到不斷把自己的時間和精力免費送給其他人，只會讓自己變得愈來愈空虛，而且我完全無意成為別人說什麼都照做，同時又毫無理由地不斷道歉的工具人。我變得更誠實了，願意告訴別人自己正在不高興、覺得受冒犯或者生氣。那段不舒服的對話是必須付出的微小代價，真誠會帶來平靜，我也學會珍惜那陣平靜。我變得更有自覺，自然而然就更少為了取悅其他人而故意當著出糗的丑角。

我覺得自己每週都在成長；我每天練習新的習慣，覺得內在也跟著行光合作用。我開始迷上室內植物，覺得它們是一種青翠的可憐謬論。我研究哪些植物該放在屋內的哪個角落，明亮的、陰暗的，用豐富的綠葉填滿整間公寓；黃金葛從書架上攀附而下，冰箱頂端蹲坐著波士頓腎蕨，龜背芋的葉片在臥室裡那面明亮、潔白的牆前晃動。我在床的上方掛了一盆形態完美的蔓綠絨，到了晚上便有奇怪的冰冷水珠從心形葉片的尖端低落我頭頂。茵蒂亞和貝兒質疑這樣對我的健康不太好，還拿中國的水刑來相提並論。但我讀過資料，知道這是泌液作用，是植物在夜晚排出多餘水分的過程，蔓綠絨正努力擺脫對根部造成壓力的事物。我告訴她們兩個，這對我來說意義重大，我和蔓綠絨都在做同樣的事。

「這裡的植物再多一點就可以演《異形奇花》了。」某天法莉環顧著我的房間這麼說。

沒喝那麼多酒之後，我體會到一種全新的感受——對於前一晚發生的事，我不再只有斷斷續續的記憶。我記得其他人說過的話、看起來的樣子，以及他們彼此傳送以為沒人發現的訊號。我注意到，只要我出現在某個社交場合，人們就會開始想要做壞事。如果在酒吧裡，他們就會想再點一瓶酒、打電話給藥頭、坐在屋外一根接一根地抽菸，或是喝醉之後開始講某個共同認識的人的壞話。原來我在無意間成了玩樂場合的黑市商人，是允許所有人做壞事的綠燈通行號誌——直到我停止這麼做之前，我都不曾意識到這件事。

某個星期五下午，我和埃莉諾提起這一點，她給出了最殘酷、最精彩的抨擊。

「我發現，大家會希望我講八卦。」我告訴她。「當我去到某個場合，他們最希望我做的就是這件事，尤其是在他們喝醉之後。」

「那妳有做嗎？」

「嗯，一點點。」我說。「我沒發現自己以前多常做這件事。」

「那麼做的原因是？」

「我不知道。為了拉近關係嗎？找話題聊？也許是想讓自己握有權力。」我說。「每個人之所以八卦都是因為這個原因，顯然我也是為了這一點。」

「對，沒錯。」她露出淺淺的微笑。每當我比她早一步分析出原因時，她就會露出那種笑容。「那個動作會拉低對方的位置，讓妳覺得高人一等。」

「嗯，應該是。」

「妳知道誰也會這麼做嗎？」她停頓一下。「川普。」我爆出大笑。

「埃莉諾，我現在已經很習慣妳對病人那種嚴厲的愛了。」我對她說。「但就算是妳，用這種譬喻也太牽強。」

「那改成奈傑．法拉吉[74]。」她輕聳肩膀，彷彿是我在抓她語病。

「我的治療師今天把我比作川普。」離開房間，在走往攝政街的路上，我傳了訊息給法莉。「我覺得我真的進步了。」

開始療程後約五個月，我突然覺得我們進入了撞牆期，我的進度停滯不前。我發現自己對她產生防禦心，她也說我在抵抗她。我在某次療程中說，我們這樣剖析我生活中發生的每件事和每個決定，也許到頭來根本無法得到任何答案。一次又一次地回憶和某個男友之間的相處，再三分析父母在我成長過程中曾經說過或不曾說過的某句話，可能根本徒勞無功；可能我生來就是如此。我問她，妳不覺得有可能我天生就是這樣嗎？她面無表情地看著我。

「我不覺得。」她說。

「妳當然不覺得，」我粗魯地說道。「因為如果是這樣的話，你們這一行就沒生意了。」

如果我在某個星期的療程中搞砸了什麼事，我有時候會想想該怎麼向她解釋，好讓她對我下手輕一點。但同時間，我也會想起自己為了見她付了多少錢、為了負擔那個費用我多接了多少工作，以及有這種負擔能力基本上就是件非常幸運的事。如果我不對她說實話，那這些錢就白費了。我有些朋友也說，她們在每次療程前都會非常緊張，拚命想著要準備更豐富的故事去告訴治療師。我仔細聽了她們說的話，覺得自己的心態其實完全相反。我心裡想的反而是可以避開哪些事情不讓埃莉諾知道，或者該如何以正向的邏輯去包裝自己要說的某件事情，好讓那件事聽起來沒那麼糟糕。

當然了，埃莉諾總是能看穿這些。因為讓她了解我思考方式的人，就是我自己。她對我瞭若指掌，我對此感到憤恨，每當她拆穿我的把戲，我總會開始爆哭。我哭不是因為不喜歡她質疑我的行為，而是因為覺得自己幹嘛這麼做。

六個月時，在某次療程中，我幾乎就要脫口說出：「所以妳她媽的對這種事永遠都有答案就是了？來啊，說啊，告訴我妳是有多完美。」我隨即意識到自己需要休息一下，但沒把這件事告訴她。她說她「感覺到我有些怒意」，我說我沒事。我開始請假，不去療程，消失了一個半月。

當我回去時，我發現她比我記得的要更善體人意。我開始懷疑之前感覺到那種固執而無情的問話方式，只是我自己想出來的幻覺，不然就是她終於變成了一塊空白的畫布，可以任由我把對自己的憤怒和自責都扔到她身上。那次療程途中，她問我為什麼沒先跟她討論，就不再定期去找她。我想過要編藉口，但又想到我花在這件事上的錢

---

74 Nigel Farage，英國政治人物，脫歐黨黨魁。

和時間，覺得要放棄也已經太晚。

「我不知道。」我說。

「是因為聊得太深入了嗎？」她問我。「這跟依賴有關嗎？妳不想讓自己依賴諮商？」

「對。」我嘆了一口氣。「應該就是這個了，我想握有控制權。」

「嗯，我也覺得是這個原因。」她像在大聲說出心中的話。「妳在外面生活中發生的事，會影響妳在這裡的狀態。」

「聽起來很合理。」

「妳想控制什麼？」

「每一件事。」把這個念頭說出來時，我才真正意識到這一點。「我想插手所有人對我的看法，控制他們對我的所有行為。我想阻止不好的事情發生，死亡、災難、失望的事。我想控制所有事情。」

在這一點上，我和她的體悟是一樣的。我決定對這場療程讓步，信任把自己交給埃莉諾，並讓我們的關係開始新的一頁。

「妳需要持續進行療程，我們的對話需要持續進行下去。」她告訴我。「我們需要繼續談、談、談，直到我們在所有事情上都達成共識。」

我覺得一部分的問題在於，我已經到了無法忍受埃莉諾知道我這麼多事情的地步——她看過我心裡最黑暗、隱蔽的角落，知道我所有最神聖、最尷尬、最屈辱、最糟糕、最寶貴的經歷，但與此同時，我卻沒有得到任何回報。有時候我會想像埃莉諾回家之後會是什麼樣子，我會想像不是諮商師時的她過的是怎樣的人生。我想知道她會對她朋友怎麼說我，曾不曾讀過我的文章或看過我在社群媒體上貼的內容，曾不曾在網路上搜尋我，就像我第一次在療程的收據上看到她的全名時那樣搜尋她這個人。

幾個星期之後，她問我對療程的看法，我坦白告訴她我不了解她，而且我對這件事感到不滿。我說我能理解這種程度的交換是比較恰當的，但偶爾還是會覺得不公平。為什麼我得每個星期把自己脫得赤身裸體，而她卻永遠都穿戴整齊？

「妳說妳完全不了解我，是指什麼？」她誠心誠意地感到困惑。

「我完全不認識妳這個人。」

「妳認識。」她說。

「並沒有。我沒辦法跟朋友說出任何一件關於妳的事。」

「妳每個星期都來這裡，我們一起討論每件事，關於愛、關於性、關於家人、朋友、快樂、悲傷，妳非常清楚我對這些事情的看法。」

「但我不知道妳結婚了沒、有沒有小孩、妳住在哪裡。我不知道妳喜歡去哪裡，也不知道妳上不上健身房。」特別是她那雙緊實的手臂，每當我在談話中遇到特別艱難的時刻，總會發現自己不自覺地盯著她的手臂看，然後開始猜測她重訓時的磅數。

「所以，妳認為知道這些事會幫助妳了解我這個人嗎？」她問。「妳其實知道我很多事情。」

隨著時間進展，我開始學會埃莉諾的語言。如果某次晤談時我眼淚掉得特別多，結束時她就會說：「好好保重，」並特別強調「好好」這兩個字。那句話的意思是，「這個週末別喝掛了」。如果我說了某件事，而她說：「我的天啊！」那就表示事情不太好。但最糟的，是當她說：「我這星期滿擔心妳的。」如果埃莉諾某個星期說她擔心我，表示前一個星期五碰面的時候，我的狀況「非常」糟糕。

我對星期五的恐懼從未消失，但程度愈來愈低，而埃莉諾和我一起露出笑容的時間愈來愈多。我告訴她，有時候我會在療程結束後直接殺到Pret餐廳，在五秒內吃掉一份布朗尼，或者衝進某家店裡，花十英鎊買某個我根本不需要的東西。她說那是因為我太擔心她對我的想法，我也同意。和一個與妳生活完全無關的人一起坐在小房間裡，然後把妳人生中最赤裸、最未加修飾的事情說給對方聽——那些妳從未說出口，從沒告訴任何人，甚至連對自己都沒提過的事——要這麼做其實有點違反人性。不過當我越健康，我投射在她身上的批評就越少，我開始看到她真正的樣子：一個和我同一陣線的女人。

我可以理解朋友們說的，真正有療癒功能的不是談話，而是病人與治療師之間建立起來的關係。我可以感覺到，自己在晤談過程中逐漸加深的冷靜與和諧感是我和她一起努力建構出來的——她彷彿物理治療師，一步步強化我的肌肉。一小部分的她從此進入我的生活中，我甚至確定她會永遠存在。她幫助我重新了解自己，我永遠也無法忽視或掩藏這項工作的成果。「工作成果」，那是她的原詞，直到現在我認為這個詞非常貼切。我和埃莉諾的相處過程充滿挑戰、對峙與艱辛，她不讓我逃避任何細節，逼我思考自己在一切事物中扮演的角色。有幾次星期五，在經過特別艱難的討論過後，我會試圖回想起以前無須思考自己行為後果的日子，想知道如果當初沒有開始這趟內心之旅，我的生活會是什麼樣子。繼續在凌晨四點的計程車裡當個醉漢，那樣會容易一點嗎？從不檢視自己的行為，只是把它們推到一旁，然後每個週末不斷重複同樣的模式，那樣會容易一點嗎？

埃莉諾喜歡對我說，人生就是一坨狗屎。她每個星期都這麼告訴我。她會說，人生本來就會令我失望，而且不管我怎麼做，都沒辦法控制這一點。我在那種命運的必然性之中逐漸放鬆下來。

滿一週年時，我們的對話已經變得相當流暢、熟悉且輕鬆。她推薦了幾本書，覺得我會在其中獲得幫助。那時她說「再見」的次數遠多過「好好保重」，當我說完某件事後，她也不會再以擔心的表情說出：「噢，糟糕，」取而代之的是，我常聽到她說：「哇，聽起來很棒耶！」語氣裡滿是真誠的喜悅。某次星期五，我甚至不曉得還有什麼事要說，該說的都已說完。

我不知道自己想要待在那個房間裡多久，也不曉得期望自己變得多自由。但我知道，隨著自己去到那個房間的時間愈來愈長，我的生活就愈步上正軌。如她當初預料的，我靠著述說找到了自身的和諧。我發現了各個碎片之間的關聯，注意到事情重複的模式。我開始在討論中聯結起自己的行為，內心感受和外在行為之間的落差逐漸縮小。我學會在事情出錯時和問題相處，學會深入自省並習慣面對自己時那種不舒服的感覺，而不是一遇上問題就跑去報名離島的旅行團。我愈來愈少喝酒，真的喝了酒為的也是慶祝，而不是為了逃避，所以不會再落得災難性的悽慘下場。

我感覺自己變得更穩定、更強壯。我一扇扇打開心裡的門，挖出房間裡所有的髒東西，把在裡面找到的每件鳥事都告訴埃莉諾，一一講開，然後將所有東西丟掉。每打開一扇門，我都知道自己都更靠近一些，更靠近自我、平靜，以及歸屬感。

六月十二日

親愛的朵莉中間名忘記叫什麼的艾德頓：

恭喜！妳有幸獲邀參加傑克・哈維瓊斯和艾蜜莉・懷特的婚禮。竟然可以撐這麼久，該好好稱讚妳一下！殺入最終決選的人是妳和艾蜜莉的表妹蘿絲，但只有一個人可以同時參加婚禮以及喜宴，我們最後選擇了妳，因為妳嗓門夠大、酒量夠好，我們覺得可以把妳安排在傑克的同學那桌，讓妳跟他那群倫敦政經學院的閉俗朋友坐在一起，讓席間氣氛活潑一點。蘿絲現在只能參加喜宴，不過沒關係，反正之前她和她老公「私奔」的時候，她也沒有邀請我們，而且她臉上那塊胎記太明顯，白天拍照大概也會毀了照片。

所以囉！基斯・壞特先生夫人的女兒艾蜜莉即將嫁給傑克・哈維瓊斯先生，希望您能移動尊駕前往某個遠得要命的美好鄉下地方，一同慶祝新人的婚禮大典——很期待吧！

（我知道自稱「基斯・壞特先生夫人」滿瘋的，但傑克那對假掰的爸媽堅持要這麼寫。反正迎賓酒錢是他們付的，我們也懶得爭了。）

我們在此誠摯地邀請妳參加結婚儀式，看艾蜜莉父親像在賣二手車似地把女兒交給另一個高高興興接手的男人。關於艾蜜莉那些信仰激進女性主義的朋友，如果她們拿這一點質問她，她會舌燦謊言地說：「這是教堂要求的啦，我們也不願意啊。」因此，敬請妳保持口徑一致，我們會非常感激。

現在要跟妳溝通一件事。拜託，算我們求妳，不要送禮物。只要人到就好了！假設妳非常堅持，一定、絕對、勢必非送不可的話，那請從我們在Liberty禮品店登記的清單裡挑個象徵性的小禮物就好[75]。在這份清單中，您將有幸購買一些陳腐庸俗（例如售價五十五磅的沙拉攪拌匙）或糜爛奢華（例如頭頂高帽的巨大瓷製兔子雕像）的東西，選項多元，任君選擇。

另外，如果妳想要的話，也可以選擇把錢捐款給慈善機構，哪個都沒差，我們只是覺得多個選項也不錯（但是拜託誰去買一下那張復古皮沙發，我們的客廳真的很需要它！）。

朵莉中間名忘記叫什麼的艾德頓，親愛的，我們注意到妳是個年薪最多才三萬英鎊的單身女子，而我們兩人每年可以賺進二十三萬。我們也明白，我們住的是位於巴特西的高級公寓（總價七十萬英鎊，我們爸媽出訂金），而妳每個月要省吃儉用東扣西扣才付得出六百六十八塊的房租。因此，當我們坐在裝潢華麗的家中打開由妳贈送的昂貴禮物時，一定會讓妳的心意更顯濃厚。

不過，說真的，妳人到就好了，不用去擔心什麼禮物或是捐款什麼的。如果妳到時候兩手空空地出現，我們頂多是在接下來的一年裡，趁妳不在場時對朋友們酸個幾句而已。說真的，我們真的無所謂，反正在懷孕之前，我們除了婚禮之外也沒有別的話題可以聊了，既然妳連買一套Le Creuset琺瑯鍋來慶祝我們的愛情里程碑都不願意，那我們至少可以在每次聊天的時候拿妳這個自私的決定出來碎嘴。別擔心，等我們懷孕之後就會改聊孕期心得跟水中分娩了。無論如何，都先謝謝妳囉。

現在開始說明酒類規則！每位賓客在抵達婚禮會場時，都會獲得一杯香檳或無牌氣泡白酒，不管哪種都會裝在香檳杯裡。之後的酒水，很抱歉，得請各位到付費酒吧自己點囉。這場婚禮的預算只有七萬五英鎊，我們試過在裡頭塞進一百二十人的酒水費用，實在太難了，非常遺憾。辦一場婚禮真的好難啊！

隨信附件裡列出了雖然貴得離譜，但我們兩人都強力推薦的民宿資料。我們曾在那裡度過無數美好的週日午間時光。不過，請不要有壓力，覺得自己一定要住那間，妳還是可以選擇下榻在任何妳喜歡的地方，絕對沒問題。只不過請想想，舉行婚禮的那個鄉村地理位置有多偏遠。

75在結婚、喬遷或新生兒等會接受大家送禮的場合，歐美社會有一部分做法是由收禮者直接在特定店家先勾選出一份清單，然後由送禮者自行認領要送哪幾項。

趕快下訂吧，盡情享受美好時光！

那麼，我們就到時見啦。噢對了，我們知道妳認識的每個人都不是單身，所以她們通通都說要攜伴參加，但說真的，她們那些另一半我們認識的還真的不到一半，之所以邀請他們參加只是想讓大家在場時有自己認識的人。妳也知道，我們這些非單身的就比較喜歡跟彼此混在一起。不幸的是，因為妳無緣擁有這種陪伴（☹），所以妳得自己一個人來參加。我們真的替妳感到遺憾，這其實是一通電話就可以解決的問題。請妳打給跟傑克那個變態哥哥，和他聯絡，你們兩個是婚禮上唯一一對單身人士，我覺得如果妳跟他一起搭火車過來，然後又睡同一間房的話，應該會玩得很開心！不過他也有可能會帶某次開會時遇到的法國女生一起來，我確定後再跟妳說好了。

服裝規範：請穿著晨禮服（如果有人搞得懂那是什麼東西的話）。

交通資訊：教堂和婚禮場地的風景優美如畫，所以我們希望當天最好不要有車停在現場，免得破壞照片美感或現場寧靜的氣氛。我們建議從倫敦搭火車前往——那個遠得要命的美好鄉下地方距離最近的車站大約有二十二英里，當地有一間計程車行可以帶妳前往教堂，但請務必事先打電話預訂，因為他們總共就只有三輛車而已。

其他事項：我們希望婚禮的氣氛非常輕鬆，因此鼓勵大家在教堂外面扔一些彩色的紙片，增添歡樂氣氛。但是，拜託，請不要自己帶彩紙來，新娘的媽媽艾莉森到時會拿著裝有彩色花瓣的塑膠盒在現場讓各位潑撒；為了這一天，她已經準備四年了，每天都在風乾飛燕草的花瓣。飛燕草的花瓣拍照起來好看，同時也比玫瑰花瓣便宜，又不會破壞環境——用紙片的話會對當地野生生態造成破壞。再加上婚宴場地方也說了，如果當天他們在地上看到任何一小片彩紙，整個婚宴都會立刻取消，他們會驅離外燴人員，晚上的活動也就無法進行。所以，請耐心等候艾莉森走到妳面前，到時請拿取一小把彩色花瓣（一小把就好，我們希望每個人都能參與這個環節），對著幸福的新郎新娘撒出去，恭送我們進入先生太太的世界。

回覆出席狀況時，請在信上寫下妳最喜歡的歌，DJ會盡量找時間播（但如果不是普羅克萊門兄弟（The Proclaimers）的〈I Would Walk 500 Miles〉或蕾哈娜（Rihanna）的〈Umbrella〉的話，妳可能會等很久就是了）。

另外，在Instagram上發布婚禮照片時，請使用「#傑蜜莉 2016」這個主題標籤。我們本來想用「#傑蜜莉」就好，但很不幸地，我們在搜尋時發現有款潤滑液的牌子也叫這個名字，所以現在就只能用「#傑蜜莉 2016」了。

本次婚禮歡迎小孩參加！

請絕對不要隨便穿一般西裝就來——沒打領帶就別想進門。那是我們的大喜之日，不是什麼窮酸的慈善晚會。

如果妳無法出席，沒擔心，我們下個月會在倫敦市區辦一場比較沒那麼正式的婚宴，讓一些跟我們沒那麼熟，但是比較上相的朋友們參加。然後再下個月，我們會在奧地利辦另一場婚禮跟派對，因為傑克有很多親戚都是奧地利人。之後我們會在伊比薩島辦賜福儀式，到時候會邀請全部的人，請大家一起去那邊度假。基本上，我們的婚禮就像樂團，明年整年都會在各地巡迴，妳就看哪場的時間妳有空，然後自己訂票飛過來就好。

我們愛妳，等不及見到大家了！

傑克和艾蜜莉敬上

附註一：抱歉，妳應該得先付錢才拿得到這封喜帖。寄喜帖的時候我們整個忙翻了，所以貼錯郵票，導致郵資不足。妳付的那〇點七九英鎊可以在婚禮當天入場時報銷，傑克的哥哥馬克負責這項業務，他會站在植栽拱門旁邊。退款請務必攜帶收據，沒帶不認！

附註二：這封信封裡應該會掉出一大堆心形亮片，我們知道妳可能今天才剛吸地毯，總之抱歉。

心碎飯店

我醒來就看到三通法莉的未接來電，都在早上七點前，還留了一通語音要我回撥。還來不及按下她的電話號碼，電話又來了。我馬上知道事情不對。佛蘿倫絲走了之後，這十八個月來，法莉避開了她所有最親近的朋友，躲得遠遠的，沉浸在自己的哀傷之中。我努力想把她帶回我身邊，想知道該說什麼才能撫平她的心情。但總會出現一些時刻，當我們正對某件事情哈哈大笑，讓我稍微瞥見以前的那個她，她又會突然從歡笑轉為啜泣，然後她會開始道歉，解釋她已經搞不懂自己身體和心情的運作方式。看著她的來電，我只能自私地想著：如果再發生同樣的事，我真的不曉得該怎麼再帶著她走出來。我深呼吸，接起電話。

「朵莉？」

「發生了什麼事？」

「沒有人過世啦。」她的聲音裡完全沒有恐慌的成分。

「噢。」

「是史考特，我覺得我們要分手了。」

那時距離他們的婚禮只剩八週。

我在一個小時後抵達他們公寓，只有法莉一個人在家。史考特去上班了，法莉休假。她鉅細靡遺地敘述他們兩人前一晚的對話內容，說自己根本沒想到會發生這種事——現在的她完全不在乎婚禮，只想盡一切所能挽救兩人的關係。那時她爸和繼母正在康瓦耳的家中過週末，我們兩個決定開車過去找他們，好讓法莉跟史考特有時間各自獨處，好好想想。

我們擬了計畫，想好她要在電話上跟他說什麼。她問我能不能在他打來時陪在旁邊。她緊張到神經質，非要我待在她視線中才能保持心情穩定。我坐在他們家的沙發上，她一邊講電話，一邊在家中走來走去。我看著他們兩人共有的這個家，看著他們共同建立的生活——一張他們年輕時的照片，各自處於二十歲前段和中段班，正恩愛地抱著彼此；一張和佛蘿倫絲的合照，是他們最後一次度假時拍的；我幫他們挑的焦橙色地毯；大選開票那天晚上我們三人躺在這張沙發上，邊喝紅酒邊看開票結果，直到天亮；我和朋友在他們訂婚時送的莫里西海報則掛在牆上。

我有個奇怪而惡劣的想法。這麼多年來，我想要的就是這種時刻。我以前常盼望著在某個時間點，他們兩人其中之一會從彼此身邊畢業，然後初戀先生史考特會成為我和法莉之間最愛的話題，而我最好的朋友也會重新回到我身邊。但現在，當那一刻實際發生了，我的腦袋卻一片空白，只能感受到她那種極其痛苦的難過與渴望。他們一起經歷了這麼多事，我非常希望他們能克服這個關卡。

所有人都認為，即將舉行的這場婚禮對法莉的家人們來說是一種修補。每當她的家人或我們這群朋友中的任何一個談到這件事，都同意這場婚禮將同時充滿巨大的幸福感和無以逃避的悲傷。無論如何，都代表他們將邁入生命中全新的章節。是起點，而非終點。

佛蘿倫絲死後，我帶著受封騎士的尊嚴風度，盡責地完成了首席伴娘應有的任務。AJ、蕾西和我籌辦了法莉的單身派對，強大的野心和規模彷彿在規畫奧運開幕式。經過幾個月的哀求和協商，我們以極為便宜的價格租到東倫敦某間飯店的活動廳，用來舉辦大型晚宴。那間活動廳位於飯店的最頂樓，可以俯瞰整個倫敦。我找了倫敦男同志合唱團來獻唱一整組以婚禮為主題的歌曲，每個人身上都穿著印有法莉的臉的T恤。我還和調酒師合作，設計出一款以「法莉」為名的雞尾酒。我從eBay訂了一個真人大小的立牌，在上面貼了史考特的臉，打算讓大家和他合照。我還找許多人錄下祝她新婚快樂的祝福影片，有十幾段，在那晚的聚會上播放，搞得像錄《這就是你的人生》[76]一樣；錄影片的人包括九〇年代《東區人》（EastEnders）的演員狄恩．加夫尼（Dean Gaffney）、《切爾西製造》裡的兩個角色、法莉第一次上床的那個男生，以及

76 五〇年代美國真人紀錄片式節目《This Is Your Life》，後來也發展出英國和其他地區的版本。在節目中，主持人會先「突襲」一位特別來賓，然後再帶領來賓重覽他們過往的人生。「驚喜」是這個節目很重要的元素，如果來賓事先知道自己上了這個節目，該集企畫就會取消。

她家附近乾洗店的店經理。

我的心思飄回她和史考特的對話上。

「也許這場婚禮太大了。」她說。「你知道嗎？也許我們讓這件事失去控制了。也許我們現在需要做的是把這些事情都忘掉，好好專注在我們兩個人身上。」

就在那一刻，我收到法莉這一區議員辦公室寄來的信。

親愛的朵莉，您好：

感謝您來信邀約，安迪很樂意提供協助。聽起來您爲了讓朋友的單身派對終身難忘，眞的是卯足了全力呢！不知道下週一上午十一點半您有沒有空，能夠來安迪的選區辦公室拍攝影片呢？

如果時間不方便，我會確認他的行程後再重新安排。

祝一切順利

克莉絲汀

我安靜地把信刪了。

我們開車回我的公寓，我把幾樣東西掃進袋子裡，然後傳訊息給茵蒂亞和貝兒，告訴她們法莉扁桃腺發炎不舒服，但史考特出差不在，所以我會在她家住幾天。說謊令我不安，但因為一切事態都還不明朗，還沒有人落槌最終決定，所以暫時打模糊仗避開任何疑問是比較好的做法。我讓電子信箱發出不在辦公室的通知，便開著法莉的車和她一起前往康瓦耳。

Ｍ２５接Ｍ４轉Ｍ５，這趟路程我們已經走過非常多次。去康瓦耳的房子度假、十六、七歲時的夏日公路旅行、住在艾克塞特時在家裡和大學來回往返，都是同一條路線。法莉會根據高速公路休息站附設的零食鋪對所有的休息站進行嚴格排名，還喜歡測試我記不記得她的排名（契夫利、赫斯頓、利德拉米爾[77]）。

說來奇怪，這趟長途車程感覺正好是我們在那個當下所需要的。她的車是我們少女情誼的家。在我拚命想成為大人的那幾年裡，法莉的駕照是我們通往自由的護照。那輛車是我們共同擁有的第一個住處，是保護我們不受世界侵擾的避風港。史丹摩某個山丘上有個瞭望點能俯瞰閃著光的倫敦，彷彿倫敦是綠野仙蹤裡的翡翠城。我們會在放學後開到那裡，把音響調到Magic ＦＭ頻道，一起抽同一包Silk Cut牌香菸，並分食一桶Ben & Jerry's冰淇淋。

77三個休息站分別為Chieveley、Heston、Leigh Delamere，都位於Ｍ４。英國的休息站規模比臺灣大上不少，有時站內甚至開有旅館或賭場。

「妳看倫敦的時候看到什麼？」在畢業前幾週，她這樣問我。

「我看到自己將會愛上的男生、將要寫成的書、將會住的公寓，還有未來我將在其中度過的無數白天夜晚。妳呢？」

「某種很可怕的東西。」她說。

那五個小時的車程，感覺起來比以往還要久。也許是因為我們沒在聊天，也沒在聽廣播或那幾張已經有刮痕的瓊妮·蜜雪兒CD，車內只剩下一點也不安靜的沉默；我幾乎可以聽到法莉腦中的雜亂噪音。她的手機躺在儀表板上，我們兩個都在等史考特打來，等他說出「我做錯了」。每次手機亮起，她的眼睛就會敏捷地從路面飄向手機螢幕。

「幫我看。」她會快速丟出一句。但那總是某個朋友傳訊來祝她的扁桃腺炎早日康復，並問要不要帶湯和雜誌去她家探病。

「他媽的，」她硬擠出一記微弱的笑聲。「過去六年，我跟他連一堆繁瑣到不行的小事也會互相傳訊息跟對方說，但在我最想要聽到他消息的時候，收到的卻是一堆人希望我趕快從根本不存在的病中康復。」

「至少妳知道有很多人很愛妳。」我提供一種新的看法。那種永不安寧的沉默變得更深了。

「我要怎麼跟大家說？」她問。「那些要來參加婚禮的人。」

「還不需要去想這件事。」我說。「就算情況真的變成那樣，妳也不必說任何事，我們會幫妳。」

「沒有妳的話，我不知道我要怎麼撐過去。」她說。「只要有妳在，一切都會沒事。」

「我會陪著妳，」我告訴她。「我不會離開的，美女，我會永遠在這裡。無論事情最後的結局如何，我們都會一起度過這個難關。」

淚水從她的頰上滑落，她的視線筆直看著前方，沒入漆黑的M5路面。

「朵莉，如果我以前曾經讓妳覺得妳只是備胎的話，我向妳道歉。」

我們抵達康瓦耳時剛過午夜，理查和安妮還沒入睡，在等我們。我泡了茶——小佛剛走的那幾週，我記住了每個人喝茶的口味，那是我唯一能派上用場的事——我們坐在沙發上重新談過之前說過的所有事，提出所有可能的結果。

關燈之後，法莉和我躺在同張床上。

「妳知道這整件事裡最慘的是什麼嗎？」

「妳說。」她回我。

「我和蘿倫為了婚禮，終於學會〈One Day Like This〉[78]的所有和弦還有和聲了。」

78英國搖滾樂團肘樂團（Elbow）在二〇〇八年發行的歌曲，也是該樂團最著名的歌曲之一。

「噢，我知道。別這樣想，我很喜歡妳們寄給我的錄音檔。」

「還有，弦樂四重奏剛確定他們可以表演歌的前奏。」

「我知道，我知道。」

「不過現在這樣也可能是因禍得福，」我說。「我認真覺得現在大家聽到這首歌都只會想到《X音素》的片段。」

「單身派對的錢妳都付了嗎？」

「不用擔心那個，」我說。「我們會解決的。」黑暗中一片安靜，我等待她說出下句話。

「說吧。」她說。「我現在九成九確定派對辦不成了，妳其實可以直接告訴我派對的內容。」

「說這個會讓妳不高興吧？」

「不會，可以讓我振作一點。」

我告訴她我們為她設計的週末行程，詳細敘述每一個荒謬的細節，而她像沒吃到糖的孩子那樣發出各種痛苦的聲音。我們在我的手機上看了大不列顛帝國偉大善良的四線明星們送給她的祝福影片。

「謝謝妳們幫我做這些。」她說。「如果照計畫完成的話一定很棒，我一定超愛。」

「我們以後再幫妳辦一次。」

「我不會再結婚了。」

「妳怎麼知道。就算妳不結，我也可以直接把整套行程搬去妳生日派對，幫妳盛大慶祝榮登四十歲。」我聽到她緩慢、深沉的呼吸聲；根據多年來一起同床睡覺以及抱怨她總在電影結束前睡著的經驗，我知道她已經快要飄走了。「晚上需要我的話就把我叫醒沒關係。」我說。

「謝了阿朵。有時候我都覺得為什麼我們兩個不在一起就好了，」她聲音充滿睡意。「相處起來一定比較輕鬆。」

「對啦對啦，但可惜妳不是我的菜。」

她笑了一下，幾分鐘後又哭了起來。我摸著她的背，什麼都沒說。

接下來幾天我們都在散步、走長長的路，不斷重複討論他們兩個最後一次對話中的每項細節，試圖追溯到底是哪裡出了差錯。法莉沒喝我泡的茶，理查煮飯她也沒吃幾口，我們看電視時，她的視線則消失在半空中。幾天後，我為了工作得回倫敦，再過兩天，法莉也回到城裡，她和史考特約好在家附近的公園碰面，邊走邊聊，把所有事情談開。

他們碰面的那天早上，我做什麼事都無法集中注意力，只是像在看電視般不斷盯著手機，等著她傳訊息來。三個小時後，我還是決定打給她。第一聲鈴還沒結束她就已經接起。

「結束了。」她匆忙地說。「告訴大家婚禮取消了。我晚點打給妳。」

通話截斷。

我打給我們比較要好的朋友，一一解釋發生了什麼事，每個人都跟前一個人一樣震驚。我寫了一封用辭謹慎的訊息，傳給法莉這邊的婚禮來賓，通知婚禮已經取消。就這樣，結束了，消失在一封複製貼上的電子郵件和幾通電話中，那一天、那些未來、他們的故事，就這樣走到尾聲。當時距離我們為她精心策畫的單身派對剩不到一個月，我一一取消派對的每項活動，將一切解散。有些人之前就已經知道婚禮因為家中喪事而延期一年，在電話上，他們除了抱歉之外都無話可說。

在和史考特談過那天，法莉就搬離兩人的公寓回到幾哩外的老家，和安妮還有理查一起住。我過去找她，但因為本人的正能量帳戶已經破產，只能透支一些陳腔濫調的臺詞幫她加油打氣。

「我覺得我因為某件自己沒做過的事被打入天牢。」她對我說。「我的人生就在前方某個地方，但我卻被困在這裡，還被命令不准過去。我想要回到以前的生活。」

「妳會過去的。相信我，這種困住的感覺只是一時的。」

「我被詛咒了。」

「沒有，妳沒被詛咒。」我說。「妳只是剛好遇到一件很可怕、很糟糕、難以忍受的衰事而已。妳在這一年半裡經過的黑暗比很多人一輩子遇到的都多，但未來一定會變得更好，黑暗終究會過去，妳要記得這一點。」

「佛蘿倫絲走之後每個人都這麼說，但我覺得我沒辦法再撐下去了。」

在所有人的鼓勵下，法莉立刻就回去上班了，朋友們則如軍隊般組織行動，努力分散她的注意力。雖然那是青春期以來我們相處時間最長的一段日子，我還是每兩天就寄一張明信片給她，讓她每天下班回家時有件好事可以期待。在她的單身派對中，我們本來安排一趟品嘗美酒美食的鄉間之旅，伴娘團找了一個週末帶她去了。在預定舉行婚禮那週，我則訂了去薩丁尼亞島[79]的行程。她分手後那個月，我們全都輪流在她下班後陪著她，每天晚上都至少有一個朋友陪她度過，沒漏掉任何一天。有時我們會聊起這整件事發生的過程，有時就只是一邊吃外帶的黎巴嫩料理，一邊看電視上的垃圾節目。不管去她家的是誰，離開時都會傳訊息給其他人，告訴大家她的情況，並確認接下來誰會去看她。我們彷彿一群守護者，或是輪班的護理師，急救箱裡放的是麥提莎巧克力和真人實境影集《Gogglebox》。

那段時間讓我想起，在病人背後撐住他們不致沉沒的整個後援系統——處於危機中

79 Sardinia，位於義大利本土東方，地中海第二大島，面積約為臺灣的三分之二。

心的那個人需要親朋好友的支持，這些親朋好友又需要各自親朋好友及伴侶的支持，而即便是隔了兩層關係遠的其他人，也可能需要跟誰一吐苦水。想要修補一顆破碎的心，得動用整個村子的力量。

我載著法莉回到她和史考特的公寓，讓她自己進去拿回更多屬於她的東西，並和史考特進行最終討論。公寓將被賣出。法莉把她所有的東西一一擺進小時候住的房間裡，現在，她待在這裡的時間將比暫時更長，但又會比永遠更短。

等到我們重新稍微瞥見以前那個法莉，是在某個糟糕到不行的星期天，我拉了一群朋友來我家擺拍晚餐聚會的照片。事情的緣由是我幫某大報的文化版寫了一篇文章，講述傳統晚宴派對的消亡，而編輯想要有一張我在家裡「款待賓客」的照片。我事先提醒過編輯，我那天找不到有空的男性友人，於是他勉為其難地同意全女性的聚會照片也可以。然而，當天攝影師抵達後表示，他收到了新的指示，必須確保照片中非得有男性出現不可。

從中午到了我家之後就不斷攝取白酒酒精的法莉，開始在我家那條街上挨家挨戶拜訪，希望找到某個願意幫忙的男性鄰居，但無功而返。同時間，貝兒和AJ開車到了附近的酒吧，闖進去，敲著杯子吸引所有人注意，頗為蹩腳地解釋她們需要一群願意配合拍照的男人，酬勞是一頓慢火烤羊肉以及能在報紙上露臉的機會。

「如果有人有興趣的話，」貝兒拉高聲音喊道。「請到外面那輛紅色的Seat Ibiza

旁邊，我們會在那裡等。」

五分鐘後，一群三、四十歲汗流浹背的醉漢從酒吧裡魚貫而出，鑽進車裡。

正當我們擠在桌邊彼此乾杯，假裝是多年老友時，有個看起來就比其他人都還醉的男子，開始像羅馬皇帝那樣用手抓了烤羊肉送進嘴裡。我們家客廳不大，攝影師必須站在椅子上才能把所有人都擠入鏡頭，此時一盞拍攝燈光壞了，而另一名臨演開始大喊著要更多紅酒。那個場面彷彿一齣瘋狂的鬧劇，所有角色滿場跑，壓抑著的狂躁能量徘徊不去，事情開始逐一崩壞。

「根本災難。」我把聲音壓得極低，對其他女孩們這麼說。

「噢，這算不上什麼啦。」喝醉的法莉大喊。「我上個月才被交往七年的男朋友甩掉喔，所以現在這樣根本像在公園散步一樣輕鬆好不好！」攝影師以眼神向我尋求協助，連喝醉的羅馬皇帝都忘記咀嚼。「乾杯！」她舉杯敬向所有人，語氣愉快地說。

這種自殺炸彈式的玩笑攻擊逐漸成為我們和法莉聊天時的標配，熟悉、老套，每個人都很快學會如何應對。面對這種情況，妳不能加入她放箭的行列，因為根本抓不準這種黑色幽默的底線在哪裡，無法預測好笑的點什麼時候會被推倒，只剩殘酷的骨架，但妳也不能完全忽視她，只能跟著大聲笑開。

我們在預定舉行婚禮的前幾天出發前往薩丁尼亞島。飛機延誤晚到，下機後我們開著沒有保險的租用車，小心翼翼地沿著濱海公路，往島的西北邊開。音響裡播的是瓊妮．蜜雪兒的專輯。十多年前我們第一次公路旅行時，聽的也是同一張專輯，對當年的我們來說，連經營戀愛關係聽起來都那麼可笑而遙不可及，更別提要取消婚禮了。

我們入住的是頗為常見的飯店，有游泳池、酒吧以及看得到海的房間——正好是我們所需要的。因為非常喜歡學校而在長大後成為老師的法莉，是個為慣例行程而生的人，不管到哪裡都是一樣，因此我們很快就訂下這趟旅程的例行行程。每天早上，我們會早早起床，直接衝向海灘，在清晨明亮的日光下做一點運動，然後便在海裡游泳直到早餐時間。準確來說是我去游泳，而她坐在沙灘上看。對於在戶外游泳的態度是我和法莉最不一樣的地方，我只要瞥見一丁點開放水域就可以準備好脫衣下水，而法莉則是嚴格只在消毒過泳池中游泳的人。

「來嘛！」某日上午，我在平靜溫暖如洗澡水般的海裡，對著岸上大喊。「妳一定要下來試試看！很舒服的。」

「如果有魚怎麼辦？」她癟著嘴大聲回話。

「這裡沒有魚啦！」我大喊。「好吧，可能會有幾隻。」

「妳明明知道我怕魚。」她吼回來。

「為什麼要怕，妳吃牠們耶。」

「但只要想到牠們會在我身體下面游來游去我就不喜歡。」

「妳聽起來真的有夠像住在郊區的那些人耶，法莉。」我對她大叫。「平常只在購物中心買東西，下雨了就擔心髮型，因為害怕魚所以只在游泳池游泳。但是現在這樣才算真的生活啊，妳不會想錯過的。」

「我們就是那種人啦，朵莉，我們的本質就是郊區。」

「來啦！這是大自然耶！神蓋的游泳池耶！很療癒耶！神就在海裡耶！」

「阿朵，我這輩子唯一確定的事情，」她起身拍掉腳上的沙。「就是這世界上沒有神！」她高興地叫著，一路踩著水跑進海中。

我們早上都在看書、聽音樂，大中午的就開始喝酒，整個下午都躺在陽光下小憩，洗過澡後便帶著小麥膚色去鎮上吃晚餐。晚餐後，我們回到飯店，包裹在濃厚的夜晚熱氣中喝杏仁沙瓦、玩牌、醉醺醺地寫要寄給朋友的明信片。

婚禮日期當天，法莉比我還早醒來，雙眼直盯著天花板。

「妳還好嗎？」我眼睛一睜開就問。

「嗯。」她轉開頭，拉起被子蓋住臉。「我只想要今天趕快過去。」

「今天會是很難熬的一天，」我說。「但它終究會結束的。到午夜就結束了，而且妳永遠不必再經歷同一天。」

「嗯。」她小聲地說。我坐上她的床尾。

「妳今天想怎麼過？」我問。「我晚上訂了餐廳，就是Tripadvisor網站上評論一面倒地樂觀，還會附上超近距離食物照片，搞得像在看命案現場的那種。」

「聽起來很好啊。」她嘆了一口氣。「我今天想躺在躺椅上晒太陽，當條狗就好。」

一整天，我們大多沉默度過，看書、用同一副耳機聽podcast。偶爾，她會環顧四周，說出「我現在應該在和伴娘團吃早餐了」或「我現在應該在穿婚紗了」之類的話。午後，她拿起手機看了時間。

「英國時間三點五十。照本來的規畫，我應該要在十分鐘後結婚的。」

「對，但至少妳現在人在美麗的義大利做日光浴，而不是和妳爸在牛津郡的某個湖面上漂蕩，然後天空還飄雨。」

「我從來沒有打算要真的搭船到婚禮現場好不好。」她有點煩地說。「我只是跟妳說也有這種方式，場地那邊說曾經有新娘這樣做過。」

「但妳認真考慮了。」

「才沒有。」

「妳有，因為妳跟我說的時候，我可以從妳語氣裡聽到妳期待我會同意。」

「才沒有！」

「如果要每個人看著妳拖著超大裙襬在河面上漂，還要有人把妳從船上撈出來，那才叫尷尬。船夫划槳的時候還會發出一堆莫名其妙的聲音。」

「不會有船夫啦。」她嘆了口氣。「船也不是用槳划的。」

我走到吧檯點了一瓶普羅賽克。

「好了，」我把冰涼的氣泡酒倒進泳池區提供的塑膠香檳杯。「妳這時候應該已經在立誓詞了，我覺得我們也可以來說一下。」

「對誰？」

「對自己，」我說。「還有對彼此。」

「好啊，」她把墨鏡推到頭上。「妳先。」

「我發誓，等我們回家之後，不管妳要怎麼處理這件事，我都不會批評妳。」我說。「就算妳之後想要嗑一大堆藥、隨便跟人上床也沒關係，就算妳把自己關在家裡一整年也沒關係。我支持妳做任何妳想做的事，因為我無法想像當妳失去那樣重要的人會是什麼感覺。」

「謝謝。」她喝了一小口酒，想了一會兒。「我發誓會永遠讓妳繼續成長，永遠不因為我們從小認識，就對妳說妳應該要是什麼樣子。我知道妳正在經歷人生中變動很大的時期，我會永遠支持妳這麼做。」

「這不錯。」我碰了她的酒杯。「好，那我發誓，如果妳牙齒上有東西，我永遠都會提醒。」

「噢，拜託，一定要，永遠都要。」

「特別是當我們老了牙齦開始萎縮之後，那時候真的很容易卡到菜的葉子。」

「妳再講下去我心情會愈來愈差。」她說。

「對妳自己也說一段吧。」

「我發誓，即使之後我再談戀愛，也永遠不會忘記朋友。」她說。「我永遠不會忘記妳們對我有多重要，以及我們有多需要彼此。」

本來應該是法莉宴請兩百人吃喜酒的那個晚上，我們搭計程車到一間可以眺望海景的山頂餐廳。

「妳現在應該在婚宴上致詞了。」她說。「妳有寫講稿嗎？」

「沒有。」我說。「平常我如果有點生氣或者情緒比較重，就會把一些想法先記在手機上，但完全沒整理。」

「不知道我會一整天心情都很高興，還是很有壓力。」

佛蘿倫絲走後，我讀到一篇關於如何面對生命早逝的文章，裡頭寫到有個青少年因為車禍過世，他的阿姨和爸爸都為此哀慟不已，但那個阿姨勸導爸爸，不要去想自己的兒子沒有離開的話會擁有怎樣的人生。她說，那種幻想是種折磨，而不是安慰。

「妳知道嗎，所謂的生活並不在其他地方，生活並不存在另一個世界裡。」我說。

「妳和那個人之間的關係長達七年，那就是生活，那就是生活本身。」

「我懂。」

「妳的生活就在這裡，在現在這個當下。人生沒有複寫本，同樣的日子妳不會再活過第二次了。」

「嗯，我也覺得還是不要糾結在事情可能的結果比較好。」

「生活不像《雙面情人》裡演的那樣。」

「我喜歡那部。」

「謝天謝地我們不是那部電影裡的角色，我們根本撐不起葛妮絲．派特洛（Gwyneth Paltrow）那個金髮髮型。」

「我看起來應該會像邁菈．辛得立[80]。」法莉淡淡地說，舉手示意吧檯再送另一瓶酒來。「妳曾經懷疑我和他不適合嗎？」

「妳真的想知道？」

「對啊。」她說。「反正不管怎樣，現在都無所謂了，我真的想知道。」

「我懷疑過。」我說。「我後來也慢慢喜歡上他這個人，而且最終相信妳和他在一起確實有可能獲得幸福。但要說起來，會，我一直都會懷疑。」

她的眼神望向遠方，西下的夕陽坐落在深藍色地中海的海平面上，彷彿一顆完美的

---

80 Myra Hindley，英國連續殺人犯。

桃子平衡在窗檯邊緣。

「謝謝妳以前從來沒把這件事告訴我。」

太陽被海吞沒，天色慢慢轉為暗藍，然後變成夜晚，彷彿有個調光器在控制這一切。後來的日子都比那天更好。

一個星期後，我們開車前往另一個濱海小鎮，和莎賓娜還有貝兒會合。假期持續延續同樣的基調：喝艾普羅酒[81]、玩牌、躺在沙灘上晒太陽。某天早上，貝兒和我六點就離開我們租的公寓，跑到沙灘脫個精光，在日出的陽光中裸泳。在這趟旅程的最後一週，法莉有時心情愉悅，有時安靜，都還在預期範圍之內。我們四人對於發生的事情談了很多——畢竟那是整趟旅行之所以成行的根本原因——不過法莉也開始提到未來的生活，而不只是重複過去的事。她說到以後可能會住的地方、新生活可能包含的事物。在那兩個星期裡，她彷彿脫去了一層憂鬱沮喪的皮，其中一晚甚至醉到開始跟餐廳的本地人經理調情，對方長得像義大利版的約翰・坎迪（John Candy），而且已經六十幾歲了。那是她自我們青春期以來第一次那麼醉，無疑是顯而易見的里程碑，標示著她在克服失戀的路上即將踏入新的階段。

回到倫敦後，一切煥然一新。她的二十九歲生日距離我收到她三通未接來電的那個早晨剛好整整三個月，感覺像個里程碑，所以我們好好慶祝了一番，先去最愛的酒吧吃飯，然後去跳舞。那天她穿了我送的黑色裙子，本來是讓她在單身派對上穿的，兩側剪裁極低，剛好露出她十九歲時在沃福（Watford）的刺青店裡衝動留下的災難性錯誤——刺青的圖案是兩顆星星，一顆粉紅色，另一顆是沒經大腦思考的黃色（「一個猶太人在身上刺了一顆黃色星星！我就問妳這像話嗎？」她媽媽絕望到要崩潰[82]）。

生日那天下午，她走進另一間刺青店，改正十年前犯下的錯。她以黑色墨水塗滿那兩顆星星，在其中一顆旁邊加上字母「F」代表佛蘿倫絲，另一顆加上「D」代表我，以此提醒自己，無論失去了什麼，無論生活變得多不穩定、多不可預測，仍有人會永遠走在妳身邊。

---

81 Aperol，義大利的國民酒之一，以藥草風味為主的開胃酒，顏色鮮橘。相較同一間酒商的另一款酒「金巴利」（Campari）來說，酒精濃度較低，只有11%，也沒那麼苦。

82 納粹曾逼迫歐洲的猶太人戴上一顆黃色的大衛之星，作為識別。

遇上心靈導師

在法莉心碎那年夏天剛開始的時候，有雜誌向我邀稿，希望我寫取悅別人的危險之處。稿子的合作編輯說有個人出了一本相同主題的新書，建議我採訪對方。作者的名字叫大衛，年近五十，以前曾是演員，現在轉型成作家。在通電話前，我在網路上找了資料，發現他非常英俊：橄欖膚色，髮色如交雜的鹽與胡椒，雙眼是溫柔的棕色。他的出版社寄了書的PDF檔給我，內容精彩得令人沮喪。那本書主要聚焦在人們對於大眾認可的需求，以及這個需求如何破壞我們的幸福。讀書的過程中，我感覺像被某個東西——或被某人——以強大、堅定的雙手抓住肩膀，劇烈、一針見血、早該如此地，狠狠搖醒。

我和大衛以電子郵件往返了幾次，約定好訪談時間。他的聲音低沉溫柔，咬字比我想像中更清晰明確、聲調更抑揚頓挫。他外表像個徹頭徹尾的嬉皮，一開口說話卻像皇家莎士比亞劇團的團員。在那通電話中，我除了對書的內容提問，也談到某些困擾我已久的事。他告訴我，我們小時候總被教導要克制自己的行為，不要蠻橫跋扈、不要炫耀、不要自以為是，這些告誡對我們內心深處的某些角落設下阻礙，讓我們無法展現自己真正的樣子，就算在長大之後也害怕去碰觸。我們因此隱藏了這些部分的自己，因為害怕被厭惡，所以隱去那些黑暗、吵鬧、古怪或扭曲的部分。他為這種狀況平反，認為那些部分恰巧是我們最美麗的一面。

由於稿子是以我個人的角度切入，因此不可避免地談到了我的個人經驗，也提到我那年開始做心理諮商。

「妳感覺起來很聰明，像妳這樣的人去做心理諮商是有危險的。」他說。「妳很輕鬆就能理解所有的理論，很能運用諮商中提到的理論去分析自己。問題是，妳和諮商師之間的對話有其極限，如果真的要有所改變，妳必須發自內心讓那種改變進到身體裡，不能只是和諮商師談談而已，妳得用整個身體去感受——」他的聲音放慢下來——「從膝蓋後方，到子宮，到腳尖，到手指前緣，每個地方都要確實感覺到那種改變。」

「嗯。」我同意。

我們談了約五十五分鐘，從書裡的段落、他多年來的研究成果，一直聊到我自己的經驗。他對我說話時態度直截了當，從不客套或委婉。我感覺單是透過一通電話，他便抓住了我的核心。

「捏捏自己的臉，醒醒吧，」他的語氣彷彿已經認識我多年。「妳不需要別人告訴妳該怎麼做或成為怎樣的人。妳夠格當自己的媽媽了，仔細去聽自己想要的是什麼。」

「嗯。」受到震撼的我勉強擠出回應。

「我希望妳在接下來人生的每一天裡都認真看待這件事。」

「如果真的照這樣去做，一般常理怎麼辦？如果我們完全只做自己，兩者不會互相衝突嗎？」

「妳曾經因為某個男人行為舉止符合常理而愛上他嗎？」

「呃，沒有。」

「噢那個叫葛萊格的，」他故意裝出花痴的語氣。「他真的行為舉止好恰當、好符合體統，讓我好興奮噢。」

「不會這樣，不會。」我笑起來。

「我對符合一般人眼光的東西沒興趣，真正的寶藏都藏在黑暗面，在邊緣和偏遠的角落裡。管一般人的常理去死。」

我覺得他在調情，但也有可能只是為了讓我有些漂亮的句子可以寫進文章裡，才表現得這麼親暱，我無法判斷。講到最後，整體氣氛已經像在聊天而不是採訪了。我可以感覺得出他想知道我是不是單身，但我故意含糊其辭。他說我應該找機會和他一對一談談。

「如果妳有辦法向某個人展現全部的自我，不去顧慮對方的批評，那麼妳與人之間的親密關係就能進展到很深的地步。」他說。

「對，親密關係，這對我來說一直是個很大的問題。」我說。

「我知道，感覺得出來。」一陣沉默突然降臨我們之間。我不知道他這麼說是因為自以為心靈導師，還是我長期以來不斷壓抑的行為要比自己想像中還要明顯。

「嗯。」我再次擠出回應。

「朵莉，我希望妳生命中能遇到某個能真正抓住妳的人。」

「我有諮商師。」我回答。

「我說的不是那個。」他說。

我走出公寓，進入白日的陽光中，彷彿大夢初醒。

「我剛才做了這輩子最有趣的一次訪談。」我對花園裡晒太陽的茵蒂亞還有貝兒說。

「和誰？」茵蒂亞拿下耳機問我。

「和稿子有關的那個男的，那個心靈導師。」

「他說什麼？」

「我也搞不清楚，但感覺像我心裡有個角落從來沒被發現過，而他卻直接對那裡說話，感覺像我身體裡有個沉睡的東西開始打哈欠，慢慢醒過來。」

「他們那種人就是這樣，不是嗎？讓妳覺得他們有什麼特殊能力。」茵蒂亞翻身成正面，沉著表情地說道。「總之我是不相信那些自稱心靈大師的人。」

「說真的，他沒那樣叫自己，都是別人叫的。」我說。

「好吧，稍微好一點。」她回答。

「我覺得那有點像『行家』或『大亨』，」我繼續說。「是只能得等別人開口的稱呼，沒辦法說自己是。」我脫掉上衣，躺在她們鋪在草地的毛巾上，加入日光浴的行列。

「妳問到文章需要的素材了嗎？」貝兒問。

「問到了。」我說。「他其實是個還不錯的受訪者。」我閉上眼睛，讓英國難得一見的強烈陽光擁抱我。「天啊，我得想辦法不要再去想這個人才行。」

「想這個人？思春嗎？」茵蒂亞問。

「不是，應該不是。是『我想把你靈魂都吃掉』那種。我現在只想知道跟這個人有關的所有事，他說什麼我都想聽。」

「跟他要電話啊。」她說。

「已經有電話了，剛剛訪問就是用電話。」

「噢，對齁。」她說。「那直接傳訊息給他啊。」

「我沒辦法『直接傳訊息』給工作上的受訪者。」

「為什麼不行？」貝兒問。

「因為很奇怪。」我聽見自己說出的話。「但話說回來誰又會因為妳很正常而愛上妳呢？」

當天晚上睡前，我又重聽了一次訪談錄音，他說的話像乒乓球般在我腦中彈射。隔天早上我寫完稿，把稿子寄給編輯，把他這人忘了。

*

兩個月後，我參加派對晚歸，到家時突然收到大衛傳來的WhatsApp訊息。他說他正在法國度假，剛從星空底下散步回來，想起上次訪問之後就沒有下文。

「顯然是我太自戀才會這樣問——文章什麼時候刊出？」

「不會自戀。」我回他。「抱歉，那篇因為某些問題被延後了，下個月刊出的時候我會通知你。如果你不在國內的話我可以寄一本給你。」

「到時候我已經回去了。」他說。「最近好嗎？上次訪問的時候感覺妳正在經歷某個階段。」

「還是在那個階段，還在試著調整自己。」我在手機上輸入。「小事啦。你呢？」

「我也在調整。」

他說他剛結束一段非常長的交往關係，和平分手，是正確的決定。他說有時分手對雙方來說都是解脫，像直到空調終於被關掉，一切安靜下來時，妳才發現原來之前有股持續不斷的微弱嗡響。

那天晚上我們傳了好幾個小時的訊息，在第一次訪談以外，終於對彼此有了基本的了解。我們都在北倫敦長大，都曾讀過校風保守的寄宿學校，他說話的腔調也是這樣學來的，我想他應該也討厭自己說話的方式，就跟我討厭自己的一樣。他有四個小孩，兩男兩女，而且他顯然很關心他們。我很容易就能分辨出男人只是想把小孩當成搭訕的話題，但他不是，他知道每個孩子性格上的任何細節，知道他們喜愛的事物、夢想和每天的生活概況。當他談起他們，妳可以在其中聽出他對這些孩子的陶醉和奉獻。

我們討論音樂，討論歌詞。我說我最喜歡的歌手是約翰．馬汀，他的音樂是我和單一男子之間唯一一段持續數年的戀情。他說他聽得出我有多迷馬汀的音樂，他曾經買過一把約翰．馬汀的吉他給他的前妻，如果我想要的話可以把吉他送我。我們聊到兩個人都讀過的一本書，那是我之所以成為素食者的原因，我們兩個都因為書中同樣的數據和段落感到憤怒不已。我們聊到童年時去法國的旅行，聊起各自的父母。我們討論雨。我告訴他我有多喜歡雨，比藍天和陽光更喜歡。雨總是能撫慰我，使我平靜。小時候每當下雨，我就會向我媽要求坐在車子後車廂，停在街邊看雨。洛史都華曾在自傳裡說，他在洛杉磯時，每年都會有一次因為太想念雨了，而雙手張開站在下雨的大馬路上。我讀到這件事時便意識到自己永遠也無法離開英國。我和大衛在凌晨三點道別。

隔天早上醒來時，我彷彿做了一場生動鮮明的夢。當然了，枕頭底下的手機上大衛的新訊息正等著我，彷彿牙仙子留給我的，嶄新、閃閃發亮的一英鎊硬幣。

「妳今天早上五點就把我叫醒了。」那封訊息這麼寫。

「什麼意思？」我回覆。他傳了一段錄音給我，是雨聲，先是厚重然後輕柔，錄自他臥室的窗邊。

「所以我是雨嗎？」我壓抑住自己慣常的嘲諷語氣，不想讓那成為我們之間對話的基調。

「對，就是妳。」他回覆。「我感覺妳變近了。」

我和大衛從起床的那一刻起就互相傳訊息直到入睡，我幾乎無時無刻都抓著手機，以致於不得不跟朋友們解釋大衛是誰。我那陣子每天大約會保留五個小時給自己，用來工作、吃飯、洗澡，但即使在這段刻意保留的時間裡，我也都在想他。我和莎賓娜一起吃午餐時，她說我的眼睛根本從頭到尾都沒離開過手機螢幕。

「好了，不要再看手機了。」她說。

「我沒在看啊！」我防禦性地反駁。

「妳眼睛沒在看，但心裡都還在想要跟他說什麼。」

「才沒有。」

「妳就有。現在跟妳吃飯好像我生了一個十三歲的女兒，整頓飯只想回到MSN上跟外國交換生的男朋友聊天。」

「抱歉，」我說。「我發誓我沒在想他。」我的手機螢幕亮起。

「他傳了什麼？」莎賓娜低頭看向螢幕。我翻過手機，給她看一張畫工精美的獅子插圖。

「他覺得我靈魂的本質是隻獅子。」

莎賓娜眨著眼睛，一臉莫名其妙。

「嗯哼，好，我覺得我和妳的新男友應該聊不太起來。」她語氣冷淡地說。

「才不會。聊得起來的，可以啦。他真的不是什麼嚴肅又沒幽默感的心靈大師，他很好笑。」

「好，總之妳訊息傳少一點就是了。」她說。「拜託，為了妳自己好，妳這樣會在兩個人真正交往之前就把這段關係毀掉的。他現在根本是真人版的電子雞。」

「但他現在人在法國，還要待三個星期。」我說。「要我等到他回來、看得到本人了才跟他說話，根本不可能。」

「我的天啊。我敢打賭，他一定有叫妳飛過去，對不對？」她邊問邊搖頭。「為什麼妳每次遇到男人就要這麼極端？」

「欸，我又沒有打算真的要去。」我沒說的是，我已經查過班機了，純粹好奇。

朋友們其實沒說錯，我的確很快就迷上了這個我根本不認識的人。但她們也都習慣了——找到新愛戀對象的我總像個在聖誕節收到玩具禮物的貪心小孩，我會撕開包裝，單是搞清楚怎麼玩就搞得灰頭土臉，然後隔天就著魔似地一直玩、一直玩，把玩具玩到壞掉，然後就把塑膠零件碎片塞進櫃子深處。

我把一開始和大衛那場訪問的錄音檔寄給法莉。

「妳聽這個，」我在信裡寫道。「聽完就會懂為什麼我會對這個男的這麼著迷。」

一個小時後，我收到她的回信。

「好，我懂為什麼妳對這個男的這麼著迷了。」她寫道。

開始傳訊息一個星期後，我們通了電話。這次，脫去訪問者和受訪者的關係，一切都和幾個月前那次通話非常不同。這次夜已深，非常安靜，我可以聽到他的呼吸和法國鄉間蟋蟀的鳴叫，閉上眼時幾乎可以感覺他就坐在身邊，過去一個星期建立起來的親密關係起了神奇的作用。

「我們還沒碰面就對彼此這麼熟，這樣滿好的。」他說。「莎莉・溫德絲[83]曾經說，『如果妳想嫁給某個人，先約他前妻吃午餐』。」

「現在是建議我和你見面前先和你前妻吃飯？」

「不是，只是覺得大家在第一次約會的時候，都會像在推銷商品那樣美化自己，這樣很難真的了解對方是怎樣的人。」

「對，反正我們這樣，等見面的時候再美化也太晚了。」

又一週過去，幾千則訊息加上幾十通電話，這個人變得完全吸走我的注意，令我想

83 Shelley Winters，美國女演員。

知道他對所有事情的看法。我沒放過任何一點細節，兩人對話之間任何細瑣的爭辯都深深吸引著我。他對於我有興趣的任何主題都能說出新的看法，這個男人談到關心的事時所散發出的光芒令我覺得充滿活力、煥然一新。每天和大衛說話的時間總嫌不夠，我想要更多、更多、更多。

很快地，單是傳訊息、講電話也不夠了，我們把彼此的工作內容都傳給對方；他寄給我未出版新書裡的章節，我寄給他草稿、文章、劇本。我們對彼此訴說那些單是聊天或上網搜尋圖片也無法發現的事——例如我的指甲永遠因為焦慮而留有自己的齒痕，他的指尖則因為彈吉他而長出硬繭。我專心看了他以前演出的短片，覺得他是天才，便記下印象深刻的臺詞和喜歡的畫面，在電話中通通告訴他。

某次深夜我們聊天時他說：「妳去看月亮。」我套上運動鞋，拉件外套蓋住T恤和內褲，走到巷子底，進入漢普斯特德荒野公園。他說他曾和住在海蓋特一個髮型狂野的女人約會，她會在晚上時給他三十秒，讓他先跑進荒野公園，然後自己再跟上來抓他。他們會在樹林裡，抵著其中一棵橡樹做愛。我在公園其中一個瞭望點的長椅上坐下，俯瞰城市的天際線，脫鞋在月光下伸展著裸腳。我告訴大衛，我曾經在這座公園裡看過另一張長椅，上面刻的記念文字讓我落淚。那年我在這座公園裡的女性游泳區（Ladies' Pond）游了一整個夏天，那張椅子就在游泳區旁的草地上，用以記念溫恩・康威爾（Wynn Cornwell）——她每天都在那裡游泳，直到九十幾歲。

「椅子上寫著：『謹此記念五十五年來每天都在這裡游泳的溫恩．康威爾，以及每天等她的維克．康威爾』。每天她去游泳的時候，他一定就站在管制點的入口處等。很美，你不覺得嗎？」

「妳知道嗎……」他開口。

「什麼？」

「沒事。」他說。

「沒關係，你說。」

「妳很迷人，在很多面向上都很坦率，但為什麼要裝出一副『我是座孤島』的暴躁樣子呢？」他問。

「我沒發現自己會這樣，至少不是有意的。」

「妳可能覺得自己沒辦法擁有那樣的感情，但其實可以。只要妳想，妳也可以有同樣的情感關係。」

「就算不清楚自己想不想要某個東西，我也還是會被那樣東西感動。」我說。「反正我就是個笨蛋，每年都會有清潔工定期進來疏通我的心和淚腺之間的通道，總有一天我會變成一根透明的巨大管線，裡面擠滿各種噁心的情緒。等我到了你的年紀，可能連看到風中的落葉都哭。」

「如果妳運氣好的話。」

「有些時候，即使是你自己小小信念和其他人堅毅不搖信仰之間的差距，也非常能感動人。」

「我也說不清楚，也許妳心裡有個無法填補的空洞。」他輕輕地嘆了口氣。「也許永遠沒有人能填滿它。」我看著月亮，想著此時我和他都正看著月亮的同一面。我對一顆星星許願，希望那天晚上我睡著之後就會忘記他剛才說的話。

我知道自己正把大把的時間和心力投注在一個完美的陌生人身上，但我非常有理由信任他。我倒數著日子，等待唯一阻隔我們的只剩空氣，在那之前，我很享受兩個人共同創造出來的小宇宙。如果說我們每天都要進入無趣的日常生活，那對我來說他就是開在一旁的小門，讓我能夠遁入有著奇幻色彩的世界。遇到問題時，我會向他尋求建議，寫作苦思不得結尾，我也會問他的意見。

「謝謝妳對我打開妳的內心。」有天下午他傳簡訊這麼說。「這樣很性感。」當然了，如果我喜歡的男人說他覺得某件事很性感，我便會持續下去。

我們經常談到我們之間聯絡得這麼頻繁其實並不尋常，對他來說這是完全新的體驗，非常罕見。我從來沒和任何人有過這樣緊密的聯結，但畢竟青春期時就受過MSN的訓練，成年之後又投身網路交友，所以比他更習慣和陌生人聊天，

「其實很怪，對吧？」他傳訊息給我。「妳跟我從來沒見過面，可是——可是進展卻這麼深入！我們一起去過那麼多地方，那些屬於親密與溫柔，屬於美好的週日、歡

笑和音樂的國度。」

「我知道！」

「而且這一切都是我們用看不見的能量編織出來的，全都只有電腦的像素。」

「我們是魔法師啊。」

「妳看我們用這些像素做了多麼奇妙的事，」他寫道。「透過衛星對著彼此互相發射電波。」

大衛回英國的前一晚我幾乎沒睡。他預計先將孩子載到他媽媽家，然後開回倫敦借宿朋友住處，隔天再來找我，進行一場兩人精心規畫的完美約會。天氣應該會很好，我會在中午過後帶著一瓶紅酒和兩只塑膠杯到荒野公園和他碰面。茵蒂亞和貝兒幫我挑了約會的服裝——藍色的茶歇裙和白色膠底帆布鞋。我把公寓打理乾淨，因為覺得他不可避免地會留下來過夜，還特地去買了幾塊高級麵包，隔天早上可以吃。

「這女人是認真的。」茵蒂亞得出觀察後的結論。她看著我仔細地把書架上的書拿下來、清理層板，並按照我認為大衛會喜歡的程度，重新排列上架（德沃金[84]、拉金、《享受吧！一個人的旅行》）。

84 這兩個人指的是Andrew Dworkin和Philip Larkin。

但就在這場理應熱辣辣約會的前一晚，我得先參加另一場約會。我不知道對象是誰，因為是聯誼公司安排的，目的是希望我能在約會專欄裡提到他們公司。這場活動在大衛和我開始隔空戀愛的幾週前就已經定下，對當時的我來說是很合理的安排——聯誼公司需要曝光度，而我需要約會和寫稿。我不想放那個可憐的傢伙鴿子，所以定了一個勉強算是晚上的時間，約在倫敦市中心某處喝一杯，這樣就能確定自己九點以前回得了家。

赴約前，大衛傳的最後一句話是「我心要碎了，晚點打給我」。

但說起來我其實沒碎他的心，剛好相反。就跟所有被人牽線的約會一樣，參與的兩人其實都不怎麼自願。他還愛著前女友，為了自己搞砸的關係後悔，而我正對一個沒見過的男人暈船。我們把自己的故事告訴對方。我叫他帶著花去前女友家，告訴她自己會永遠愛著她；他則要我回家早點休息，因為明天我就要和未來的結婚對象見面了。我們只喝了一杯調酒就走人，搭同一班地鐵回家，擁抱彼此道別。

「祝妳好運！」他在車廂門關上的時候大喊。

「你也是！」我隔著玻璃做出嘴形。

回到家後，我打給大衛，把約會的事告訴他。他比預計的時間還早回到倫敦，晚上會睡在朋友家的沙發上，地點離我家只有兩英里。

「過來，住我這裡。」我說。

「那明天的完美約會怎麼辦？」他問。

「我知道，但因為這樣你就要住在離我十分鐘車程的地方，這感覺也太傻了。」

最後我們同意按照原本的計畫。五分鐘後，我在手機上看到他的訊息。

「我過去好了。」

我躡手躡腳溜出公寓，走下室外鐵梯，看到他站在一片寂靜的街上，只有月光照射出他高大、寬闊的身影和深色的捲髮。我在階梯上停了一會，好好地把他看進心裡，彷彿覺得自己剛跳出懸崖，就要撞上水面。我跑向他，雙手環抱住他的脖子，兩人擁吻。

「讓我好好看看妳。」他捧著我的臉，眼神專注地掃過我的五官，彷彿他正準備參加考試，而我是必須牢牢記住的答案。

「很高興見到你。」我說。

「我也很高興見到妳。」我們在夜半的街中繼續親吻彼此，我光著腳站在柏油路面上，有隻郊區的貓頭鷹正在一旁樹上咕咕地叫。他將我拉進懷裡，我的臉抵著他身上那件和他捲髮一樣凌亂的深藍色襯衫。

「妳還說妳身高有到六英尺。」他對著我的額頭輕聲說道。

「有啦。」我回答，站直了身體。

「沒有，妳沒那麼高。我知道妳沒有，大騙子。」

我拉著他的手，偷偷摸摸地上了樓。

接下來幾個小時就如同我想像一般，我們喝酒、聊天、聽音樂，躺在彼此身邊，然後接吻。我將鼻子靠上他赤裸、刻有刺青的肌膚——經歷法國陽光的洗禮後呈現核桃般混濁的棕色——然後呼吸，是菸草和泥土的味道。我仔細研究他的神態舉止，那些在電話和相片中無法捕捉的部分，例如他眼簾上的皺褶，或是他發出「s」的音時呼吸擦過齒間的方式。我說話時他就近在眼前，他說話時直視著我的臉，我向他敞開，予他信任，驚嘆於自己竟然能和一個幾乎不認識的人感到如此親密。

「有件事很有趣？」他親了親我的額頭。

「什麼事？」

「妳跟我想像中一模一樣，就像站在操場上的小女孩，用手遮住眼睛就以為沒人看得到她了。」

「什麼意思？」

「妳躲不了我的。」他說。我知道自己永遠也無法對眼前的人說謊，我知道我深陷在他之中。

「你會介意我們跳過了那場完美的約會嗎？」在進入半夢半醒，含糊彌留之際，我這麼問他。

「不會，完全不會。」他摸著我的頭髮說。「妳明天要做什麼？」

「一點要和編輯開會。」我說。

「那我晚一點來找妳？」他提議。

我閉上眼睛，瞬間進入安穩的夢中。

幾個小時後，我被一陣聲音喚醒。大衛站在床尾，正在穿衣服。

「你還好嗎？」我還滿腦子睡意。

「我沒事。」他的語氣有些火氣。

「你要去哪？」

「開車晃晃。」

我看了時鐘，凌晨五點。

「什麼——現在？」

「對，我想開車晃晃。」

「好。」我說。「要我給你鑰匙，讓你等一下可以進來嗎？」

「不用。」他說。他彎下腰沿著我的手臂親吻，從手肘吻至肩膀。「繼續睡吧。」

他關上門。我聽見他離開公寓、上車、開遠。

我看著臥室的白色天花板，試著拼湊出發生了什麼事。我心裡充滿了被猛然推開的酸意，許多情緒從胃中一路滿至喉頭：自我厭惡、自我憎恨、自憐，互相加乘。多年前接到哈利那通電話時，我也是這種感覺。

熬到七點，我爬到茵蒂亞床上，把所有事告訴她。

「聽起來他抓狂了。」茵蒂亞說。

「為哪件事？」

「也許是因為你們的關係突然變得太真實，太親密了。」

「但他會輔導其他人認識親密關係耶，」我說。「基本上這算他的專業吧。」

「呃，我覺得他應該屬於『做得成的人就做……』[85]的那種狀況。」

「也太難以置信。」我說。

「不管他的理由是什麼，他今天都應該要好好解釋清楚。」

「但也許已經沒有今天了，也許他之後都不會再跟我說話了。」

「絕對不可能。」她說。「他有四個小孩，同情心理應要多一點。」

「如果不是手機上還留著他說要過來的訊息，我真的會覺得昨天晚上都是夢到的。」我說。「我剛剛睡不著，就一直躺在床上，像是在折磨自己一樣，腦袋中想的全是他，他的眼睛、雀斑，還有他胸前的刺青——」

「噢，當然了，他胸口當然有刺青，怎麼可能沒有。」茵蒂亞翻了個白眼。「刺什麼？」

「我說不出口，實在太諷刺了。」

「試試看。」她說。

「某種符號，象徵對女性的尊重。」

「老天爺都要哭了。」

「他應該加個備註的。」我說。「在旁邊放個星號，註明『除了朵莉・艾德頓以外』。」

「妳還好嗎？」茵蒂亞摸著我的手臂。「妳應該嚇到了吧。」

「我只是搞不清楚現在是什麼狀況。」我說。「所以我們就這樣結束了嗎？」

兩個小時後，我收到大衛傳來一封猜字謎般的訊息。

「嘿，」訊息這麼寫著。「如果我的態度嚇到妳，先跟妳說聲抱歉，那樣離開確實有點怪。能夠看見妳、觸摸妳，那種感覺真的太美好了——這讓我開始觀照自己非常深處的內心，察覺到過去這陣子我們建立起來的親密聯結，以及對彼此『毫不認識』的陌生感，並意識到這兩種完全相反的狀態之間有多麼大的落差與隔閡。」我在他輸入下一段訊息前一直盯著螢幕。我告訴自己，除非想到什麼有意義的話，否則不要回覆。「因為這樣，我開始思考一些很重要的問題。媽的，我真的好希望妳不會因此受傷，也許妳只會覺得『隨便』，但也有可能妳會因此而被嚇到。」我瞪著手機，還是不

85 劇作家蕭伯納（George Bernard Shaw）的名言，整句話是「做得成的人就做，做不成的人就教」（Those who can, do; those who can't, teach）。

確定該說什麼。「希望妳不是難過著醒來。」他又傳來一句訊息。

「我醒來時的確很難過。」我回覆。「畢竟，我不是常常對人敞開心房。」

「我知道，真的很抱歉，那並不是要遺棄妳的意思。」

我想起和哈利之間最後的那通電話，想起自己如何在電話中求他愛我，哭著解釋我配得上他。當時的我搜尋著他聲音裡任何微小的遲疑，讓自己相信可以繼續不顧一切地抓著他，抓到指節都泛紫。但是，那已經不是我的故事了，我不想成為那樣的人。

「我真的不太懂上面這些訊息是什麼意思，不過如果你覺得不想再繼續下去，我可以就停在這裡。」我寫道。

「我需要暫停一下，想想我對妳的態度。」他回覆。「但這並不是要結束我們之間的關係。」

「但我是，」我寫道。「我現在得退出了。」

「媽的，我傷害到妳了。我可以感覺得到。」

「沒關係。」我回覆。「我們各自都處在生命中很奇怪的階段，你剛結束一段關係，而我正透過諮商分析去了解自己。但我得保護自己。」

「好吧。」他給出回應。

我刪掉我們的對話以及通話紀錄，然後刪掉大衛的電話號碼。

隨著日子一天天過去，我感到一陣混合了孤單、難堪、哀傷和憤怒的情緒。我覺得自己像個笨蛋，像《阿徹一家》（The Archers）裡會出現的那種女性角色，沒見過世面，被一位卑鄙、英俊的陌生人追求，但那位陌生人最終會離開，連同她所有的存款一併帶走。朋友們為了讓我感覺好一點，紛紛分享類似的難堪經驗，各種被陌生人騙取親密關係的故事。負責我約會專欄的其中一名編輯寄了一篇文章給我，名為〈虛擬的愛〉（Virtual Love），出自一九九七年某期《紐約客》，內容關於網路戀愛這種奇特的新現象。作者是名女記者，她以第一人稱記下自己透過電話和電子郵件和一名陌生人發展出的關係。「我也許不認識這名追求者，」她寫道。「但有生以來第一次，我很清楚這是一場怎樣的交易：我將成為被渴望的人，某個盲目男子凝視的對象……如果我們在街上相遇，大概也認不出彼此，專屬於我們兩個的那種親密關係，會被現實世界的枝條、屍體及落石層層掩蓋，變得模糊不清。」

在大衛半夜逃離的兩天之後，雜誌刊出了讓我認識他的那篇稿子。我完全忘記這篇文章的存在，但在書報攤的架上看到它時，覺得一切似乎完整了。我違背了自己當初在開啟這場災難的訊息中答應大衛要做到的事，既沒傳訊息給他，也沒讓他知道文章已經刊出。我沒再和大衛說過任何一句話。

隨著時間過去，整件事感覺起來變得更加荒謬，而我的朋友們都受到這起事件的餘波震盪。在事情過去好幾週之後，有時當我們坐在某間酒吧裡，茵蒂亞還會突然放下酒杯大喊：「妳們不覺得那個叫大衛的很誇張嗎？」貝兒則認真思考要去舉報他濫用職權的信任感。

「這種事是要向誰檢舉？」我問。

「一定有個什麼心靈導師委員會吧，負責評斷他們合不合格之類的。」茵蒂亞說。

「不然我們直接打給哈令給[86]市議會，」貝兒提議。「告訴他們有個心靈大師逃亡在外，會對耳根子軟的年輕女子造成威脅。」

有些朋友覺得他就是個厭女症患者，看到有信任問題的女人便把她視為挑戰，達到想要的目標之後就擺手離開，就是隻披著嬉皮外表的狼。比較寬大為懷的則覺得，是大衛無法面對虛擬誘惑這件事，適應能力低於我這個千禧世代。我習慣和從沒見過面的人聊天並維持密切關係，和網路上的人第一次實際見面的確會讓人產生不和諧的感覺，但試著去認識對方是填補那道縫隙的技巧，這是網路約會的最大前提。而所謂的縫隙，也就是他口中的「落差與隔閡」。

海倫想了另一個理論：他正在經歷分手後的中年危機，而我只是他為了維護自尊心之下衝動購物的結果。我就像皮夾克或跑車，他喜歡那些商品的概念，但也知道買到之後，他永遠不會用到那些東西，它們與他的生活格格不入。

不過，為失去大衛而哀悼，就像是小孩在哀悼自己失去了那位看不見的朋友，全都不是真的。那只是假設，只是虛構。我們和彼此玩感情的試膽遊戲，看誰先認輸。這是一場可以在未來拿來誇耀的性經驗，是刻意編造的多愁善感，是困在名為自我的地下室裡時，為了在陰暗潮溼之中感受到一點什麼，而被逼出來的絕望需求。那是文字與空格，是像素，是《模擬市民》遊戲，是一場愛情的扮家家酒。那是以精心編排的緊湊舞步透過衛星對彼此發射電波。

直到現在，在經過無數小時的剖析之後，我才真正看出大衛的身分。他不是騙子，不是中年危機的化身，更不是穿著勃肯涼鞋和亞麻外衣的劣質版情聖，而是個操場上的小男孩，蓋住雙眼就以為沒人看得見他。但我還是看到了，因為我們是同一類人，都是程度相同的壞孩子。他迷失了，正在尋找救生艇，需要某個東西去轉移注意力，好忘卻自己的悲傷。我們是兩個需要用幻想來逃離自己的寂寞的人。比我年長二十歲的他應該要比我更了解，但他沒有。我希望自己再也不必陷入那種遊戲裡，成為共謀，也希望他最終能找到他想要的。

86 Haringey，倫敦北部自治市。

十月十八日

不管妳是能生還是不能生，凱倫所有的朋友們大家早安！

我們的好朋友凱倫要辦產前派對了！雖然這完全是沒有必要又煽情又貴又不知道是美國人從哪裡生出來的假傳統，不過我覺得還是該把派對計畫寄給大家參考。凱倫覺得這是跟大家索取時間跟金錢的好機會，讓大家齊聚一堂慶祝她對個人生活的選擇。雖然每個人都已經在伊比薩島花了一千五百英鎊幫凱倫辦單身派對，也都前往馬約卡島參加她服裝要求嚴格的婚禮，還在Selfridges百貨公司的禮品清單上認購新婚禮物，但我們還是覺得各位最近為凱倫付出的不夠多（這邊要請姊妹特別注意，如果哪天妳換了新工作或自己買了房子，妳就只會收到一張卡片而已，請不要指望別的禮物。請務必確保不要開下任何先例，我們可不是錢做的！）。

好消息是，除非妳只想要聊跟她小孩有關的話題，否則凱倫生產後就不會再和任何一個沒有小孩的朋友見面了，所以妳們可以把這次產前派對視為對凱倫這個人的餞別茶會，一勞永逸，把其他的錢在身邊多留幾年！當然，這個情況只會維持到她餵完母乳開始覺得無聊為止，到時她就會把所有人都抓出去喝酒、跳舞、嗑藥嗑到爽，然後隔天再發一封態度冷淡的訊息，表示她晚上不能再這樣出去玩了，因為她「現在已經身為人母」。

派對當天，我希望各位在抵達我（凱倫的最好死黨）位於貝爾塞斯公園[87]的公寓後，好好地觀察一下我家的規模、格局和歷史特徵，這些話題會在當天下午的對話中占據非常大的比例。我會以炫耀的態度，滔滔不絕地描述我家廚房的整修過程，讓在場還在租房子的人相形慚愧，如果妳們可以不要提到我爸付了全額房價這件事的話，我會非常感激。沒錯，全額，連貸款都不用！進門記得脫鞋。

我們會在下午兩點整準時開始玩遊戲，每種遊戲都非常尷尬、浪費時間而且幼稚。首先我們要一起在玩具嬰兒身上黏上嘔吐物，然後還會猜便便（我們會把融化過的不同牌子巧克力倒進尿布裡，讓準媽媽猜出每個尿布裡放的是哪個牌子！）。隨後我們會玩跟嬰兒主題有關的比手畫腳，題目是在不同育兒階段會發生的事，例如「因為妳拒絕讓自己的小孩受洗而和盛氣淩人的媽媽吵架」或是「為了要不要告訴孩子倉鼠死掉之後會轉世輪迴而跟另一半爭辯要把孩子寵到什麼地步」之類的。

整個遊戲時間大約三個小時，壓軸的遊戲名稱叫作「給我擠乳器」。有幾個人寄信詢問與這場遊戲有關的問題，請容我統一在這裡解答：是的，沒在泌乳期的人也能

87 Belsize Park，倫敦西北部的一個區，大約在漢普斯特德荒野公園下方。此地以前曾是莊園，並非真的是公園名稱。

玩。凱倫曾對我清楚說過，以賓客的受歡迎程度來說，還沒成為媽媽的人只比孕婦或有小孩的人略低一點點而已，請不必擔心。在遊戲中，每個人會先輪流傳遞擠乳器，接著，在音樂停止時拿到擠乳器的人，就要把它貼在乳頭上，讓大家嘲笑一下。應該會很有趣喔！

現場會提供一瓶溫的普羅賽克氣泡酒作為二十五人份的洗塵飲料，除此之外不會有任何酒精性飲品。不過，各位可以盡情享用菜單內容陳腔濫調的下午茶，每樣點心都會以迷你分量的方式提供。

下午五點開始拆禮物（禮品清單請見附檔）。

如果妳是年薪少於兩萬五千英鎊的嬉皮、自由工作者、失業人士，以及媒體、藝術和創意相關產業工作人員，請記得：沒人想要妳自己做出來的鬼玩意。如果妳真的在乎凱倫和她未出世的孩子，請跟其他人一樣去The White Company[88]的禮品清單上挑禮物，喀什米爾的帽子才八十塊而已，妳實在沒藉口要自己織。醒醒吧，沒人會喜歡妳的手工品。

凱倫拆開禮物時會像個參加慶生茶會的五歲小女孩，我們全部都必須在一旁見證，然後聽她解釋每份禮物的用途。對還沒有生過的人來說，這項活動不只無聊，可能還會非常恐怖，因為妳將會聽到關於乳頭修復霜、產後尿片、胎盤湯的各種細節，以及如何從分娩浴缸中把大便撈出來的詳細做法。現場會有經過專門訓練的創傷症候群諮商師，能為還沒生過的女人進行緊急心理諮商，如果妳生過了，現場也備美甲師一名，隨時為妳服務。

當天的重頭戲——性別揭曉蛋糕——將於晚上七點登場。凱倫和她老公賈許並不曉得孩子的性別，他們要求醫生將答案直接告訴位於哈克尼區的手工烘焙坊「甜點咬一口」。烘焙坊團隊的所有成員嘔心瀝血地創作出一顆四層蛋糕，外表塗滿凱倫最愛的鹽味焦糖糖霜，當凱倫切開蛋糕時，裡頭海綿蛋糕的顏色就會揭曉孩子的性別：粉紅色是女孩，藍色是男孩，綠色就是兩邊都沾一點。這對在場所有人來說都會是非常特別（而且可口！）的時刻。

這將會是既昂貴又無聊的一天，充滿愛與歡笑。我們希望將這天送給最棒的凱倫，恭送她邁入成為人母的人生階段，也期望能讓那些沒小孩的朋友感到被排擠，有小孩的則覺得自己做得遠遠不夠。

到時候見啦！

愛妳們的娜塔莉

---

88 英國居家服飾品牌，也有推出童裝。

足夠

認識大衛幾個星期後，在一種暴露、手足無措的情緒作用下，我防禦似地大聲宣布，自己將全然擁抱獨身生活。當然了，其實最後我根本沒獨到哪裡去。原因包括，第一，那種生活我維持不到三個月；第二，那項聲明的主要用途是為了吸引男性的注意，為他們立下某種「重生處女」的夢幻挑戰，造成的效果其實跟獨身這個概念完全相反。連修女都不會立下這種獨身誓言，因為那只會顯得她欲擒故縱，令人更難抗拒。

接著我便迎來一次災難般的聖誕特輯。「聖誕特輯」是我朋友們發明的詞，用來形容特定一種因為喝醉而隨意發生的一夜情，只會發生在快要過聖誕節那陣子，因為在這段期間裡，每個人都非常歡樂、善良，喝了一大堆蛋酒，什麼事都可能發生。那一年，到了這段時間，我覺得自己理應得到一點立即性的認可，彷彿我只要餵自己吃一碗自尊的泡麵，就能迅速補充滿滿的自信。

某次工作聚會過後，我傳了簡訊給一個和我在交友軟體上聊了兩個星期的人。他是個「喬弟」[89]，從事音樂相關工作，有著厚顏無恥的調皮笑容，很會調情。

「不然現在來約會？」我以一種挑釁的冷漠態度傳訊息給他，那時是凌晨一點半。

「好啊。」他回覆。

他在兩點抵達我的公寓，帶了一瓶有機紅酒，我們在沙發上閒聊彷彿兩個世故的都市人天還沒黑就舒服地吃著晚餐，享受彼此的約會陪伴，假裝我們寂寞到狗急跳牆的可憐現實人生完全不存在。就在剛剛好聊了一個小時之後，我們開始接吻，然後轉戰我的臥房，做了一場敷衍、單調的愛。那種做愛的感覺就像妳在高速公路休息站匆忙抓了就走的三明治，兩者有著一樣的本質——妳本來以為自己很期待，但在拿到的那一刻就開始疑惑為什麼一開始會想要這種東西。

在紐約遇見艾當之後，我就沒和陌生人上過床了。我像一個突然發現自己不想再玩芭比娃娃的小女孩，不小心從一夜情的生活中長大。那次經驗一結束，我就知道自己永遠不會再這麼做。性愛本身沒問題，他的存在卻令我無法忍受。一夜情裡那種虛假的親密感曾讓學生時代的我享受得津津有味，現在看來就像一場可笑的鬧劇。雖然不是他的錯，但我只想要他離開我家、離開我的房間。我床邊的桌上還放著朋友們寄來的信，為了買那張記憶床墊我存了好久的錢，我想要他離開我的床。看到在黑暗中睡著的陌生人身形令我感到噁心，夜晚逝去的速度慢得像條蛞蝓。

---

89 Geordie，泛指來自英格蘭東北部的人。

我帶著惡劣的宿醉醒來，喬弟還在我的床上。他想要整個早上和我躺在床上喝茶、聽佛利伍麥克合唱團（Fleetwood Mac）的專輯——也就是說，我遇上了一個「假男友」。根據多年下來的觀察，所謂的「假男友」是某些男人在一夜情後會呈現的狀態，他們會在隔天早上表現出詭異的浪漫行為，要嘛想讓妳愛上他，要嘛是為了平息他們自身的愧疚感，因為他連妳全名都不知道就上了妳。這種男人會花整個早上和妳擁抱、幫妳做早餐、陪著看《歡樂單身派對》，最終在薄暮時離去，永遠不會再打來。這項服務看起來免費，但卻潛藏著極高的情緒支出。就算我遇上「假男友」型的男人，我也從來沒讓他們有機會提供這種行程。

「祝你一切順利。」我站在門邊這麼說。終於用中午還有約的假藉口把他趕出我家。

「別這樣說。」他給我一個擁抱。

「抱歉。」除此之外，我不曉得還能說什麼。「聖誕節快樂。」

我倒在沙發上看白天播出的無聊電視節目，身上穿的是李歐的套頭上衣，我一直沒丟掉。此時茵蒂亞的可愛男友走進客廳，他滿臉鬍子和笑容，身上掛著一條看起來很舒服的費爾島（Fair Isle）編織圍巾，那是茵蒂亞為他精心挑選的聖誕節禮物。他整個人就是親暱與愛的寫照，我覺得那個狀態離我前所未有地遙遠。

「阿朵早啊。」他說。

「圍巾不錯。」

「是齁，好看吧？」他低下頭對我笑。「茵蒂亞說妳昨天晚上來了一場聖誕節特輯。」

「嗯。」我半張臉埋在沙發的坐墊裡，眼睛還瞪著電視上《自在女人》（Loose Women）的主持檯。

「感覺如何？」

「不好。很糟，令人不爽。」我說。「是《東區人》的版本。」

「噢，可憐。」他說。「所以不會重播囉？」

「不會。一次就夠了。」

隔一個月，我的約會專欄終於走到尾聲——這讓我再也沒有藉口以職業當幌子去打量男人。專欄的結束象徵著我的人生進入新的階段，在這個階段裡，我的生活將不會再被前男友的深夜來電或是交友軟體左滑右滑這些事情影響，去酒吧玩的時候，我也不必再因為帥哥出去抽菸，而強迫自己也來一支菸。

雖然這個專欄是個誘因，但事實是，我本來就已經對男孩們上癮了。早從我開始有性生活之前就開始，一直都是如此。吉莉．庫珀也曾經在《荒島唱片》[90]節目裡說過類

90《荒島唱片》（Desert Island Discs）為BBC於一九四二年開播的廣播節目，主持人會詢問來賓選擇八張專輯、一本書和一種奢侈品攜帶至荒島，並討論原因。吉莉．庫珀（Jilly Cooper）為英國作家，最初為新聞工作者，後來開始撰寫非虛構作品、言情小說和童書。

似的事——她在讀女校時就對男孩子非常著迷，連看到學校裡八十多歲的園丁偶爾在花園裡工作，她都能發花痴。以前的我就是那個女孩，我就是這樣長大的，而且某種程度上來說，那個女孩從來沒從我身上離開。男孩們令我著迷，也同樣令我害怕，兩者程度不相上下，我不了解他們，也不想要了解。對我來說，他們的作用只是提供滿足和喜悅，除此之外的其他東西都由女性朋友給予。我透過這種方式與男孩們保持一定距離。

從薩丁尼亞島回來後，法莉便開始新的生活。那是她從二十出頭歲以來第一次重回單身女子的身分，我彷彿受邀TED演講般，義正辭嚴地對她解釋了現代人約會的複雜之處。

「妳要知道的第一件事，」我說。「是現在已經沒有人會透過真實生活認識其他人了。遊戲規則已經跟妳上次單身時不一樣，法莉，不幸的是，除了隨波逐流之外妳沒有別的選擇。」

「好。」她點點頭，默默記在心裡。

「好消息是，其實大家都不喜歡網路交友。所有人都用這個方式，但其實都不喜歡，所以我們都在同一條船上。」

「了解。」

「所以，如果妳哪天出現在酒吧或其他場合，發現完全沒人找妳聊天，也請絕對不要氣餒，這種情況非常正常。事實上，有時候就算男人喜歡妳那天的打扮，也可能不會馬上來搭訕，反而事後才在Facebook上傳訊息說他那天應該主動找妳聊天。」

「呃，好怪。」

「非常詭異。但妳得習慣，就只是新的搭訕方式而已。」

「那乳交呢？」她問。

「乳交怎樣？」

「現在的人還會要乳交嗎？」

「不會。」我以權威的語氣宣告。「二〇〇九年之後就沒有人幫其他人乳交過了，也沒有任何人被乳交，妳永遠也不會被要求要做這件事。」

「好，至少還有一件好事。」她說。

*

一個星期後，法莉在酒吧裡認識了一個男的。他們交換電話號碼，馬上就開始約會。

「法莉認識了新的對象。」我在某個星期六早餐時告訴茵蒂亞。

「很好啊。」她說。「妳吐司要一片還兩片？」

「兩片。猜猜看她在哪裡認識的，妳絕對不會相信。」

「我不知道。」她吃了一大湯匙檸檬酪。

「在酒吧。」

「『在酒吧』是什麼意思？」

「就是，在現實生活中。他主動向她搭訕，開始聊天，然後現在在約會了。很難相信對吧？我很替她開心，但又氣到不行。妳說嘛，妳上次在酒吧裡認識人是什麼時候？」

「太扯了吧！」茵蒂亞火光四射。

「我懂。」我說。「我懂。」

貝兒穿著睡袍，拖著腳步走進廚房。

「早啊，美女們。」她話裡充滿睡意。

「妳聽說了嗎？」茵蒂亞氣憤地問。「法莉認識了新的對象。」

「怎麼了？」她說。

「他們在酒吧認識的。」

「哪間酒吧？」

「不知道。」我說。「在里奇蒙吧，大概。但妳相信有這種事嗎？過去五年我都不記得有誰曾經在酒吧裡給過我電話號碼，她只出去五分鐘就遇到了。」

「可能泰晤士河南岸流行這樣做。」貝兒仔細思索了一陣。

「我覺得這是法莉的特異功能。」我說。

只要談到愛情，法莉和我之間的差異就會變得非常明顯。法莉是教科書般的一夫一妻主義者，相處起來舒服、忠誠、偏好同居與長期交往。但在感情中最讓我蠢蠢欲動的部分，剛好是她最討厭的地方——交往最初的幾個月，充滿未知與龐大的風險，卻又令人興奮異常，整個人會因為小鹿在內臟之間亂撞而搞得食不下嚥；而最令我恐懼的地方對她來說則是絕對的天堂——參加男友家人的烤肉聚會、星期六晚上抽了大麻後一起癱在沙發上看電視，或是兩個人在一個長程駕車旅行途中被卡在高速公路的車陣裡。她會樂意放棄最浪漫的前三個月，交換一輩子的居家生活、親密感、務實規畫和抽了大麻後的電視時間；而我則願意放棄一切去換取一輩子重複度過最初三個月的時光，並確保自己永遠也不必和性伴侶一起去Ikea、國道客運候車站或彼此的親戚家。

在心理諮商過程中，妳會學到的一個字，「投射」。這指的是妳因為害怕發生某件事或處於某個狀態，而開始推卸責任，指責其他人做了那件事或成為那種狀態；這有點像是幫小孩子拍照時，為了吸引注意，故意用玩偶引誘孩子的目光。我常批評法莉的交往對象，就是這個緣故。我總認為自己不斷抗拒承諾是種追求自由的表現，但從沒意識到，真正困住我的恰好就是這個行為。法莉也許需要一直處於交往關係中，但至少她知道自己要什麼；而我只知道自己需要某個東西，但完全不曉得那是什麼，甚至還討厭自己有這種需求。

某次和法莉散步時，我告訴她自己打算暫時不碰性愛——包括前戲和收尾那些曖昧調情、飛鴿傳書、約會和接吻——試圖藉此找回一些自主權。我告訴法莉，雖然這輩子大部分時間都是單身，但我卻發現自己從青春期以來，都並非「真的」一個人過。她同意我的看法，認為這應該是個正確的決定。

「妳覺得我以後有可能和某個人定下來嗎？」我和她走在荒野公園裡，跳過地上的倒木。

「當然啊，妳只是還沒遇到對的人。」

「話是這麼說沒錯，但我覺得問題不在於對的人，而是我自己。除非把這些事情都想通，否則我會一直覺得男人無關緊要。」我筋疲力竭地指著自己，彷彿我是某個青少年的房間，從來不整理，講也講不聽。

「嗯，妳現在願意花時間去處理這些問題，我覺得就是好事。這個階段只是一時的，長遠來說會讓妳有所回報。」

「為什麼這種事對妳來說這麼容易？」我問她。「我一直都很羨慕妳那麼輕易就找到了史考特，好像妳就是走到那邊，進去，然後就蹦，認定就是那個人。」

「說真的，我也不知道。」

「當初訂婚的時候，妳有沒有想過自己再也不能和其他人上床了？這件事有困擾過妳嗎？」

「妳知道嗎，」她說，「現在聽妳說我才發現，我好像從來沒這樣想過。」

「怎麼可能。」我像個小孩般邊走邊跳，想用手指去碰頭頂的樹枝。

「真的。我知道聽起來有點怪，但我真的沒這樣想過。」她說。「我腦子裡唯一的念頭就是想要和他過一輩子。」

「我好想知道那是什麼感覺，真正地對某個人做出承諾，而不是一隻腳踏進門裡，另一隻還站在外面。」

「妳對自己太嚴格了。」她說。「妳是可以維持長期交往關係的，妳比我認識的所有人都還擅長。」

「怎麼可能？我最長的一段是兩年，而且在我二十四歲時就結束了。」

「我說的是妳和我。」她說。

之後幾天，我不停想著法莉說的那些話。我們認識彼此二十年了，在這麼長的時間裡，我居然從來不覺得和她相處很無聊。隨著年紀增長，一起經歷的事愈來愈多，我只變得愈來愈愛這個人。每次有好消息時，我總是很興奮地告訴她，遇到問題了也總想知道她的觀點。如果要找人去夜店跳舞，她是第一人選。我們共有的經歷越多，她對我的價值就越高，彷彿她是掛在我客廳裡的一件美麗、珍貴的藝術品。她的愛令我沐浴在熟悉、安全與平靜感之中。一直以來我都被告知，我在一段關係中的價值取決於性方面的表現，這也是為什麼我的行為總像是卡通裡會出現的那種花痴。我從沒想過男人可以像朋友們那樣愛我，而我也可以像愛朋友那樣去對待他們，以同等方式表現我的承諾和關心。也許，這麼久以來我其實都處於一段偉大的婚姻關係中，只是自己毫無所覺。也許我在法莉身上感受到的，就是一段好的交往關係應該有的感覺。

我像在攻讀博士學位那樣，將自己投入禁慾生活之中。我讀關於性愛成癮的書和部落格，聆聽相關的故事。我越深入，就越發現自己以前錯得有多離譜。對過去的我來說，約會只是提供立即性愉悅的工具，是自我陶醉的延伸，跟與人建立聯結一點關係也沒有。我一次又一次與男人建立起強烈的激情，然後就認為那是親密。在甘迺迪機場被陌生人求婚，被中年心靈導師要求飛到法國和他共度一週，這都是被誇大的無謂激烈感情，而不是和另外一個人之間緊密的親密連結。激烈與親密，我怎麼會搞混呢？

一個月後，我只感到完全、不受拘束的解脫。我刪掉手機上的交友軟體，也刪掉炮友們的電話。我不再回覆前男友半夜三點傳來的訊息，彷彿只是隨口問著「嘿，美女，最近如何？」或「跟妳那位還好嗎？」。我不再在網路上追蹤可能的對象；之所以刪除Facebook帳號主要也是因為這個原因。我不再帶著祕密生活、不再夜遊，轉而把所有時間投注在工作和朋友身上。

兩個月過去，我終於了解見證朋友們永結同心是什麼意思，不再把婚禮當成營業時間八個小時的愛情狩獵場。我學會如何欣賞教堂唱詩班美妙如鐘聲般的歌聲，而不要瘋狂掃視每個男人的手指，拚命想猜出誰還未婚。我學會在晚餐時享受與身旁的男子對話，無論對方的婚姻狀態為何；以前的我為了吸引在場單身男性的注意，會以薛尼·詹姆斯（Sid James）那種下流又隱然帶著威脅的語氣說出各種不恰當的言語，現在我會忍住這種衝動。我在某個派對場合上遇到了李歐和他太太，五年來第一次——我各給了他們兩人一個擁抱，便不再打擾。哈利訂婚了——我一點也不生氣。艾當和一個女孩同居——我透過訊息表達祝福。他們的故事不再與我有關，我也不需要他們的注意。我感覺終於在屬於自己的道路上顛簸著緩緩前行，蓄積著自己的節奏和動力。

搭地鐵時，我沉浸在手上的書中，不再試圖吸引任何男人的目光。現在，當我想要離開某場派對時，我就直接離開，不會再拚命繞著房間兜圈子，因為找不到喜歡的對象而痛苦地卡在絕望之中。我不再因為會遇到某些人，而拒絕參加某場聚會，也不再特意製造機會和喜歡的對象巧遇。某天晚上我和蘿倫去跳舞，她被搭訕，我也不著急著想替自己找對象，而是待在舞池中央，獨自跳了一個小時，跳到大汗淋漓，盡情搖擺，旋轉再旋轉。

「妳在等人嗎？」有個男的問我，伸手將我拉向他。

「沒在等誰，我朋友就在這裡。」我說，然後把他的手從身上拿開。

「過去幾個月和妳出來，我覺得妳變平靜了。」幾個星期後，我和法莉在酒吧喝酒，三杯下肚，她這麼對我說。「這樣講妳不要生氣，但我從來沒想過我會用這幾個字來形容妳。」

「妳上次看到我平靜下來是什麼時候？」我問。

「還真的沒有。」她喝掉杯子裡剩下的伏特加通寧，開始咬冰塊。「將近二十年來從來沒有。」

那年春末，為了幫旅遊雜誌寫一篇關於獨自度假的稿子，我搭了兩段班機飛往奧克尼群島（Orkney Islands）。我住在一間能夠俯瞰整個斯通內斯港（Stromness）的酒吧樓上，晚上，我會先在樓下酒吧裡喝一杯啤酒、吃掉一盤熱氣蒸騰的淡菜，然後出門沿著海濱悠閒地散步，仰望毫無遮蔽的廣闊天空。那是我這輩子看過最開闊的天景。

我沉浸在自己的思緒中，獨立而平靜地過了幾天。某個晚上，當我在星空下沿著鵝卵石路面前進時，某個想法突然在腦中蔓延開來，彷彿一連串色彩鮮豔、引人目光的紫藤花。我不需要某個光芒耀眼充滿魅力的音樂家在歌曲中寫一句關於我的歌詞，也不需要某個心靈大師告訴我那些我覺得自己不了解的事。我不需要因為某個男孩說短髮適合我，就剪掉自己所有的頭髮。我不需要為了讓自己值得某人的愛而改變體型。我不需要因為男人的任何言語、眼神或評論，而相信自己被看見了、相信自己存在。我不需要為了逃避不舒服的事物而躲進男人的視線中，因為身在那之中也不會讓我變得更活躍。

我不需要這些，因為我有自己就夠了，有我的心就夠了。有盤旋在腦中的故事和句子就夠了。我正冒著氣泡、生成泡沫、嗡嗡作響、即將爆炸。我沸騰著，就要燃燒起來。能在清晨散步，在深夜泡澡，這樣就夠了。有我自己在酒吧裡的響亮笑聲就夠了。我能吹出刺耳的口哨，淋浴時能高歌，腳趾還能彎得特別後面，有這些就夠了。我是剛從酒柱裡倒出的啤酒，上頭覆蓋著綿密的泡沫。我是我自己的宇宙、銀河與太陽系，一人包辦暖場表演、主秀及所有和聲。

就算只有這些，就算只剩這些——只有我和樹和天空和海——我現在知道，這些也就夠了。

有我就夠了。我就夠了。這些字句穿過我，撼動觸碰的每一個細胞，我感覺到它們、理解它們，它們與我的骨頭融為一體。那個念頭如賽馬在我體內奔馳、跳躍，我對著黑色的夜空大聲喊出那句話。我看著自己的宣言在星群間彈射，如泰山般在碳原子間擺盪。我就是完整的所有，永遠不會枯竭。

我比足夠更多。

（我想這就是所謂的「突破」。）

二十八年來學到的二十八堂課

1 每一百人中，只有一人能在長期嗑用強烈成癮性毒品並常常酗酒的狀態下，還不會感到深層且陰鬱的欲求不滿或空虛感。完全不受這些負面影響的比例則只有兩百分之一。經過多年不斷思索，我判定凱斯．理查（Keith Richards）是個例外，上述規則並未出錯。凱斯．理查應該受到膜拜，但如要模仿，請自己小心。

2 每三百人中，只有一人能在同個星期內和三個不同的陌生人上床，而且原因不是出於逃避。其他這麼做的人都急於逃避某樣東西，可能是自己的心、幸福或身體，也可能是寂寞、愛、年齡或死亡。經過多年不斷思索，我判定洛史都華是個例外，上述規則並未出錯。洛史都華應該受到膜拜，但如要模仿，請自己小心。

3 史密斯樂團〈Heaven Knows I'm Miserable Now〉這首歌的歌詞是對生命本質最簡潔的說明。這首詞以優雅簡潔的方式，濃縮了二十多歲人生最初那五年從樂觀急速崩毀的過程。

4 生活是一件困難、艱苦、哀傷、不講理且荒謬的事，真正合理的部分只有一點點，不公平的卻那麼多，且很大一部分只能歸結為幸運與厄運比例失衡得非常不盡人意。

5 生活是一件精彩、令人著迷、神奇、有趣的傻事，而且人類的反應永遠會出乎妳意料。我們都知道自己終將一死，但卻又仍然活著。每過一分鐘，我們就往終點更靠近一點，但是當這只裝滿垃圾的袋子破掉時，我們仍會大叫、咒罵、為之憂慮。即使知道自己愛的每個人終有一天會不復存在，我們仍會對M25公路上桃子一般的夕陽、嬰兒頭皮的香味和組合式家具的效率感到驚嘆。我不知道我們是怎麼做到的。

6 妳是妳這輩子遭遇所有事件的總和，一直計算到妳剛才喝完最後一口茶後把手中杯子放下那一秒鐘為止。從爸媽擁抱妳的方式到第一任男友說過的與妳大腿有關的某句評語，妳整個人從腳底開始就是由這些磚頭堆疊而成。妳擁有的怪癖、弱點和缺陷是一連串蝴蝶效應的結果，源頭可能來自妳以前看的電視節目、老師對妳說過的話，以及從妳第一天睜開眼睛開始其他人看待妳的方式。當個偵探吧，去探索自己的過往——在專家的協助下追溯至最初的源頭——這個過程會帶來非常大的啟發，並讓妳獲得釋放。

7 但就算是心理諮商，也只能幫妳到一定程度而已。諮商就像考駕照時的觀念筆試，妳可以在紙上盡情重複練習，但時間到了還是得坐上駕駛座，親身體會實際操作是怎麼回事。

8 不是每個人都需要透過諮商去探索自己的內心。每個人都有某種程度的失調，這是一定的，但很多人能在失調的同時持續運作。

9 沒有人應該接受自己不想要的關係，絕對沒有。

10 度假時，如果妳沒在去程的機場買兩罐博姿的防蚊液，那麼那場假期等於全毀，毫無挽救餘地。等到了目的地，妳就不會買了。之後的每天晚上，當妳和同行的人一起坐在戶外吃晚餐時，妳們會一直用「我要被咬死了」這類的話拐彎抹角地攻擊彼此，每個人都怪別人怎麼忘記帶防蚊液。只要上機之前在機場買好，一切就解決了。

11 不要每天吃糖，糖會把妳身體從內到外變成一坨屎。每天喝三公升的水能保持一切身體機能運作良好，一杯紅酒則是必備良藥。

12 就算朋友生日，妳也不必做出頂到天花板的巨型卡片來證明兩人的友誼，沒有人要求妳這麼做；同樣地，她們也不會要求妳一天要打三次電話。如果妳因為晚餐聚會時位子不夠而沒有邀請某些人，她們也不會因此躲起來偷哭。如果妳因為這些人事而搞得筋疲力盡，那是因為妳自願受苦受難去搏得對方歡心，那是妳的問題，不是對方的。

13 不要奢望自己每一個微小的決定都必須符合個人的道德指南，然後又在這個計畫不可避免地失敗之後不斷自我苛責，這整個過程不僅徒勞，而且只會累死妳自己。女性主義者可以除毛，牧師可以罵髒話，吃素的人也可以穿皮鞋，盡妳所能做到自己最好的狀態就可以了，不必在每一個決定上都和整個世界對抗，那個擔子太沉重。

14 每個人都該擁有一張保羅・賽門（Paul Simon）的專輯、一本威廉・波伊（William Boyd）的書和一部魏斯・安德森的電影。就算妳的書架上只剩這三樣東西，它們也能陪妳度過最漫長、寒冷、寂寞的夜晚。

15 如果妳的公寓是租來的，把牆漆成白色，不要漆成奶油色。便宜的奶油色看起來骯髒、土氣、庸俗，再怎麼便宜的亮白色看起來也相對沉著、乾淨、平穩。

16 先按住Shift鍵再按F3，能讓文字全部變成大寫或全部變成小寫。

17 沒關係，就讓其他人笑妳、讓自己出糗、念錯字的讀音、讓裙子沾到優格吧，事情終於發生是最大的解脫。

18 一般來說，妳沒有小麥不耐症，妳只是吃的量不正常。一餐正常的攝取量約為九十到一百克的義大利麵或是兩片麵包，要是一次吃掉整條吐司，任何人都會覺得不舒服，就跟妳一次吃掉整顆西瓜也會覺得不舒服一樣。

19 如果要讓一群女人迅速建立友誼，就讓她們討論下巴上的毛。任何話題都不會比雜亂、堅硬的下巴毛更快凝聚一群女人的感情。

20 隨著年紀漸長，做愛的感覺真的、真的會變得比較爽。如果按照目前的幅度繼續進步下去，差不多九十歲的時候我就會到達隨時都在做愛的境界。到時候做其他事情都沒意義，但或許下午的時候可以暫停一下去吃一塊貝克威爾杏仁塔。

21 盡情把注意力放在自己身上吧，這麼做沒有任何問題。妳可以獨自旅行、獨居、把自己的錢都花在自己身上，妳想和誰調情都可以，想要多投入工作也都可以。妳不一定要結婚，也不一定要有小孩，就算不想打開自己的心去和另一個人共度人生，也不代表妳就比較淺薄。但如果明明知道自己想要一個人生活，卻還硬留在感情關係裡，那就不好了。

22 無論性別、年紀和體型，只要穿了白襯衫（或厚的高領毛衣，或棕色皮靴，或牛仔夾克，或海軍雙排扣短大衣）誰都會很好看。

23 盡量和鄰居保持友好，不管他們個性有多惡劣。至少和住在隔壁公寓的其中一名住戶建立同盟關係，妳和對方必須達到能在垃圾桶旁遇到時互相點頭示意的程度。妳總會遇到瓦斯外洩、闖空門或者有人送貨來妳卻不在家的情況，如果這時有鄰居可以求助，要解決就容易多了。對他們笑，忍耐一下，並給他們一副備用鑰匙以備緊急情況之需。

24 請試著忽略地鐵上的Wi-Fi，反正訊號本來就很爛。永遠記得在包包裡帶一本書。

25 如果妳覺得自己快要被生活中的所有事情悶死了，試試下面這個方法：整理房間，回覆所有未回覆的信，找一個Podcast來聽，泡澡，十一點前上床睡覺。

26 抓住任何能在海裡裸泳的機會，並盡全力達成這項目標。如果妳開車到某個勉強跟海邊勾得上邊的地方，而且能在空氣中聞到海水的鹹味，請立刻停下車、脫光衣服，然後一直跑，直到胸部泡進冰冷的海水中為止。

27 光療指甲和彈吉他只能二選一，沒有女人能夠兩者兼具。

27a 除了桃莉·芭頓（Dolly Parton）。

28 人生的變化會比妳想像中更猛烈，任何事物最後的落點都可能比妳最誇張的預測再歪個三百英里。健康的人可能在超市排隊等結帳時猝死，公車上坐在旁邊的男子可能是妳這輩子的真愛，妳國中時的數學老師和橄欖球教練現在可能都改名叫蘇珊。任何事物都會改變，而且是隨便哪個早上醒來說變就變。

回家

關於愛，我不懂的地方很多。首先最重要的，我不懂擁有一段感情超過兩年是什麼樣的感覺。偶爾會聽到已婚的朋友提到他們交往關係裡的某個「階段」，但那些階段都比我最長的交往時間還長，且這種情況顯然非常平常。我聽過有人把交往的第一個十年形容為「蜜月階段」；眾所皆知，我的蜜月階段只有十多分鐘。有的朋友會把他們感情形容成他們關係中的第三個人，像是某種生物，會隨著他們兩人在一起越久而逐漸扭曲、變形、移動和成長。彷彿那是某種有機體，共度一生的兩個人會有怎樣的變化，它就會有怎樣的變化。我不曉得培養那第三種生物是什麼感覺，也真的不了解身處愛情長跑中會是什麼樣子、會看到哪些風景。

我不懂和深愛的人同居的情景，不知道一起找房子是什麼過程，如何和另一個人躲在廁所裡一起輕聲密謀對付房仲的策略。我不曉得每天早上如何在半夢半醒間和另一個人在廁所裡如舞步般彼此進退，以熟悉的流程輪流刷牙、沖澡。我不曉得當一個人知道自己永遠不會離開家也不用再回家是什麼感覺：每個早晨和每個夜晚，妳的家就躺在身邊。

事實上，我根本不懂如何和另一個人一起組成一支完整的隊伍，我從來不曾真正仰賴愛情關係給予的支持，從未放鬆下來和一段關係的節奏同步。但我曾經擁有愛，也曾經失去愛，知道離開人和被離開是什麼感覺，希望缺少的其他部分有天能夠跟上。

我所知道關於愛的一切，幾乎都是從我和女人們長久的友情中學到的，特別是曾經和我同住過的那些女孩們。我知道把某個人的所有細節都摸透是什麼感覺，徜徉在那些知識中彷彿那是一門學術研究。我和我的女性朋友們共同打造了一個家，提到這些人時，我就像是對老公瞭若指掌的專業人妻，可以預測對方在每間餐廳會點什麼菜。我知道茵蒂亞不喝茶、AJ最喜歡的三明治口味是起司加芹菜、麵包甜點這類食物會讓貝兒胃灼熱，而法莉喜歡把烤吐司放涼再吃，這樣塗奶油的時候才可以順利抹開，不會馬上融化。AJ每天需要睡滿八小時整個人才能維持正常運作，法莉七個，貝兒大約六個，茵蒂亞則像柴契爾夫人一樣，只要睡四、五個小時就可以撐過一整天。法莉的起床鈴聲是卡洛．金（Carole King）的〈So Far Away〉，她喜歡看有旁白的肥胖症相關節目，例如《半噸媽媽五百斤》或《我的殺人鯨兒子》之類的[91]。AJ會在YouTube上面看《遠離家園》[92]以前的集數（非常驚人，我知道），還會買數獨的書在睡前玩。

91 前者《Half-Ton Mom》為二〇〇八年的美國紀錄片，後者《My Son, The Killer Whale》應該是作者虛構的。

92 《Home and Away》，一九八八年開播至今的澳洲長壽肥皂劇。

貝兒會在臥室裡跟著健身影片做完運動才去上班，泡澡時會聽傳思音樂[93]。據聞起源於一九八〇年代的英國。每個週末，茵蒂亞都會在房間裡玩拼圖並看《非常大酒店》[94]，貝兒有次私下跟我說：「我真的不懂她怎麼有辦法看那麼久，總共不是才十二集？」

我懂得如何充滿熱忱地背上氧氣筒，深潛進一個人的怪癖和弱點之中，享受在其間探索的每個片刻。例如，從一開始認識法莉，我就知道她每天都穿裙子睡覺。為什麼這麼做？這樣有什麼好處？我也知道貝兒在每個星期五晚上下班後，一到家就會把腳上那雙肉色的絲襪撕掉——這象徵了她對公司制度的無聲憤怒嗎？或者就只是某個她喜歡的習慣而已？ＡＪ會在覺得累的時候把圍巾圍在頭上——她顯然沒有要模仿穆斯林文化的意思，但為什麼會這麼做呢？是因為還是嬰兒時的她太常被包在毯子裡，所以被包裹住會帶給她回到襁褓中的平靜感嗎？茵蒂亞有一件磨損嚴重的老舊深藍色套頭上衣，她把他當成安全感的來源，取名字叫他「阿夜」，每天晚上都抓著他睡覺。為什麼她會覺得那件衣服是男性的「他」呢？當年做出這個決定時，她幾歲呢？說實話，我真的好想辦一場文學沙龍，讓我親愛的朋友們把自己小時候的毯子都帶來，大家一起討論這些毯子的性別認同。信不信由妳，我認真覺得這種活動非常引人入勝。

我知道如何和其他人共同打造一個家，並維持那個家的運作。我了解什麼是信任的共享經濟，妳會知道永遠有人願意借妳五十英鎊直到發薪水那天再還，而且當妳還清那筆錢，她們可能也會向妳借同樣金額的款項（「我們就像一群常常在交換三明治的小學生，」貝兒曾經這麼形容我們的薪水。「這個星期妳需要我的鮪魚玉米，下個星期我要妳的水芥菜夾蛋。」）。我了解十二月時飛鴿滿天飛的興奮感，當聖誕卡片從信箱投進我家，看著正面同時寫著三個人的名字，讓我著實覺得我們就像一家人。當登入銀行的線上帳戶，看到三個人的姓被列在同一個帳戶底下，心裡油然升起奇特的安全感，我懂得那種感覺。

我知道那是什麼感覺：當妳不再只是自己，而是成為比自己還大的某樣事物，成為「我們」的其中一分子。我曾在無意間聽到法莉說同桌的某人說，「我們不太吃紅肉。」也曾聽蘿倫在派對上對著正在聊天的男孩說：「我們最喜歡范．莫里森（Van Morrison）的那張專輯。」我懂那是什麼感覺，出奇地舒服。

當妳們一起遇上某件糟糕的事，這件事會成為妳們共有的神話故事，我懂得那是什麼感覺。就像一對在度假時遺失行李的情侶，當他們講述這個故事時總是那麼戲劇化，一人一句接著彼此的話，當我們描述自己遇上的所有瑣碎災難時，也有同樣反應。茵蒂亞、貝兒和我當初搬家時，所有能出錯的地方都出錯了。我們搞丟了鑰匙、

93 Trance，一種電子樂的風格

94《Fawlty Towers》，七〇年代的英國情境喜劇。

不得不向朋友借錢，在沙發上睡了一陣子，還得把所有東西都先放到倉庫裡。那是一段很棒的故事。

我了解當妳愛上一個人，並接受妳無法改變對方某些地方時，是什麼感覺。蘿倫總對文法吹毛求疵，貝兒不愛乾淨，莎賓娜的訊息長得沒完沒了，ＡＪ永遠不會回覆訊息，法莉則是累了或餓了就會心情不爽；同樣地，我也知道，當自己被愛著且所有缺點都被接受時，那種感覺有多自由（我總是遲到，手機恆常沒電，我過於敏感，會對某些事情過度著迷，垃圾桶滿了也不會倒）。

我知道聽到愛的人重複講同一個故事五千次，但聽的人還是如痴如醉時，是什麼感覺。我知道那是什麼感覺，當那個人（蘿倫）每說一次故事，就會把故事裝飾得更華麗一點，直到故事成為一顆光彩奪目的俄羅斯珠寶彩蛋（「事情發生在十一點」會變成「當時大約凌晨四點」，而「我坐在一張塑膠椅子上」會進化成「當時我躺在一張手工製成的玻璃躺椅上」）。我知道當妳愛一個人愛到一點也不覺得這種行為很煩是什麼感覺。就讓她們把這首排練已久的歌唱完，甚至在需要的時候拿出魔術師的高帽子，加入她們的行列，讓故事的節奏更緊湊。

我知道一段關係遇上危機的轉折點會是什麼感覺。妳會想：我們要不勇敢面對問題並解決它，要不就分道揚鑣。我知道那是什麼感覺，當妳們約在南岸的某間酒吧見面，開始時針鋒相對，三個小時後便哭倒在彼此懷裡，承諾永遠不再犯同樣的錯（大家只有要和解或分手時才會約在南岸——我人生中幾次甩人甩得最深刻的經驗就發生在國家劇院的酒吧，幾次被甩得最狠的也發生在那裡）。

我知道擁有一座——或很多座——永遠能將妳指引靠岸的燈塔是什麼感覺，當它在妳愛的人的葬禮上陪妳並肩站著，握緊妳的手，我知道燈塔的光束能有多溫暖。或者，在某場糟糕到不行的派對上，當妳看到前男友帶著新婚太太無預警出現時，那座燈塔的光芒會在前方閃爍，說著：「我們去吃薯條，然後搭夜間公車回家吧。」妳跟著它離開擁擠的房間，我知道那是什麼感覺。

我知道愛可以有多響亮而歡騰。愛可以是在大雨滂沱的泥濘音樂祭上瘋狂跳舞，對著舞臺上的樂團大喊：「你們真他媽的帥死了。」愛是在工作場合的活動上把妳愛的人介紹給同事認識，看著他們逗大家發笑而備感驕傲，他們愛著妳，這讓妳看起來更加可愛。愛是瘋狂大笑到妳喘不過氣。愛是在妳們都沒去過的國家一起醒來。在日出時裸泳是愛。在週六夜晚的街上並肩而行，覺得整座城市都屬於妳們，也是愛。愛是一股龐大、美麗、熱情奔騰的自然力量。

同時我也知道，愛可以有多安靜。愛可以是一起躺在沙發上喝咖啡，然後討論那天早上妳們要去哪裡喝更多的咖啡；在書上讀到覺得她們會有興趣的部分，便把那幾頁摺起；在她們忘記晒衣服就出門時，幫忙把忘在洗衣機裡的衣服晾起來。愛是當她們在飛往都柏林的廉航班機上換氣過度時，妳會說：「妳在這裡比在車子上還安全，妳去上一堂槓鈴有氧的死亡率比在這裡坐一個小時還高。」愛是那些訊息：「祝妳今天順利」、「今天過得如何？」、「今天在想妳了」和「順便買廁所的衛生紙」。我知道愛會發生在月夜星空花火落日的燦爛美景之下，但當妳躺在童年臥室裡的充氣睡墊上、坐在急診室裡、排隊等著辦護照或卡在塞車的車陣中時，愛也會發生在這些時刻。愛是一件寧靜、安穩、放鬆、悠閒、呆板的東西，會發出和諧的共鳴，妳很容易忘記它的存在，但它仍會伸出手掌等在妳身下，以防妳跌倒。

最終，我和朋友們一起同住了五年。先是法莉因為要和男友同居而搬走，然後是AJ，然後某天茵蒂亞打給我，告訴我她準備好做出一樣的決定，然後便止不住地掉眼淚。

「妳幹嘛哭？」我問她。「是因為法莉認識史考特那時候我的反應嗎？妳怕我會生氣？妳們幹嘛都把我當成瘋婆子啦，那都四年前了，我現在知道怎麼處理這種事了好不好。」

「不是啦，不是，」她抽著鼻子。「只是我會很想妳。」

「我知道，」我說。「我也會想妳。但是妳今年就要三十了，準備好邁向感情關係的下一個階段是件好事。改變是非常正確，也非常平常的事。」我對自己處理這整件事的理性態度感到驚喜。有鑑於自己對友情的貢獻，我偷偷頒了一枚大英帝國勛章給自己。

「那妳接下來想怎麼做？」她問。「妳之前不是一直說很想自己一個人住？」

「不知道，我也不確定自己準備好了沒。」我說。「也許我應該繼續和貝兒住到她決定跟男朋友同居為止，這樣我至少可以有六個月的時間決定之後的計畫。」

「朵莉，妳不是飢餓遊戲。」她說。「我們這些朋友不是為了比誰能在妳身邊撐最久才和妳住在一起，妳又不是耐力賽。」

我意識到自己原來得到的是一個機會。我可以等到每個朋友都找到歸宿並搬出去後，把房間租給Gumtree網站上找來的陌生人（她們可能會把刮毛膏放在冰箱裡），然後希望自己也能趕快找到一個男人並且搬走。或者，我可以開始屬於自己的故事。

要找到符合我預算的一房一廳公寓真的不算簡單。我看了不少地方，要不是床就擺在烤箱旁邊，就是蓮蓬頭設在馬桶上方，然後說自己「只是沒做乾溼分離」。我遇過只有六坪大的「寬敞一房一廳」，也看過大門上還纏著警方封鎖膠帶的房子。茵蒂亞陪著我去看房、交涉，在房仲虛張聲勢時反覆詰問要害，並要我再三考慮自己是不是真的有辦法不用衣櫥，而把所有衣服都收進床下的行李箱裡。

不過，最終我還是在康登市中心找到了能夠負擔的房子。公寓在一樓，一房一廳一衛，並有足夠空間放下衣櫥，蓮蓬頭也掛在浴缸的正上方。廚房位於房子的後半部，低於地面且潮溼，完全沒有抽屜，整個空間小到我連轉身都很難。廚房裡開了一扇舷窗，面向運河，彷彿住在船上。房子並不完美，但是屬於我的。

我們這幾個曾經住在一起的室友們辦了一場「合住告別派對」，以我們二十歲時出沒的夜店為準，馬拉松式跑攤。派對的服裝要求是要跟當初合住時的元素有關，這一點光聽就很瘋。AJ扮成我們第一個房東戈登，她穿了一件象徵中年危機的機車皮夾克和白色運動鞋，頭戴棕色短假髮，臉上永遠掛著巴結迎合的笑容。身為我們這一戶常駐潔癖清潔工的法莉，則把自己打扮成一臺巨大的小亨利吸塵器，她身上穿著球形的扮裝戲服，上面黏著的吸塵管在她喝醉之後就拖在地上。貝兒扮成我們吵死人的鄰居，有著花掉的口紅和雪兒（Cher）造型的假髮。茵蒂亞扮成巨型垃圾桶——因為整理垃圾、換垃圾袋、把垃圾拿出去倒幾乎是我們同住那段日子裡恆常不變的母題——她的鞋子上綁了垃圾袋，把垃圾桶蓋當成帽子，身體則黏滿卸妝棉和零食的包裝袋。我打扮成一包巨大的香菸，但馬上就後悔了。當我走在肯迪許鎮的街上，好多人都以為我是萬寶路淡菸的促銷女郎，一直跑來跟我要免費的香菸。

我們跑了一家又一家的酒吧，最後來到我們第一棟黃磚屋的外面。我們甚至跑到雜貨店找艾文，卻從他的同事那邊得知，艾文說要「出國解決一些該處理的問題」，然後便神祕地「消失得無影無蹤」。

「搞藝術的都離開，」貝兒若有所思地喃喃自語。我們走在新月形的街道上，白晝漸漸轉為暮色。「開銀行的要搬進來了。」

一個星期後，我把盆栽和書放進紙箱，封上膠帶，準備帶到新家。在我們同住的最後一晚，茵蒂亞、貝兒和我一起喝了特價時買的普羅賽克——屬於這風雨十年的酒——然後一邊聽保羅・賽門的歌，醉醺醺地繞著空蕩的客廳跳舞。隔天早上，在等待各自的搬家貨車來時，我們全都縮在染了酒漬的地毯的一角，彼此的腳交疊在一起，並肩坐著，說很少的話。

法莉到新家來幫我整理行李（我這輩子不可能再認識比她更有效率、更懂得整理東西的人了。「妳確定要來嗎？」我用訊息問她。「噢，拜託——整理家裡對我來說就跟嗑藥差不多。」她這麼回我）。我們點了越南菜外送，然後坐在客廳地板上，一邊稀哩呼嚕地吸著越南河粉、拿春捲沾是拉差辣椒醬，一邊討論沙發、椅子、檯燈和書櫃該怎麼擺，決定以後我可以坐在哪裡寫稿。我們一路整理到晚上，最後把床墊推到臥室牆邊，倒頭就睡，身邊還圍繞著裝著鞋盒、成袋的衣服和書堆。

我醒來時，法莉已經去上班，她留了一張紙條在枕頭上，圓滾滾的筆跡彷彿小孩子。當年GCSE的科學課上，她用立可白在我的雙孔文件夾上寫字，也是一模一樣的筆跡。「我愛妳的新家，我也愛妳。」紙條這麼寫著。

早晨的陽光透進房間，傾瀉在床墊上，蓄積成亮白色的水漥。我整個人朝床的斜對角伸展開來，橫跨過涼爽的床單。現在的我雖然獨處，卻覺得無比地安全。我最感謝的不是這間努力租來的四面磚牆和屋頂，而是現在彷彿蝸牛殼一般背在我背上的這個家。我感覺自己終於被捧在一雙值得信賴的手中，被仔細地愛著。

愛就存在於這張空蕩的床上，堆疊在青春期時蘿倫買給我的專輯裡，也存在我媽給我的那些沾了汗漬的食譜小卡上，就夾在廚房裡的食譜書頁之間。愛就在茵蒂亞塞進我行李中那瓶綁了緞帶的琴酒裡，在那些已經髒掉、邊緣都捲曲，最後會貼在我冰箱上的大頭貼相片裡。愛存在於我身邊枕頭上的那張留言中，我會把它折起，收進鞋盒，跟她以前寫給我的所有便條紙放在一起。

我在那艘屬於自己一人的船上安全地醒來，正向新的海平線滑去，漂浮在愛之洋中。

原來就在這裡。誰知道呢？原來一直都在這裡。

任何正派的男人都會選擇能夠平和對待自己的女人，不會喜歡為了討好他而花招百出的女人。妳永遠不該為了吸引男人的注意力而努力，如果妳得花心思才能讓他對妳「保持興趣」，就代表他有問題尚待處理，而且不該由妳去解決。

妳大概沒辦法和最好朋友的男友成為好友，對那個夢放手吧，告別那種幻想。只要他能讓妳的朋友幸福，而且妳能忍受他在場差不多一頓午餐的時間，那就都一切沒事。

男人喜歡裸女，其他花俏的點綴都是花大錢在浪費時間。

線上交友適合勇敢的人。要在現實生活中認識對象愈來愈難，而那些主動出擊的人——願意付出月費換取更靠近愛情的機會，願意在尷尬的個人簡介裡寫著自己想要找能手牽手逛超市的另一半——都是頂天立地的愛情英雄。

如果妳想要巴西式除毛，那就去做，不想要的話就不要。如果妳喜歡全部光溜溜的，又付得起費用，儘管把一整年的時段都預訂下來。但無論如何，不要為了男人這麼做。也不要為了「姊妹情誼」這麼做——姊妹們才懶得管妳要不要除毛。如果妳真的想為世界做點付出，就去女性庇護所當志工，不要花時間爭辯妳陰毛的政治意義。也絕對不要因為覺得沒除毛很髒、很醜而跑去除毛——如果那樣就叫髒，那麼每一個沒除毛的活著的男人都很髒。另外，只要荷包允許，請永遠不要再靠近除毛膏。

在分手之後，妳也許有幾年的時間無法去聽與這段感情有關的歌，但那些專輯很快就會以自己的方式重新回到妳身邊。無論你們曾在多少個週六一起去海邊、在多少個週日的夜晚一起坐在沙發上吃義大利麵，那些記憶都將從歌曲的和弦中慢慢消散，抽離開來，飄出旋律之外，最終完全消失。妳內心深處的某個地方永遠會依稀記得，在過去某段日子裡，這首歌和那個男人曾是妳的世界中心，不過在某個時間點後，這件事就不會再讓妳心痛了。

如果妳喝醉之後還會在男友面前跟其他人調情，那就代表這段感情有問題。或者更準確地說，妳有問題。妳最好趁早搞懂為什麼自己這麼需要他人的目光，因為世界上沒有哪個男人有辦法提供那麼多令妳心花怒放的素材去填補妳的空虛感。

大部分時候，別人給妳的愛會反映出妳對自己的愛。如果妳對自己不寬厚、不夠關心、不夠有耐心，那麼其他人也很可能不會那樣對妳。

無論妳是瘦是胖，都與妳是否值得被愛無關，也不代表妳獲得的愛會更多或更少。

隨著年齡增長，分手也會變得愈來愈難。年輕的時候，妳只是失去一個男友，等到年紀大了，妳失去的是共同擁有的生活。

任何實務問題都沒有重要到妳非得留在一段錯誤的感情中不可。度假行程可以取消、婚禮可以喊停、房子也可以轉賣，不要用這些事去隱藏妳的怯懦。

如果妳失去了對某人的尊重，就無法再重新愛上對方了。

融入彼此生活這件事應該要互相，雙方都應該努力參與各自的朋友、家人、興趣和工作。如果彼此的比例失衡，怨恨的情緒也就不遠。

如果感覺對了，第一次約會就可以上床。有一派的觀點認為妳該把男人當成驢子，並把自己當成引誘驢子的紅蘿蔔，聽起來時髦而且有種自立自強的感覺——永遠不要聽從那些建議。妳是個有血有肉有膽量有本能的人，不是獲勝時被頒發的獎品。性不是權力遊戲，而是在雙方同意下成立的體驗，充滿尊重、愉悅和創造性，而且是互相合作。

沒有任何感覺比和人分手更糟糕。被甩時的痛苦極其暴烈，到達一定程度時，甚至能轉換成新的能量。分手時的內疚和悲傷除了妳的心之外無處可去，如果放任不管，它們會永遠纏繞著妳。在這點上，我會贊成奧登（Auden）所說的，「如果愛慕的程度無法對等／願我是比較愛的那一個」。

有太多原因會讓一個人到了三十歲、四十歲，甚至一百四十歲時仍然單身，這並不代表他們就是劣質品。每個人都有過去，花點時間去聽聽對方的。

和全然的陌生人做愛永遠都會有種奇怪的感覺，不過待在他們的公寓裡——躺在他們的床單上、睡在他們的房間裡，或是讓他們睡在妳的——那種感覺更詭異。

抱歉，沒有人有責任成為提供妳幸福的唯一來源。

完美的男人仁慈、風趣、慷慨。他會彎腰和狗打招呼，也懂得怎麼組裝櫃子。至於長得像不像高大的猶太人海盜、眼睛像不像克里夫．歐文（Clive Owen）、有沒有大衛．甘迪（David Gandy）的二頭肌，這些都是額外的加分項目，不該是妳的目標起點。

每個人都可以被迷戀，被愛則是更進一層的事。

不要假裝高潮，那對誰都沒好處。

他絕對有能力承擔真相。

如果妳的出發點是對的，且雙方完全了解相遇當下的本質，那麼單純上床是件非常好的事情。但如果妳把這件事當成開架式的藥品，只是為了想讓自己有點安全感而隨手抓了就吃，那麼妳的欲求不滿會提升到一種可怕的境界。

一段感情中最刺激的部分是最初的三個月，這時妳還不確定這個人屬不屬於妳。緊接著妳會確定那個人就是妳的，那也會是一段很棒的過程，可能會維持幾年。這個階段之後就是我沒經歷過的部分了。那些部分顯然不怎麼刺激，但我聽說是一段關係中最棒的時光。

除非有人死了，否則當一段感情出問題時，妳多少都有點責任。認知到這一點後，妳會同時感到非常解脫和震撼。男人沒有那麼糟，女人也沒有那麼好，人就是人，我們都會犯錯、都能犯錯，也都可能犯錯。

目標是親密，而不是偷懶。

讓朋友們見色忘友一次，好的朋友總會回來。

有一個方法，能讓妳在遲遲無法入睡的夜晚放慢自己的心跳，逐漸飄進夢土。請在心裡想著未來即將展開的冒險，以及妳截至目前為止走過的路，然後用手臂緊緊抱住自己的身體，在腦海裡想著：別怕，有我在。

後記 三十歲時我所瞭解的愛

年紀越大，包袱越多。二十五歲的約會，走進酒吧的每個人都只帶著簡便、輕巧的登機行李，裡面裝著幾位前女友、一點點戀母情結，甚或些許對承諾的恐懼。三十歲以後的約會，請做好心理準備，妳遇到的人會肩負兩百五十公斤的登山背包，裡頭塞滿過往歷史、後遺症和各種要求。背包裡的東西會包括離婚、小孩或者和前任共同持有的房子，會有曾經做過試管嬰兒的經歷、垂死的雙親、多年諮商史、各種成癮問題和佔據生活的工作，再加上因為還在爭執狗的監護權而必須每個星期見面的前任。這些包袱可能很嚇人、嚴肅、尖銳，是屬於大人的問題，而且不有趣。

年紀越大，包袱越多，大家也比較願意誠實、打開心房，顯露脆弱的一面。

在寫這篇文章的二〇一八年，我正式宣布，要在現實生活中遇見戀愛對象幾乎是不可能的任務。接受這一點至關重要，接受之後妳才會了解自己其實沒做錯任何事，遇不到對的人不是因為妳難以接近，也不是因為沒人想要妳。

妳可以正視自己在感情中有哪些壞習慣，去分析它們的成因，並付出努力確保不再重蹈覆轍，不過我們所能控制的也就是這些了，妳沒辦法預測另一個人在一段關係中會做出什麼事。妳可以盡力評估風險、步步謹慎，仔細思考後再明智決定自己要相信誰、要讓誰進入妳的生活和內心，但是另一個活生生會呼吸的人類是難以駕馭的變數，無法被控制。選擇去愛就是選擇承擔風險，永遠都是如此。這就是為什麼我們會說「墜入」愛河——沒有人是靠著指南針和政府公告地圖進入愛的國度。

人們相遇時，各自都帶著連自己都不曉得的痛苦。這就是為什麼有同樣心魔、類似童年成長經歷或者來自同樣出身背景的人常會走在一起。我覺得每個人都會在無意識間釋放自己最深沉的情緒波紋，並以此去碰觸對方。這是好事也是壞事，你們可能因此變得親密、有所共鳴，同時也變得互相依賴、戲劇場面不斷。

大齡單身，妳會遇到的最大挑戰之一是如何不要憤世嫉俗。不要覺得被愛背叛或拋棄，不要因此質疑一切毫無意義，也不要變得懷疑、憤怒，這的確很難，非常困難；相反地，憤世嫉俗既有趣又能保護自己，實在很吸引人。找到信任、保持希望才是真正的藝術。

年紀大了之後要去愛，最大的難題之一是明白有些事情「就是如此」，也懂得到了哪個地步之後再努力就太費勁。妳要磨練自己的直覺，學著分辨在一段長期關係中，哪些算是頗有挑戰性但是能帶來平靜、快樂的事物，而哪些只是折磨。

如果妳對愛情感到慢性疲勞，試著保持距離。刪掉約會軟體，不要傳訊息給前任，不要和陌生人調情，別和人上床。和自己立下約定，騰出一部分的心思和時間，去過沒有戀愛的生活。試試看一個月，或者六個月，也可以一年。

注意，禁慾會讓妳從根本上重新評估性的意義。妳會去思考性是一種多麼實際的肉體行為，並重新發現那種行為有多特別、神奇、噁心及親密。妳會在夜裡躺在床上默默思考這一點，試圖回想和另一個人那麼親密到底是什麼感覺，然後突然覺得：我當初怎麼會和那個像歐洲老人一般把粉蠟筆色毛衣當披風綁在脖子上，連本名叫什麼都不知道的保險員上床。

注意，禁慾可能讓妳感覺極為平靜，覺得自己再也不可能回到愛的國度，以至於開始害怕再次邀請別人進入妳的生活，因為妳不想破壞這種平靜。

以擁有共同興趣與否去選擇另一半，是最受誤導的標準之一。只因為你們都喜歡喬治．哈里森（George Harrison）的音樂，妳就覺得他是好人、是妳的靈魂伴侶、是同個模子刻出來的雙生，是荒唐至極的事。就算你們都擁有馬丁．艾米斯（Martin Amis）的作品集，或者都喜歡到威爾斯鄉下的同個地區度假，也無法幫助你們一起度過生活中各種意想不到的風暴。

有一項被極度低估卻又非常簡單的擇偶標準，就是妳有多喜歡和對方相處。我的朋友們都開始生小孩了，因此我有機會看到他們和另一半之間的相處方式，這也讓我更加清楚，一段關係最重要的是你們的合作能有多順利。其中原因說穿了很老掉牙：要能當伴侶，必須是非常、非常要好的朋友。

當妳年屆三十，已婚友人會對單身生活有某種程度的失憶。她們會變成珍．奧斯汀筆下的班奈特太太，而且是妳專屬的班奈特太太。她們會覺得所有問題的原因追根究柢都是妳太挑剔，覺得是妳把自己搞得像坐在粉紅色天鵝絨寶座上的瑪麗皇后，揮著珍珠涼扇把男人一個一個趕走。

無論妳修練得多麼沉著冷靜、累積多少智慧，抱歉，妳也還是隻動物。青春期似的風流浪漫使人目眩神迷、暈頭轉向，永遠都有使我們出糗的潛能，且我們永遠無法免疫於此。性慾是一場無聲迪斯可，只有身處其中掙扎扭動的人才懂個中滋味——它能讓妳沉浸在其他人都聽不到的歌中，跳著只有妳自己懂得的舞步。好消息是，隨著年紀漸長，妳會更明白該不該以及什麼時候該關掉那首歌。

永遠都要警惕隨時想照顧妳的人。

永遠都要警惕隨時需要妳照顧的人。

如果決定自己真的想要進入關係之中，儘管採取行動讓這項願望成真。加入約會網站、請朋友介紹對象，盡可能打開自己去建立新的關係。這麼做不會讓女權開倒車，也不代表妳沒辦法獨立自主。但如果尋覓親密關係變成妳生活中「所有」決定的基礎，恐慌和痛苦也會隨之而來。

盡可能不要批判別人的關係或者他們的處理方式。維持長遠的戀愛關係是一項專業技藝，每個人都該採取適合自己的方式，即使那些行為在外人看來毫無意義也無所謂。

年紀大了之後，人就不會再為抽象的愛感到興奮。這是好事。想像未來男友的每個細節曾經讓我的思緒陷入永無止盡的幻想輪迴，而真實生活卻總是令人失望，因為我腦中所描繪的愛情完全不可能實現。愛應該是要讓妳的生活和另一個人互相配合，而不是讓妳隨時遁逃其中求取溫暖的幻想世界，妳不該是整齣戲的中心，也不該受到毫無遲疑的崇拜。

不過我很清楚，未來仍有激情在等著我；如果妳追尋的是愛，它也會在未來等妳。我知道當我們在爐前煮湯時，仍值得偶爾被從身後擁入懷中。無論年紀多寡，無論對於擁有愛或失去愛的經歷有多豐富或多淺薄，我們永遠都會有這樣的機會。

「外表底下，我們都是紅唇粉嫩的十七歲。」我曾在某處讀到勞倫斯．奧立佛（Laurence Olivier）這樣說過。我打從心底同意。

在尋找愛的路途中，如果妳覺得自己也許永遠找不到了，這時請記得，妳可能已經擁有了非常富足的愛，只是並非浪漫的那種。妳擁有的愛可能不會在雨中吻妳，可能不會向妳求婚，但是會聽妳說話、鼓勵妳、讓妳重新站穩腳步。這種愛會在妳哭的時候抱著妳，在妳高興時與妳一同慶祝，在妳喝醉時陪妳一起唱聖女合唱團的歌。這種愛能給予、教導妳非常多事情，妳也可以永遠將它帶在身邊。好好地靠近它，越近越好。

致謝

謝謝我的經紀人克萊兒．康衛爾（Clare Conville），在這本書還只是便條紙、故事片段和零碎的想法時，妳賦予它形體。我非常感激能讓朋友代表我的經紀人，妳的善良與工作能力同樣豐沛。

謝謝朱莉葉．安南（Juliet Annan），妳完全了解這本書，也了解我。第一次開會時，我便震懾於妳的直覺和洞察力。妳極具幽默感、充滿歷練，且懂得引導，世界上再也找不到比她更適合的編輯。

謝謝安娜．史代門（Anna Steadman）為這本書付出的努力，謝謝妳多年來鼓勵我繼續寫作。

謝謝企鵝出版社的帕皮．諾斯（Poppy North）、蘿絲．普兒（Rose Poole）和愛兒克．代桑基爾（Elke Desanghere），謝謝妳們無窮無盡的精力、熱情與合作精神。說到姊妹情誼，妳們絕對是金牌成員。

謝謝瑪力安．基斯（Marian Keyes）和伊莉莎白．迭伊（Elizabeth Day）協助閱讀本書初稿，並慷慨、氣度地給予支持。

謝謝莎拉．迪莉史東（Sarah Dillistone）、威爾．麥當諾（Will Macdonald）和大

衛・格蘭傑（David Granger），謝謝你們願意在留著比利・艾鐸（Billy Idol）髮型的二十二歲年輕人身上賭一把，那份工作改變了我人生的走向（我應該再也找不到比那更有趣的工作了）。

謝謝理查・赫斯特（Richard Hurst），他是第一個鼓勵我寫作的人，謝謝他堅定的支持與建議，也謝謝他在我十六歲時帶我進入龐克搖滾的世界。

謝謝艾德・克利普斯（Ed Cripps）和傑克・伏德（Jack Ford），他們令我想成為更有趣的人，這樣才能逗他們笑。

謝謝賈姬・安尼斯力（Jackie Annesley）和蘿拉・艾金森（Laura Atkinson）給了我在《週日泰晤士報》時尚生活版的專欄，謝謝兩位以耐心與關懷的態度給我編輯建議，也謝謝妳們教我如何說好故事。

謝謝我在過去十年間認識的了不起的女人們，妳們不只和我一起經歷這些人生故事，還願意讓我將故事分享出來。特別要感謝的是法莉・克萊納（Farly Kleiner）、蘿倫・班史德（Lauren Bensted）、AJ・史密斯（AJ Smith）、茵蒂亞・麥斯特（India Masters）、莎拉・斯賓賽・艾許沃（Sarah Spencer Ashworth）、蕾西・龐德－瓊斯（Lacey Pond-Jones）、莎賓娜・貝爾（Sabrina Bell）、蘇菲・威金森（Sophie Wilkinson）、海倫・尼亞尼斯（Helen Nianias）、貝兒・德柏力（Belle Dudley）、艾莉克絲・金萊爾（Alex KingLyles）、奧托薇雅・布萊特（Octavia Bright）、皮綺・艾佛拉德（Peach Everard）、米莉・瓊斯（Millie Jones）、艾瑪・波西（Emma Percy）、蘿拉・史考特（Laura Scott）、潔思・布倫登（Jess Blunden）、潘朵拉・斯凱司（Pandora Sykes）、漢娜・馬凱（Hannah Mackay）、莎拉・希克斯（Sarah Hicks）、諾歐・寇比（Noo Kirby）和潔思・溫登（Jess Wyndham）。

感謝克萊納一家，謝謝你們願意讓我書寫佛蘿倫絲的故事，並將這本書獻給她——她的謙遜、正直與熱情會永遠賦予我勇氣，激勵我寫下的每一個字。

謝謝我的家人——媽媽、爸爸和班——他們總是告訴我，我能做到任何事。他們一直鼓勵我以誠實的方式說故事，知道他們永遠不會批評我是件令人安心的事。擁有這樣家人的我極其幸運，我好愛你們。

最後，謝謝法莉，妳的打氣和聲援從未動搖，沒有妳，就不會有這本書。妳是——也永遠會是——我最愛的關於愛的故事。

聯經文庫

我所知道關於愛的一切

2022年12月初版 定價：新臺幣480元

著者	Dolly Alderton
譯者	黃彥霖
叢書編輯	黃榮慶
校對	楊修
內文排版	王君卉
封面設計	朱疋

出版者	聯經出版事業股份有限公司
地址	新北市汐止區大同路一段369號1樓
叢書編輯電話	(02)86925588轉5307
台北聯經書房	台北市新生南路三段94號
電話	(02)23620308
台中辦事處	(04)22312023
台中電子信箱	e-mail：linking2@ms42.hinet.net
郵政劃撥帳戶第0100559-3號	
郵撥電話	(02)23620308
印刷者	文聯彩色製版印刷有限公司
總經銷	聯合發行股份有限公司
發行所	新北市新店區寶橋路235巷6弄6號2樓
電話	(02)29178022

副總編輯	陳逸華
總編輯	涂豐恩
總經理	陳芝宇
社長	羅國俊
發行人	林載爵

行政院新聞局出版事業登記證局版臺業字第0130號

本書如有缺頁，破損，倒裝請寄回台北聯經書房更換。 ISBN 978-957-08-6602-5 (平裝)
聯經網址：www.linkingbooks.com.tw
電子信箱：linking@udngroup.com

EVERYTHING I KNOW ABOUT LOVE
By DOLLY ALDERTON

國家圖書館出版品預行編目資料

我所知道關於愛的一切/ Dolly Alderton著．黃彥霖譯．
初版．新北市．聯經．2022年12月．356面．14.8×21公分
（聯經文庫）
譯自：Everything I know about love.
ISBN　978-957-08-6602-5（平裝）

873.6　　111016757